W0233516

Teilchenbeschleunigung, Abschluss der Nikola-Rührmann-Trilogie, ist wie seine Vorgänger eine Momentaufnahme, die den multidimensionalen Charakter der Hafenstadt Hamburg einfängt – manifestiert in der Figur der Physikerin Dr. Nikola Rührmann. Zahlenfixiert und zitierwütig wie eh und je stapft und stolpert die bindungsscheue und doch an Freunden reiche Einzelgängerin durch ihre Stadt, die sich wie sie verändert hat.

Für mich reflektiert die Stimmung Hamburgs genau den Geist der Zeit, was diese Krimi-Chronik besonders reizvoll macht: Im ersten Roman *Freitags isst man Fisch* schillert ein Hamburg des Lebensfrühlings. Nichts ist festgelegt, es wimmelt von Konzepten und Ideen, deren Beständigkeit heiter unklar bleibt. Es ist das Ende der 1980er, und die »Szene« (Uni, Kneipen, Autonome, Musiker), in die Nik eintaucht, brodelt vor Ideologien und Einmischlust. Im zweiten Roman *Kein Durchkommen*, der eine Dekade später spielt, zeigt nicht nur das den Plot prägende Wetter mehr Grautöne. Kurz vor dem Millennium hat der Einfluss der Medien stark zugenommen. Nik und ihre Freunde sind mit Weichenstellen befasst – Arbeit, Forschung, Kinder –, während der Puls der Stadt mechanischer schlägt; Kunst, Musik und Drogen sind härter, fieberhafter geworden. Und nun, wiederum zehn Jahre später, kommt eine illusionslose Nikola zurück in ein strengeres, kälter glitzerndes Hamburg. Der Siegeszug von PR- und Dienstleistungsgesellschaft hat sich fortgesetzt, Jobs sind ein rares Gut, Wissenschaft und Forschung stehen unter Erfolgsdruck. Die prestigeträchtige Suche nach einer »Physik jenseits des Standardmodells« verschafft Nik einen Auftrag am renommierten Deutschen Elektronen-Synchrotron DESY – nur leider nicht als Physikerin, sondern als Schnüfflerin und Frau fürs Grobe. Also begibt sie sich mit Vollgas auf sozialen und kriminalistischen Kollisionskurs, getreu dem Motto: Je schneller sich ein Teilchen bewegt, desto länger ist seine Halbwertszeit …

Else Laudan

Ann-Monika Pleitgen, Managerin, Ehefrau und Co-Autorin des Schauspielers Ulrich Pleitgen, schrieb schon als Kind leidenschaftlich gern. Ihr Sohn, der Physiker Dr. Ilja Bohnet, arbeitete bis 2012 am Deutschen Elektronen-Synchrotron (DESY), inzwischen ist er zur Dachorganisation von DESY in die Geschäftsstelle der Helmholtz-Gemeinschaft deutscher Forschungszentren gewechselt. Beim Schreiben des Kriminalromans *Freitags isst man Fisch* (nominiert für den GLAUSER 2010 als bestes Debüt) entdeckten Mutter und Sohn ihre Autorenteam-Fähigkeiten und schufen die eigenwillige Protagonistin Nikola Rührmann.

BOHNET PLEITGEN

TEILCHEN BESCHLEUNIGUNG

Ariadne Krimi 1191
Argument Verlag

Ariadne Kriminalromane
Herausgegeben von Else Laudan
www.ariadnekrimis.de

Bohnet Pleitgen bei Ariadne:

Freitags isst man Fisch (Ariadne Kriminalroman 1177)
Kein Durchkommen (Ariadne Kriminalroman 1183)
Teilchenbeschleunigung (Ariadne Kriminalroman 1191)

Deutsche Originalausgabe
Alle Rechte vorbehalten
© Argument Verlag 2012
Glashüttenstraße 28, 20357 Hamburg
Telefon 040/4018000 – Fax 040/40180020
www.argument.de
Umschlaggestaltung: Martin Grundmann
Fotomotiv: © enzo9110 – Fotolia.com
Lektorat: Else Laudan und Iris Konopik
Satz: Iris Konopik
Druck und Bindung: CPI Moravia Books, Pohorelice,
Printed in Czech Republic
Gedruckt auf säure- und chlorfreiem Papier
ISBN 978-3-86754-191-6
Erste Auflage 2012

Für Folker, Ida und Jan

Dieses Buch ist frei erfunden. Selbstverständlich würde das echte DESY niemals einen derart zwielichtigen Sonderauftrag vergeben.

Je begreiflicher uns das Universum wird, umso sinnloser erscheint es auch. Doch wenn die Früchte unserer Forschung uns keinen Trost spenden, finden wir zumindest eine gewisse Ermutigung in der Forschung selbst. Die Menschen sind nicht bereit, sich von Erzählungen über Götter und Riesen trösten zu lassen, und sie sind nicht bereit, ihren Gedanken dort, wo sie über die Dinge des täglichen Lebens hinausgehen, eine Grenze zu ziehen. Damit nicht zufrieden, bauen sie Teleskope, Satelliten und Beschleuniger, verbringen sie endlose Stunden am Schreibtisch, um die Bedeutung der von ihnen gewonnenen Daten zu entschlüsseln. Das Bestreben, das Universum zu verstehen, hebt das menschliche Leben ein wenig über eine Farce hinaus und verleiht ihm einen tragischen Hauch von Würde.

Steven Weinberg
Teilchenphysiker und Nobelpreisträger

Prolog

Noch ist es nicht zu spät. Ich hetze die metallischen Treppenstufen im Eingangsportal des alten Elbtunnels hinunter, vorbei an stoisch dreinblickenden Porträtbüsten an der gefliesten Wand. Kein Mensch weit und breit. Die vier Fahrkörbe für die Autos schlafen noch. Nur das Klacken meiner hohen Absätze ist zu hören. Der Aktenkoffer aus Aluminium wiegt schwer in meiner linken Hand. Wie viel Geld wohl drin ist? Die Handschelle schneidet ins Fleisch. Großartiger Einfall, mich bei dem Gerangel ums Geld an den Koffer zu ketten. Mein linker Arm ist ganz lahm vom Tragen, und die Handschelle lugt verdächtig unter dem Ärmel meiner Bluse hervor.

Ob der Kerl tot ist? Ich hab ihm einen kräftigen Schlag gegen den Kopf versetzt, dass er an den Bettpfosten krachte. Aber davon stirbt man doch nicht.

Unten angekommen, blicke ich auf die beiden Tunnel mit je einer Fahrspur in der Mitte und schmalen Gehsteigen rechts und links. Ich bin allein. Ich nehme die rechte Röhre. Die schmiedeeisernen Wandleuchten werfen ein warmes Licht auf die Steinzeugreliefs, die in regelmäßigen Abständen die gekachelten Tunnelwände zieren.

Gestern Abend hab ich ihn aufs Hotelzimmer gelockt und so lange bezirzt, bis er mir schließlich erzählt hat, wo sich der Laptop mit der Analyse des Physikers befindet. Irgendwo im Freihafen. Auf der LA PALOMA. Dort erwartet ihn der Hehler um halb fünf. Hat mich ganz schön Kraft gekostet, mit übereinandergeschlagenen Beinen auf dem Bett sitzend das heiße Weibchen zu spielen, um das aus ihm rauszukitzeln.

Ich haste weiter durch den leicht gewölbten Tunnel. Das Licht der Wandleuchten links und rechts vereinigt sich an seinem Ende. Fern, noch sehr klein, sehe ich eine Gestalt. Kommt sie näher? Ich gehe weiter auf sie zu. Oder hinter ihr her? Ich zerre den Ärmel der Bluse über meine gefesselte Hand. Die Erscheinung wird größer, kommt näher. Scheiße. Wer ist das? Wir laufen aufeinander zu. Das Klackern meiner High Heels vermischt sich mit dem Hall seines Stechschritts. Unsere Echos verschmelzen zu einem Rhythmus. Diese akustische Einheit wird lauter und lauter. Schon kann ich das Gesicht erkennen. Blond. Jung. Hart. Ich starre geradeaus, schaue dem Mann nicht in die Augen, damit er mich nicht anspricht. Dicht vor mir bleibt er stehen, zeigt auf den Koffer und sagt: »Die beste und sicherste Tarnung ist immer noch die blanke und nackte Wahrheit. Die glaubt niemand.« Dann geht er weiter.

Ich kremple den Ärmel hoch, straffe mein Kreuz und weiß, dass ich die *LA PALOMA* im Freihafen finden werde.

Als ich wenig später auf der anderen Elbseite auf die Straße trete, dämmert der Morgen. Am Horizont verdichten sich Zirruswolken zu rosaroten Streifen. Ich blicke mich um. Wo liegt mein Schiff? Ich entscheide mich für den Fährkanal. Ich stakse über graues Kopfsteinpflaster, knicke mit meinen High Heels um. Jetzt reicht's. Ich kicke die Schuhe von den Füßen und haste barfuß weiter. Ein Lkw rumpelt über die Straße, im Schlepp fliegt der Auflieger hinterher. Das Gefährt pustet rußige Abgase in die frische Morgenluft und verschwindet hinter der Biegung der Straße. Auf dem gegenüberliegenden Bürgersteig läuft die Karikatur eines Seemanns: Ringelpullover, weite Hose, weißer Backenbart, blaue Wollmütze mit rotem Bommel. Ich mache dem Mann Zeichen, damit er stehen bleibt, die High Heels schlackern beim Winken in meiner linken Hand, die Handschelle rasselt auf dem silbern glänzenden Koffer.

»Entschuldigen Sie«, sage ich höflich und versuche meine Atemlosigkeit zu unterdrücken. »Ich suche einen Stückgutfrachter namens *LA PALOMA*.«

Er bleibt stehen und mustert mich. »Aha.« Sein Blick fällt auf den Koffer.

»Wissen Sie vielleicht, wo das Schiff angelegt hat?«

»Aha«, wiederholt er bedeutungsvoll und starrt weiter auf den Koffer.

»Da ist nur Geld drin«, erkläre ich geduldig.

»Und der Typ, von dem Sie's haben, is' vermutlich dot«, sagt er in schnoddrigem Hamburgisch.

»Vermutlich«, antworte ich. Woher weiß der das, verdammt. »Was ist? Wissen Sie nun, wo ich die *LA PALOMA* finden kann?«

»Stückgut wird noch am Grevenhofkai umgeschlagen, am Ende der Straße rechts«, antwortet er und wendet sich ohne ein weiteres Wort von mir ab. Genau wie es dieser Max Frisch eben gesagt hat: Die Wahrheit glaubt einem sowieso niemand, sie ist die beste Tarnung. Aber der Typ, von dem ich den Koffer habe, ist vermutlich wirklich tot. Ganz sicher sogar. Ein Schauder ergreift mich. Ich habe das Bild vor Augen, wie er ausgestreckt auf dem Boden liegt. Der leblose Körper. Die klaffende Kopfwunde. Ich habe ihn umgebracht. Kaltblütig erschlagen. Was habe ich getan? Warum habe ich mich bloß auf diesen verfluchten Sonderauftrag eingelassen? Mission impossible!

Ich schaue auf meine Armbanduhr – 4:29 Uhr. Herrje, ich komme zu spät zum Treffpunkt.

Immerhin weiß ich jetzt, wo die *LA PALOMA* liegt. Sonst aber nichts. Dass Edu auch gar nichts sagt! Ich zwinge mich zur Ruhe, zurück auf Eins, denke ich, während ich auf nackten Füßen die Straße runterhetze und mir der Schweiß von der Stirn läuft, zurück auf Eins. Wie bin ich nur in diesen Schlamassel geraten? Wie hat diese blöde Geschichte überhaupt angefangen? Vor zwei Tagen. Am Montag um neun Uhr.

Die Ankunft

Montag, der 10. August, 9:02 Uhr, um genau zu sein

Exakt zu dieser Zeit lief der Zug aus Berlin in den Hamburger Bahnhof Dammtor ein. Ich stand an der Waggontür und spähte durchs Fenster. Auf dem Bahnsteig tummelten sich Geschäftsleute mit Handy am Ohr, gepäckbeladene Familien, ein altes Männchen im Jogginganzug, Verliebte, die sich lange Abschiedsküsse gaben, und andere, die mit gespannten Blicken den einfahrenden Wagen folgten. Das waren keine Reisenden, sie erwarteten Gäste, Verwandte, liebe Freunde. Ich selber durfte kaum damit rechnen, abgeholt zu werden. Ich bin nicht der Typ, der aus der Ferne alte Freundschaften pflegt. Nicht mal aus der Nähe. Und in Hamburg hatte ich mich seit acht Jahren nicht blicken lassen.

Verdamp lang her, verdamp lang, verdamp lang her, hörte ich aus dem Jenseits den niederrheinischen Singsang meines Großvaters Edu. Dass er ausgerechnet jetzt BAP zitierte, war nicht anders zu erwarten.

Die Bahnhofshalle mit ihren gleisumspannenden Stahlträgern musste in der Zeit meiner Abwesenheit aufwendig restauriert worden sein. Die Sandsteinmauern des Gebäudes leuchteten hellgelb im Morgenlicht. Mit einer gewissen Genugtuung stellte ich fest, dass die Uhr an meinem Handgelenk mit der auf dem Bahnsteig auf die Sekunde genau übereinstimmte. Hinter mir hatte sich inzwischen eine kleine Schlange Mitreisender gebildet, die zur Tür gewandt auf den Halt des Zuges wartete. Aus dem Lautsprecher tönte die sächselnde Stimme des Schaffners: »Unser nächster Halt ist Hamburg-Tammdor! Our next stop is Hamburg-Tammdor.« Mit einem Ruck kam der Zug zum Stehen, und ein Koffer landete in meiner Kniekehle.

»Pardon!«, sagte dicht hinter mir der Mann, zu dem der Koffer gehörte. Ein Aktenkoffer aus Aluminium von enormer Schwere, wie meine Kniekehle schmerzhaft registrierte. Schon vorhin im Abteil hatte dieser Mann meine Phantasie in Unruhe versetzt. Er war von untersetzter, rundlicher Gestalt, hatte lockige graue Haare und buschige schwarze Brauen. Es waren seine flinken Augen im dunklen Gesicht, die in mir den Eindruck erweckt hatten, einem ganz gerissenen Typ gegenüberzusitzen, vielleicht sogar einem Mafioso, unterwegs von Palermo nach Hamburg, um dort einen einträglichen Auftrag zu erfüllen. Zwischenzeitlich hatte er sich auf die Abteiltoilette verzogen, ohne den Aluminiumkoffer aus der Hand zu lassen, und war mit einem Kollar um den Hals zurückgekommen, dem weißen Kragen des Priesters, aber beruhigte mich das?

Hinter mir knurrte jemand ungeduldig: »Knopp drücken!« Typisch Berliner Schnauze.

»Knopf drücken kann jeder«, rief ich zurück. »Hier geht's darum, es im richtigen Moment zu tun.« Die grüne LED-Anzeige des Türöffners leuchtete auf. Ich drückte auf den Knopf, und zur Erleichterung aller öffnete sich kurz darauf die Waggontür des ICE. Doch als ich die schmalen Stufen runterkraxeln wollte, verhakte sich der Riemen meines Rucksacks in der Schnalle des Aluminiumkoffers. Ich wurde zurückgerissen und prallte gegen den runden Bauch des Priesters.

»Pardon!«, murmelte er geistesabwesend, dabei meinte ich aus seiner rauen Stimme einen leichten italienischen Akzent herauszuhören, was meine These verfestigte, dass ich es mit einem Mafioso im Priestergewand zu tun hatte.

»Warten Sie, wir müssen unser Gepäck kurz absetzen. Aber nicht direkt vor der Wagentür. Dort drüben vielleicht.« Ich wies auf den gelb umrandeten Raucherbereich. Der Priester nickte zurückhaltend. Und so tippelten wir wie siamesische Zwillinge ein paar Schritte beiseite.

»Pardon!«, wiederholte er nun schon zum dritten Mal, als wir unsere Gepäckstücke endlich entkoppelt hatten. Dann senkte er den Kopf. Kam jetzt die vierte französische Entschuldigung? Nein, er lächelte nur verhalten und schritt würdevoll davon.

Er hätte zum Abschied zumindest Amen sagen können, dachte ich, und Edu schob noch die Empfehlung *Geh mit Gott, aber geh!* hinterher. Die Mitreisenden liefen auseinander, der Bahnsteig leerte sich, der Zug fuhr wieder an, seinem Endbahnhof Altona entgegen. Zu meiner Überraschung wurde ich plötzlich von hinten umarmt. Ich befreite mich und drehte mich um.

»Doktor Nikola Rührmann zurück in Hamburg!« Taxi-Christian lachte, dass sein Adamsapfel hüpfte. Sein Fusselbärtchen war ergraut, aber seine Brillengläser glänzten verschmiert wie eh und je. »Herzlich willkommen!«

»Krischaan! Unglaublich, dass du mich tatsächlich abholst.«

»Nik, altes Haus, deine erste Kutschfahrt in Hamburg nach so vielen Jahren, die überlasse ich doch keinem anderen.«

Wir drückten uns innig.

»Unfassbar, dass du wieder da bist«, sagte er und hatte tatsächlich kleine Schluchzer in der Stimme. »Aber so ist unsere Nik. Da hört man jahrelang nichts von ihr und dann kündigt sie ihre Ankunft so unvermittelt an wie …«« Er suchte nach einem Vergleich.

»Wie Bianca Castafiore per Telegramm ihren Besuch auf Schloss Mühlenhof?«, half ich ihm weiter.

Christian zückte sein Handy, schaute aufs Display und las: »Ankomme 10.08.2009 Hamburg-Dammtor um 9:00 Uhr. Nikolaus.« Er steckte das Handy zurück in die Hosentasche. »Die SMS ist von gestern Abend.«

»Es hat prompt nicht gestimmt. Der Zug hatte zwei Minuten Verspätung.«

»Immer noch so zahlenfixiert?« Er betrachtete mich, nahm meine weiße Bluse in Augenschein, das Jackett und den züchtigen Rock, und stupste mich dann in die Seite. »Gut siehste aus.«

»Den Kampfanzug trage ich nur, weil ich mich für einen Job vorstellen muss.«

Christian griff nach meinem Rucksack.

»Und?«, fragte ich. »Wie ist es dir inzwischen ergangen als …«, ich holte tief Luft, um die folgende Substantivierung zu bewältigen, »als Groß-Raum-Taxi-Unternehmer?« Anerkennend klopfte ich gegen sein kleines Bäuchlein, das der Rollkragenpullover nur ungenügend versteckte. »Hunger zu leiden scheinst du ja nicht.«

»Hey, Drag King, gefalle ich dir etwa nicht?«

»Hey, taxi driver, you are talkin' to me?«, gab ich zurück, während wir die Bahnsteigtreppen runterliefen.

»Hey, Butch Cassidy!«

»Hey, Crackpot!«

Wir traten aus der Bahnhofshalle. Die Wipfel der Bäume in Planten un Blomen wiegten sich im Wind. Ich blickte auf das Radisson Hotel und den Fernsehturm, die in den strahlend blauen Himmel stachen.

»Tja. Nu' hat Hamburg mich wieder.«

»Das musst du erst noch beweisen, du Quiddje.«

Am Ende des Taxistands wartete eine weiße Stretch-Limousine. Ein paar Taxifahrer hatten sich neugierig um sie geschart und warfen, die Hände respektvoll hinterm Rücken verschränkt, einen Blick ins Innere der Prachtkarosse.

»Voilà!« Mit einladender Geste öffnete Christian mir die hintere Autotür und half mir galant beim Einsteigen. Die Kollegen verzogen sich stillschweigend.

»Das ist ja wohl ein Scherz!«, entfuhr es mir. »Eine Ziehharmonika auf Rädern?«

»Nein, eine Übergangslösung«, sagte Christian. »Meine übrigen Taxen sind auf Schicht oder in Reparatur.«

Ich ließ mich in das weiche Polster fallen, und Christian schloss behutsam die Tür. Sie dankte es ihm mit einem sanften Klack. Christian rutschte hinters Steuer und startete die Limousine.

»Sapperlot, bist du weit weg«, rief ich ihm von meinem Platz aus zu, während ich neugierig alles um mich herum betrachtete. Goldfarbene Leisten glitzerten an den Wänden und Brillantimitationen in den Mittelarmlehnen der Sofasessel. Ein Kühlfach mit Silberbechern für den Champagner fehlte ebenso wenig wie ein Humidor samt Zigarrenabschneider. »Ich bin beeindruckt!« Ich drückte vorwitzig einen Knopf am eingelassenen Seitenfach meines Sitzes, woraufhin eine von innen beleuchtete Acrylglas-Kugel unaufdringlich Parfüm verströmte. Na ja.

»Wohin soll denn die Reise gehen?«, bellte Christian von vorne.

»Direkt zum DESY, lieber Extra Long Vehicle Driver. Ich bin schon spät dran.«

»Zu diesem Forschungszentrum in Bahrenfeld? Was willst du denn dort?« Die Limousine schnurrte los. Vom Motor war nur ein harmonisches Summen zu hören. Ich fühlte mich wie in einer sanft schaukelnden Wiege.

»Da wartet vielleicht ein neues Aufgabenfeld auf mich. Als Wissenschaftsreferentin. Forschungspolitik und so weiter. In …«, ich schaute auf meine Uhr, »51 Minuten beginnt das Vorstellungsgespräch.«

»Na, das hört sich endlich mal seriös an.«

»Weiß ich nicht. Es geht auch um Geld. In dem Einladungsschreiben war sogar von einem Sonderauftrag die Rede.«

»Das klingt allerdings mysteriös. Nach Geheimwaffen und Plutoniumschmuggel«, brummte Christian. Ich sah im Rückspiegel, wie seine Augen hinter der Nickelbrille aufgeregt blinzelten.

»Quatsch«, wiegelte ich ab. »Hinter dem Sonderauftrag verbirgt sich vermutlich was ganz Harmloses. DESY ist ein staatlich finanziertes Zentrum der Grundlagenforschung zur Untersuchung der Struktur der Materie. Was die Welt im Innersten zusammenhält und so.«

»Die machen da doch Materie und Antimaterie.«

»Die Physiker dort versuchen mit ihren Experimenten den Urknall im Labor zu simulieren.«

»Das ist sicherlich hypergefährlich. Beim Urknall ist doch schon damals alles auseinandergeflogen.«

»Ach Unsinn, Krischaan. Außerdem schaffen sie es bei ihren Experimenten sowieso nicht ganz zurück zum Ursprung. Dazu fehlt ihnen die Energie. Aber immerhin kommen sie bis auf eine Pikosekunde an den Big Bang heran.«

»Eine Piko was? «

»Ein Millionstel eines Millionstels einer Sekunde nach dem Urknall. Das sind die Bedingungen, die man in den Experimenten der Hochenergiephysik künstlich erzeugen kann.«

Christian überlegte kurz. Dann fragt er: »Wie lange ist der echte Urknall her?«

»Etwa vierzehn Milliarden Jahre.«

»Wenn man der Bibel glauben darf, war es ein Montag«, bemerkte Christian trocken. »Und was haben die fleißigen Physiker sonst so rausgefunden?«

Sieh mal an, unversehens mitten im Physikunterricht? »Materie, lieber Krischaan, besteht mehr oder weniger aus leerem Raum, in dem winzige Wellenpakete herumfliegen. Zeit und Raum sind keine konstanten physikalischen Größen, sondern relative. Das Universum dehnt sich aus, und zwar mit wachsender Geschwindigkeit. Unsere Sonne ist nur eine von etwa zehntausend mal Millionen mal Millionen mal Millionen von Sternen. Und mehr als zehn Milliarden Jahre brauchte das Universum, bis Leben auf der Erde entstanden ist.«

»Und was ist mit den schwarzen Löchern? Daran arbeiten deine Grundlagenforscher doch bestimmt auch.«

»Na klar!«

»Um daraus Bomben zu bauen.«

»Jetzt sei doch nicht närrisch. Grundlagenforschung ist …«, ich suchte nach einem passenden Begriff, »im Grunde genommen eine besondere Form der Kulturarbeit. Sie verfolgt keinen konkreten Produktionszweck, verstehst du?«

»Nö«, sagte Christian nur. »Für irgendwas muss sie doch gut sein?«

»Auf genau solch eine Frage soll der Physiker Michael Faraday einem englischen Ministerialbeamten mal geantwortet haben: Ich weiß nicht, für was meine Arbeit einmal gut sein wird. Aber ich weiß, dass Sie Steuern darauf erheben werden.« Ich lachte über mein gelungenes Zitat. Christian nicht. »Aber natürlich strahlt die Grundlagenforschung stark auf Wirtschaft und Gesellschaft aus«, dozierte ich weiter Richtung Fahrersitz. »Der Kühlschrank, die Tischlampe, CD-Player und Computer, letztlich alle Technik basiert auf Grundlagenforschung. Indirekt sorgt sie also für die Steigerung der wirtschaftlichen Produktivität.«

»Auch für die der Waffenindustrie? Im Rahmen eines Sonderauftrags.«

»Ach, Krischaan.« Er blieb einfach unbelehrbar. Ich sank erschöpft in die Polster der Sitzbank zurück und blickte aus dem Fenster.

Wir fuhren an den neuen Messehallen vorbei, in großem Bogen auf die Fruchtallee und im Mahlstrom des Berufsverkehrs in den Westen der Stadt. Hamburg hatte sich verändert. Wie alles sich verändert mit der Zeit. In kleinen, unmerklichen Schritten. Unaufhörlich. Unentwegt.

»Wie geht es Esthie?«, fragte ich, um das Thema zu wechseln.

Christian zuckte traurig die abfallenden Schultern und lehnte sich, die Arme steif ausgestreckt, vom Steuer zurück. »Esthie will bald in die Schweiz fahren.«

»Das ist doch schön. Hast du was gegen die Berge?«

»Leider will sie nicht mit mir fahren, sondern mit einer Freundin.«

»Hin und wieder braucht eine Frau so was wie eine Auszeit, das ist normal«, murmelte ich mechanisch. Ich war in Gedanken schon im Forschungszentrum. Ob ich den Job bekommen würde? Ich konnte ihn gut gebrauchen. Seit Beginn der Finanzkrise war ich ohne feste Arbeit. Berlin hatte mir schon lange nichts mehr zu bieten. Wie unglaublich frei ich jetzt war. Aber was nützte mir das? In diesem Land konnte ich überallhin, aber bedauerlicherweise nicht mehr raus.

In der Fruchtallee klaffte in einer Häuserzeile eine Lücke. Was hatte an dieser Stelle mal gestanden? Ich konnte mich nicht erinnern.

»Leider fällt ausgerechnet mein Geburtstag in Esthies sogenannte Auszeit«, kläffte Christian nach hinten. »Für so viel Gleichgültigkeit kann ich wirklich kein Verständnis aufbringen.«

»Wenn wir die Frauen verstehen könnten, ginge viel von ihrem Zauber verloren«, erwiderte ich und schaute seitlich zum Fenster raus. Eine flanierte gerade auf der anderen Straßenseite über den Bürgersteig. Ihr kurzes Kleid flatterte im Wind. »Sie sind hier viel modebewusster als in Berlin«, stellte ich fest.

Christian manövrierte die Stretch-Limousine souverän durch den dichten Autoverkehr, wechselte lässig die Spuren, als würde er nicht dieses überdimensionale Ungetüm lenken, sondern einen schnittigen Zweisitzer.

»Wie geht es Jan N Punkt?«, fragte ich.

»Weiß nicht. Seit der Trennung von Xiao-hong hab ich ihn nicht mehr gesehen. Du weißt doch davon?«

»Ja, ja.« Asphalt-Wilfried hatte mir bei seinem Besuch vor anderthalb Monaten in Berlin davon erzählt. Ich war damals in einer verdammt melancholischen Stimmung gewesen. Und die Nachricht von Jans Trennung hatte mich weiter runtergezogen. *Du hast die Midlife-Crisis, ming Mädsche*, hatte Edu mir von seiner Wolke heruntergebetet. Aber das war es nicht. Ich fand es bloß hart, wie sich alles veränderte. In kleinen, unmerklichen Schritten. Unaufhörlich. Unentwegt.

»Und hast du was von Wilfried gehört?«, fragte Christian.

»Nein«, log ich. Dieser verfluchte Alkohol. Diese verdammte Midlife-Crisis. Und diese verdammte Missionarsstellung. Da ist die Chance, schwanger zu werden, am größten …

»Heute im Zug saß ich einem Priester gegenüber«, sagte ich rasch, um auf andere Gedanken zu kommen. »Erst habe ich ihn für einen Mafioso gehalten. Bis er sich das Kollar angelegt hat, du weißt schon, diesen Priesterkragen, da sah er plötzlich ganz seriös aus, komisch, nicht? Das heißt, ich finde das eher beunruhigend als komisch.«

»Meine Schwester Rosi hat mir mal ein Priestergewand zum Fasching geschneidert. Auf dem Fest hatte ich damit aber kein Glück bei den Frauen.«

»Lässt sich denken.«

Während sich Christian in einer umständlichen Beschreibung der Herstellung des Priestergewands erging, ließ ich die Bilder der Stadt am Autofenster vorbeiziehen und gab mich der Vorstellung vom bürgerlichen Leben als Forschungsreferentin in Hamburg hin. Daran würde ich mich erst noch gewöhnen müssen.

»Alles wird dann nur noch mit der Nähmaschine zusammengenäht«, beendete Christian seinen Vortrag, als wir in eine Toreinfahrt einbogen.

»So eine Nähmaschine ist seit langem mein größter Traum«, murmelte ich.

Wir waren angekommen. Von außen wirkte das Labor recht unspektakulär. Die zwei- bis dreistöckigen Gebäude machten nicht den Eindruck, als wären sie Brutstätte einer hochkomplizierten wissenschaftlichen Zukunft. Die Pförtner winkten uns einfach durch.

»Normalerweise muss man sich an dieser Stelle als Besucher anmelden«, wunderte sich Christian, zuckte die Achseln und fuhr durch die offene Schranke.

»Dein Long Vehicle ist eben so eindrucksvoll, dass sich niemand traut, uns anzuhalten.« Zwar kein Fahrzeug, um inkognito von A nach B zu kommen, aber zweifellos eines, mit dem man *ankam*.

Die Stretch-Limousine hielt großartig vor dem Hauptgebäude des DESY, auf dem Werksgelände blieben Leute staunend stehen, sogar aus den Fenstern schauten einige heraus. Christian sprang aus dem Auto, um mir die Tür aufzuhalten. Ich prüfte im Spiegel Frisur, Teint und Outfit. Alles so weit okay. Ich konnte mich sehen lassen. Lippenstift wollte ich keinen auftragen. Ich entstieg der Limousine und warf mir meinen Rucksack auf den Rücken.

»Viel Glück bei deinem Sonderauftrag, Nik Knatterton!«

»Danke, Krischaan. Ach, und hier noch eine kleine Rechenaufgabe, die dich von trüben Gedanken ablenken wird.«

Christian stöhnte auf. »Nee, nich al wedder.«

»Nur eine klitzekleine Aufgabe«, beruhigte ich ihn. »Was ist zwölf Millionen dreihundertfünfundvierzigtausend sechshundertneunundsiebzig mal neun?« Ich sagte die Zahl wie zum Mitschreiben auf. »Nein, du musst die Lösung nicht gleich ausrechnen. Gib sie mir bei unserem nächsten Treffen.«

Das Vorstellungsgespräch

Montag, der 10. August, 10:23 Uhr

»Können Sie mir noch folgen, Frau Doktor Rührmann?« Professor Hermann Mann, Forschungsdirektor des DESY, blickte mich aus tiefliegenden Augen an. Seine Haut war wächsern, das volle, sorgfältig gescheitelte Haar kalkweiß. Er trug einen hellgrauen Dreiteiler, der seine Blässe auf kongeniale Weise unterstrich. Und zum weißen Hemd eine kleine, schief sitzende Fliege, die rot-rosa gestreift war – überraschend auffällig für einen sonst so farblosen Mann. Er hatte eine hohe, runzlige Stirn, einen grüblerischen Gesichtsausdruck und strahlte eine gewaltige Nervosität aus, deren Ursache ich mir nicht erklären konnte, schließlich bewarb *ich* mich hier um eine Stelle, nicht er. Seit exakt dreiundzwanzig Minuten, wie ich einem vorsichtigen Blick auf meine Armbanduhr entnehmen konnte, saß er mir, geneigt wie der Schiefe Turm von Pisa, an dem großen Konferenztisch gegenüber und referierte über Aufgaben und Ziele seines Forschungszentrums. Ich selbst war so gut wie noch gar nicht zu Wort gekommen.

»Können Sie mir folgen?«, wiederholte er.

»Natürlich kann ich Ihnen folgen. Überallhin«, sagte ich entschlossen und guckte grimmig. Ich hatte allerdings den leisen Verdacht, dass Professor Mann um den heißen Brei herumredete und dass ich im Kreis laufen würde, wenn ich ihm tatsächlich folgte.

»Das ist gut. Das ist sehr gut. Wie ich eingangs bereits sagte, ist das Deutsche Elektronen-Synchrotron, kurz DESY, eins der international erfolgreichsten Laboratorien für Teilchenphysik. Es gehört zu den bekanntesten Großforschungseinrichtungen der Bundesrepublik Deutschland.«

»Ein Forschungszentrum der Helmholtz-Gemeinschaft, das vor sehr großen Herausforderungen steht«, warf Petra Landau, die kaufmännische Geschäftsführerin, lächelnd ein. Sie saß ihm zur Rechten und war außerordentlich gut gelaunt. Oder tat zumindest so. Vielleicht, um die Nervosität ihres Kollegen ein wenig auszu-

gleichen. Petra Landau war von geradezu übernatürlicher Reiz-
losigkeit. Sie trug ein hochgeschlossenes Kleid, in dem ihre schmale
Figur steif wie ein Plättbrett wirkte. Sie hatte ungewöhnlich große
Hände und kurzes, aschblondes Kraushaar, das ihr rundes Gesicht
umwehte. »Frau Rührmann«, preschte sie unvermittelt vor, »den
folgenden Gesprächsteil bitten wir Sie diskret zu behandeln.«

Was in aller Welt meinte sie? Ich ließ mir die Irritation nicht
anmerken. »Kein Problem«, beteuerte ich, und Petra Landau fuhr
unverzüglich fort:

»Eigentlich schienen die Tage unseres größten Teilchenbeschleunigers namens DORIS schon gezählt«, ihr glucksendes Lachen
zeigte unbefangen weiße, auffallend unregelmäßige Zähne, »aber
der Ausfall des LHC am CERN Ende letzten Jahres verschafft uns
ungeahnte Möglichkeiten.«

Professor Hermann Mann nickte. »Kurz nach der Panne an dem
Beschleuniger unserer Kollegen in Genf hat uns das deutsche For-
schungsministerium überraschend in Aussicht gestellt, den Betrieb
von DORIS ein weiteres Jahr zu finanzieren.« Er sprach stockend,
aber wohlüberlegt. Dem fast unmerklichen Zittern seiner Stimme
begegnete er durch gezielten Einsatz von Pausen. »Ausgerechnet
in dieser entscheidenden Phase des Betriebs meinen einige unserer
Physiker nun auf Spuren von rätselhaften Geisterteilchen gestoßen
zu sein.«

»Was denn für Geisterteilchen?« Etwa das Higgs-Boson, dieses
ominöse Teilchen, von dem immer wieder in der Presse die Rede
ist, das für die Masse in der Welt verantwortlich sein soll? Das wäre
in der Tat eine Sensation.

»Die Elementarteilchen unseres Universums und ihre Wechselwirkungen werden durch das sogenannte Standardmodell beschrieben«, holte Hermann Mann aus, ohne auf meinen Einwurf
einzugehen. »Es wird durch teilchenphysikalische Experimente
sehr gut bestätigt, enthält aber eine ganze Reihe von physikalischen Hilfsparametern, für die es bisher keine theoretische Erklärung gibt.«

»Deswegen sind im Grunde alle Teilchenphysiker überzeugt, dass das Standardmodell nur eine Hilfskonstruktion ist«, wandte Petra Landau feixend ein, »ein Konzept, das irgendwann einmal abgelöst wird von der wahren *Theory of Everything*.«

»TOE – die Weltformel?«, fragte ich, als verstünde ich etwas davon.

Hermann Mann nickte bestätigend. »So etwas in der Art. Nun wurde an unserem Beschleuniger DORIS erstmals ein Hinweis auf eine neue Teilchensorte gemessen, die es laut Standardmodell gar nicht geben dürfte.«

»Nicht zu glauben«, staunte ich.

»Viele Wissenschaftler geben sich bei der Bewertung der Ergebnisse noch zurückhaltend«, relativierte Petra Landau, »aber wenn sich der Verdacht erhärten sollte, wäre das zweifellos ein Weltereignis.« Ihr Gesicht strahlte. »Bereits die Vorabanalyse, die in der Zeitschrift *Science* vorgestellt wurde, hat international mächtig Wind gemacht.«

»Würde sich die Vermutung tatsächlich bestätigen, dann wäre zum ersten Mal ein physikalisches Phänomen jenseits des Standardmodells gemessen worden«, sagte Professor Mann. Er war so erregt, dass das Zittern in seiner Stimme nicht zu überhören war. »Verstehen Sie, was das bedeuten würde, Frau Doktor Rührmann?«

Nicht im Detail, aber es ging offensichtlich um eine sehr, sehr große Sache. Ich straffte mein Kreuz. »Außergewöhnliche Behauptungen verlangen außergewöhnliches Beweismaterial«, sagte ich trocken. »Was wäre, wenn sich das Phänomen jenseits des Standardmodells nach einem weiteren mühevollen und kostspieligen Arbeitsjahr als Hirngespinst entpuppen würde?«

»Sehr gut, Frau Doktor Rührmann. Das ist genau der Punkt, denn das wäre eine Katastrophe, die ich mir in all ihren Facetten gar nicht ausmalen mag«, gab Hermann Mann unumwunden zu.

»Aber dafür haben wir ja Sie!«, schmeichelte mir Petra Landau und warf ihrem Direktoriumskollegen als Wink, endlich zur Sache zu kommen, ein kurzes Lächeln zu.

Professor Mann nickte wieder, schaute mir dann konzentriert

in die Augen und sagte ernst: »Kollegin Landau hat recht. Genau deshalb brauchen wir Sie!«

Achtung, ming Mädsche!, warnte Edu aufgeregt. *Irgendwat is faul.*

»Ich verstehe nicht ganz. Ich bin keine Teilchenphysikerin. Welche Hilfe versprechen Sie sich von mir?«

»Keine wissenschaftliche.« Professor Hermann Mann griff nach meinen Bewerbungsunterlagen auf dem Konferenztisch, blätterte sie mit dem Daumen wie einen Kartenstapel durch und lehnte sich, den undurchdringlichen Blick an die Decke geheftet, die Fingerspitzen aneinandergedrückt, in seinem Stuhl zurück. »Sie sind aus verschiedenen Gründen für uns die ideale Kandidatin.« Er klopfte auf die Tischplatte, den Blick unverwandt nach oben gerichtet. »Eine promovierte Naturwissenschaftlerin, die auf verschiedenen Forschungsgebieten tätig war, die aber auch die forschungspolitische Landschaft und die verschiedenen wissenschaftlichen Dachorganisationen wie ihre Westentasche kennt.«

Ich blieb abwartend. Mein vorletzter Job am Geoforschungszentrum in Potsdam hatte mir längst nicht so viel Erfahrung eingebracht, wie mein Lebenslauf glauben machen sollte, aber wenn die das hier so interpretierten, bitte schön.

»Sie können also den Einfluss wissenschaftlicher Spitzenergebnisse auf den forschungspolitischen Gesamtzusammenhang sehr gut nachvollziehen. Und darüber hinaus besitzen Sie noch ganz andere Qualifikationen.«

»Nämlich?«

»Sie verfügen über kriminalistische Raffinesse.«

»Wie kommen Sie denn darauf?«

»Ihr legendärer Auftritt in der Sendung des Fernsehmeteorologen Franz Seeler ist uns allen unvergessen.«

Ach so. Die berühmte Wetterwette zwischen Seeler und meinem Doktorvater Professor Udo Rindeck, deren kriminellen Hintergrund ich in einem furiosen Finale live im Fernsehen aufgedeckt hatte. Das war spektakulär, ohne Zweifel, aber immerhin schon zehn Jahre her.

»Auch Ihre letzte Tätigkeit in der Consulting-Firma spricht für

Sie«, ergänzte Petra Landau. Sie lächelte mich an und tippte auf die Bewerbungsunterlagen. »Sie scheinen exakt über die Fähigkeiten zu verfügen, die wir für unser Labor derzeit so dringend benötigen.«

Ich war mir da nicht so sicher. »Die Consulting-Firma wurde am Ende von der Bank aufgekauft, gegen die ich ermittelt hatte«, gab ich zu bedenken. »Das war meinem Beschäftigungsverhältnis nicht gerade zuträglich.«

»Sollten Sie sich bei Ihrem Sonderauftrag bewähren«, überging Hermann Mann meinen Einwand, »werden wir Ihnen die ausgeschriebene Referentenstelle anbieten.«

Sonderauftrag. Da war er wieder, dieser Begriff, der schon in dem Einladungsschreiben so merkwürdig geklungen hatte.

Wat meint der mit Sonderauftrag?, fragte Edu unruhig.

»Was meinen Sie mit Sonderauftrag?«, fragte ich kühl.

Professor Mann lächelte schwach. »Derzeit tobt zwischen Theoretikern und Experimentalphysikern unseres Labors ein erbitterter Streit um die richtige Interpretation der Ergebnisse.«

»Einer unserer leitenden Wissenschaftler«, erläuterte Petra Landau eifrig, »der international anerkannte Teilchenphysiker Professor Dietmar Schäfer, hat eine Veröffentlichung zwecks Verifikation beziehungsweise Falsifikation der Daten angekündigt.«

Professor Mann kniff die Lippen zusammen. »Seine Arbeit ist gewissermaßen der *Proof of Principle*. Aber leider Gottes«, ergänzte er nach einem verärgerten Seufzer, »hat er die Ergebnisse seiner Arbeit noch nicht herausgerückt.«

»Vielleicht ist er noch nicht fertig?«

»Natürlich ist er das«, murmelte Mann mehr zu sich selbst. »Der würde doch nicht schlafen gehen, bevor das Ergebnis vorliegt.«

Petra Landau zog tief die Luft ein. »Dietmar Schäfer gehört nicht nur zu den führenden Denkern auf unserem Campus, er ist auch ein etwas …«, sie stockte, »wie soll ich sagen … schwieriger Mensch. Bevor Schäfer mit einem Ergebnis an die Öffentlichkeit tritt, muss er felsenfest von dessen Richtigkeit überzeugt sein.«

»Aber dann warten Sie doch einfach noch ein bisschen«, schlug ich vor.

»Genau das ist ja das Problem. Fürs Warten haben wir keine Zeit«, sagte Petra Landau mit eisernem Lächeln. »Am kommenden Donnerstag trifft eine internationale Gutachterkommission ein, die beurteilen muss, ob unsere Beschleunigeranlage DORIS für die Dauer eines Jahres weiterbetrieben werden soll oder nicht.«

»Bis dahin brauchen wir unbedingt Schäfers Ergebnisse«, zischte Professor Mann. Er hatte die Herrschaft über seine Stimme verloren. »Discovery only meets the prepared mind!«

Sogar das Dauerlächeln von Petra Landau verzog sich.

»Aber warum sagen Sie das mir und nicht Ihrem Schäfer?«

»Schäfer ist genial, aber wie schon gesagt kompliziert«, erwiderte Professor Mann sachlich. Er hatte seine Stimme wieder voll im Griff. »Dagegen ist jede Operndiva ein Schulmädchen.« Er hielt kurz inne, als müsste er sich den Vergleich wie eine neue Erkenntnis durch den Kopf gehen lassen. »Hiermit möchten wir Sie herzlich bitten«, sagte er dann, »die Ergebnisse von Schäfer diskret zu …«, er räusperte sich, »zu organisieren. Ja, nennen wir es einmal so: zu organisieren.«

»Ohne seine explizite Erlaubnis einzuholen, wenn es sein muss«, komplettierte Petra Landau den Satz und knipste ihr Lächeln wieder an. »Selbstverständlich diskret.«

Die Ungeheuerlichkeit dieses Ansinnens verschlug mir für einen Moment die Sprache. Welches Motiv leitete die Direktion einer seriösen Forschungseinrichtung wie DESY, mir einen so zwielichtigen Auftrag zu erteilen, wenn auch *diskret*? Irgendetwas verschwieg man mir, so viel war sicher. Was war der wahre Grund, warum ich mir diesen Professor Schäfer vorknöpfen sollte? Welche Interessen waren im Spiel? Was wusste der Professor, dass man gleich eine Spionin auf ihn ansetzte? Es ging zweifellos um mehr als nur um die Bestätigung einer neuen Art im physikalischen Teilchenzoo. Etwa um die sagenumwobene *Weltformel*. Schäfer hatte sie anscheinend gefunden, und es lag dem Direktorium viel daran, sie als Erste zu bekommen.

»Sie sind überzeugt, dass dieser Schäfer in seiner Arbeit die spektakulären Messungen am DESY …«

29

»Falsifiziert oder verifiziert hat? Ja, davon sind wir überzeugt«, vollendete Petra Landau meinen Satz, und Professor Mann nickte bestätigend.

»Der Entwurf einer Veröffentlichung zu den aktuellen Messungen am DESY existiert. Er befindet sich auf seinem Laptop.«

»Aber leider nur dort«, ergänzte Petra Landau, als hätte sie alle anderen Möglichkeiten bereits geprüft.

»Frau Doktor Rührmann.« Der Blick aus Professor Manns tiefliegenden Augen ließ mich nicht mehr los. »Nehmen Sie den Auftrag an?«

DESY

Klopfen an der Tür. »Ist es schon so weit?« Professor Mann blickte auf die Uhr an seinem Handgelenk. »Tatsächlich. Es ist so weit. Herein!«

Die Tür des Sitzungszimmers öffnete sich, und eine junge Frau betrat den Raum.

»Darf ich vorstellen, meine persönliche Referentin, Frau Doktor Dorothea Weber.«

Eine Sekunde verging, in der Dorothea und ich uns verblüfft ansahen.

Petra Landau lachte überrascht auf. »Sie kennen sich?«

Es war Dorothea, die als Erste ihre Fassung zurückgewann. Sie reichte mir zur Begrüßung die Hand und erklärte: »Ja, wir haben vor Jahren gemeinsam am Max-Planck-Institut für Meteorologie gearbeitet.«

»Richtig«, sagte Professor Mann trocken, »die Verbindung ist mir bei Durchsicht der Bewerbungsunterlagen auch gleich aufgefallen. Das wird Ihre Zusammenarbeit wesentlich erleichtern.«

Da war ich mir nicht so sicher. Zwischen Dorothea und mir hatte in unserer Zeit im Geomatikum ein Zustand diplomatisch verhüllter Gespanntheit geherrscht.

»Dorothea Weber wird Sie über das DESY-Gelände führen und Ihnen einige unserer Wissenschaftler und Mitarbeiter vorstellen.« Und zu Dorothea gewandt: »Frau Doktor Rührmann hat sich erfolgreich auf die vakante Stabsstelle beworben. Sie wird umgehend mit ihrer Tätigkeit beginnen. Bitte unterstützen Sie Frau Rührmann in all ihren Belangen. Zeigen Sie ihr bitte als Erstes ihr Büro. Frau Doktor Rührmann!« Damit verabschiedete er mich. Seine Hand fühlte sich an wie Pergament.

Draußen vor dem Sitzungszimmer sagte Dorothea Weber nur: »Du bist älter geworden.«

Takt war noch nie ihre Stärke, murmelte Edu von oben.

»Am Gegenüber sieht man, wie die Jahre vergehen«, konterte ich gelassen. Aber wenn ich ehrlich war, musste ich zugeben, dass sich Dorothea äußerlich nicht sehr verändert hatte. Ihr glatt zurückgekämmtes Haar hatte sie im Nacken zu einem Knoten gesteckt. Ihre kräftigen Schenkel waren vielleicht noch etwas kräftiger geworden, aber sie trug ein gut sitzendes Business-Kostüm und dazu passende Schuhe mit Blockabsatz, die Körper und Beine streckten. Ihre Augen (diese Kohlestückchen!) funkelten ebenso wie der strassbesetzte Schmuck an ihren kleinen weißen Ohren. Ihre gewölbten Brauen sahen immer noch aus wie mit dem Tuschpinsel auf eine Porzellanmaske gemalt. Und nach wie vor schimmerte der feine Flaum über ihrer Oberlippe, und der stand ihr nach wie vor ganz reizend. Dorothea war einfach sehr sexy in ihrer Üppigkeit.

»Du bist jetzt tatsächlich unsere neue EU-Referentin?«, fragte sie in ihrem unnachgiebigen Mezzosopran.

»Warten wir es mal ab«, erwiderte ich. Warum fragte sie mich das? Als persönliche Referentin des Forschungsdirektors musste sie doch haargenau wissen, wofür ich eingestellt worden war.

»Sicher hat dir das Direktorium noch andere Aufgaben übertragen«, fuhr Dorothea prompt fort und ein mephistophelisches Lächeln umspielte ihre Lippen. »Nun, wie auch immer, dahinten ist dein Büro.« Sie wies auf ein Zimmer am Ende des breiten Ganges. »Vielleicht willst du dort dein …«, sie warf einen abschätzigen Blick auf meinen Rucksack, »Gepäck ablegen?«

»Danke, sehr aufmerksam.« Für die spitzen Pfeilchen, die sie seit unserem Wiedersehen auf mich abschoss, hatte ich nur ein müdes Lächeln.

Wir betraten mein neues Büro. Standardeinrichtung: Schreibtisch mit PC, Monitor und Tastatur, dazu ein Telefon, eine Schreibtischlampe und ein Schreibblock mit dem Logo des Forschungszentrums nebst einem Satz Kugelschreiber, unterm Tisch ein Rollcontainer, in der Ecke ein kleines rundes Konferenztischchen mit drei Stühlen, dahinter ein schwenkbarer Ventilator. Das Fenster bot Ausblick auf einen tristen Innenhof. Eine Glastür trennte mein Büro vom Nebenzimmer.

»Wer sitzt da?«

»Sibylle Reinold, eine Praktikantin«, sagte Dorothea und verbesserte schnell: »*Deine* Praktikantin. Professor Mann hielt es für sinnvoll, der Stabsstelle eine Hilfskraft zur Seite zu stellen. Aber ich weiß nicht, wo die kleine Abiturientin gerade steckt.« Sie funkelte mich mit ihren Kohlestückchen an und schürzte die vollen Lippen. »Ich dachte, ich zeige dir als Erstes unseren Kreisbeschleuniger. Wir haben gerade Shutdown. Die Anlage ist abgeschaltet. Wir können also in den Tunnel rein.«

»Fein«, antwortete ich und warf meinen Rucksack auf einen der Stühle. »Worauf warten wir?«

Wir durchwanderten den endlosen Korridor zur anderen Seite des Hauptgebäudes. An den Wänden hingen Poster, Ausschnitte aus Fachartikeln, Grafiken, Comic-Panels aus Zeitungen und Fotos und Karikaturen von großen wissenschaftlichen Persönlichkeiten wie Albert Einstein oder Richard Feynman. Die offenen Türen gewährten mir Einblick in die Büros des wissenschaftlichen Personals von DESY. Die Physiker trugen lose über die Schultern geworfene Pullover und saßen vor Computerterminals. Auf ihren mehr oder weniger aufgeräumten Schreibtischen türmten sich Zeitschriften, Computerausdrucke, vergilbte Skripte und Schreibutensilien. Ich fühlte mich stark an meine Doktorandenzeit im Geomatikum erinnert. In einigen Zimmern rotierten Ventilatoren, wie ich einen in meinem Büro stehen hatte, aber an denen hier flatterten lange Papierstreifen.

»Klingt schön. Wie das Blätterrauschen der Bäume im Sommerwind. Wer hat sich das ausgedacht?«

»Einer unserer Physiker. Mike Cardy. Du wirst ihn noch kennenlernen.«

Wir verließen das Hauptgebäude über einen Seitenausgang und marschierten über das Werksgelände. Geschäftiges Treiben auch hier: Arbeiter in blauen Overalls, Baufahrzeuge und Gabelstapler, dazwischen Fahrradfahrer auf institutseigenen gelben Rädern.

»Das ist wirklich ein Zufall, dass wir uns hier nach all den Jahren wiedertreffen«, sagte Dorothea mit gurrender Stimme und betrachtete mich von der Seite.

»Wie viele Angestellte gibt es am DESY?«, fragte ich sachlich. Ich hatte keine Lust, dem Gespräch eine persönliche Note zu geben.

»Normalerweise mehr als siebenhundert. Die dreihundert Gastwissenschaftler nicht mitgerechnet«, sagte sie, während sie voranschritt. »Aus mehr als vierzig Ländern. Internationalität wird am DESY großgeschrieben.«

»Wow!«

»Aber nur der kleinere Teil des festen Personals sind Wissenschaftler. Die meisten arbeiten in den Werkstätten, als Ingenieure, Techniker, Arbeiter. Oder in der Administration. Wir haben sogar eine PR-Abteilung. Jetzt im August ist weniger los auf dem Campus, wir haben Sommerpause.«

»Trotzdem beeindruckend. Eine Stadt in der Stadt.«

Wir unterquerten eine Kabeltrasse, über die plastikisolierte Metallstränge liefen, dahinter standen Transformatoren und Hochspannungsleitungen.

»Was rauscht da so?«

»Das Wasser der Kühltürme da drüben.«

Ich könnte auch eine Kühlung vertragen, nuschelte Edu von oben.

»Das Teilchenphysikzentrum existiert seit den 1960er Jahren. Im Laufe der Zeit sind mehr und mehr Experimentierhallen dazugekommen, außerdem Labor- und Bürogebäude«, erläuterte Dorothea.

»Architektonisch ein heilloses Durcheinander. Erinnert irgendwie an ein Krankenhausgelände, findest du nicht?«

»Keine Ahnung. Vielleicht. Das Wesentliche spielt sich am DESY sowieso im Verborgenen ab.« Sie blieb vor einem hellbraunen, zweistöckigen Gebäude stehen. »Unsere Kantine. Das Essen ist leider mäßig.«

Wundert mich nicht, so wie der Bau aussieht, dat färbt ab, spöttelte Edu.

Dorothea musterte mich von der Seite. »Wie ist es dir in Berlin ergangen?« Schon wieder wurde sie privat. Woher wusste sie

34

von meiner Zeit in Berlin? Hatte sie also doch meine Bewerbungsunterlagen gelesen?

»Berlin ist Alexanderplatz«, sagte ich entschieden, damit sie endlich kapierte, dass ich persönliche Fragen nicht zuließ. Ich zeigte auf ein Gebäude mit einem frischen Außenanstrich. »Und das da?«

»Das ist die Experimentierhalle von DORIS«, sagte Dorothea. »Da gehen wir jetzt hin.«

Ich hob interessiert die Augenbrauen.

»DORIS ist ein Akronym und steht für DOppel-RIng-Speicher. Der Name des großen Ringbeschleunigers am DESY«, erklärte Dorothea mit der Stimme einer Touristenführerin. »Vergraben unter einem großen Ringwall, den man links und rechts von der Halle erkennen kann. In zwei getrennt verlaufenden Strahlrohren werden Protonen und ihre Antiteilchen, die Antiprotonen, auf einer etwa drei Kilometer langen Kreisbahn bis auf nahezu Lichtgeschwindigkeit beschleunigt. Die Protonen zirkulieren im Uhrzeigersinn, die Antiprotonen in entgegengesetzter Richtung. Mittels Dipol- und Quadrupol-Magneten können die Teilchen für Stunden auf der Kreisbahn gespeichert werden, deshalb spricht man auch von einer Speicherringanlage.«

Bei so einer Karussellfahrt muss den armen Dingern doch schwindelig werden, witzelte Edu.

»An einer Stelle in dem Ringbeschleuniger laufen die Strahlrohre der Protonen und Antiprotonen zusammen. Dort ist das eigentliche Teilchenphysikexperiment aufgebaut. Im Milliardstelsekundentakt passieren Teilchenströme diesen Wechselwirkungspunkt und stoßen aufeinander.«

»DORIS ist also eine ringförmige Schnellstraße für teilchenphysikalische Crash-Tests«, warf ich ein.

»DORIS ist mehr als eine Schnellstraße, DORIS ist eine Autobahn. Allerdings keine sehr neue. Der Teilchenbeschleuniger läuft in seiner jetzigen Ausbaustufe bereits seit mehr als fünfzehn Jahren. Wir arbeiten längst an der Konzeption eines neuen, viel größeren Beschleunigers namens FLIX. Für den wäre DORIS nur der Vorbeschleuniger.«

»Wofür steht FLIX?«, fragte ich.

Freie Liebe Inkorrekt X-mal, rief Edu närrisch von oben.

»Free electron laser based on LInear accelerators for X-rays«, erklärte Dorothea wichtig. »Eine Anlage zur Forschung mit Photonen. Eine Verzögerung des Baus von FLIX würde unseren amerikanischen Konkurrenten sehr zupasskommen, die an etwas ganz Ähnlichem arbeiten.«

»Klingt fast so, als wärst du über die Option einer Laufzeitverlängerung für DORIS nicht gerade erfreut.«

»Es gibt auf dem Gebiet der Free-Electron-Laser-Physik eine sehr starke Konkurrenz in den Vereinigten Staaten. Jeder Tag, den wir nicht in das neue Projekt investieren, ist ein verlorener Tag«, antwortete sie streng. »Außerdem glaube ich nicht an die Geisterteilchen, die jetzt bei DORIS gemessen wurden. Und ich stehe mit dieser Einschätzung nicht alleine da. Kurz: Eine Betriebsverlängerung von DORIS würde uns nur aufhalten und Zeit kosten.« Sie blickte mich auf einmal nachdenklich an. »Und Geld. Es würde uns sehr viel Geld kosten.«

Wir liefen weiter. Vor der eisenbeschlagenen Tür der Experimentierhalle blieb Dorothea überraschend stehen. »Mach dir nun selber ein Bild von dem Experiment, das angeblich die Geisterteilchen gemessen hat.« Sie tippte einen Nummerncode auf eine Anzeigetafel. Ein elektronisches Türschloss summte kurz auf, Dorothea öffnete die schwere Tür, und wir betraten eine Halle so groß wie ein Fußballfeld. Brummende Geräusche, überlagert von einem Pfeifen wie aus tausend Flugzeugdüsen.

»Ganz schön laut hier«, rief ich in das hübsche Ohr meiner Fremdenführerin.

»Das sind die Aggregate für die Wasserversorgung, auch die Transformatoren machen ordentlich Lärm. Du solltest aber erst mal hier sein, wenn DORIS in Betrieb ist, dann kommt das regelmäßige Hämmern der Hochfrequenz-Module hinzu.«

Überall wieselte technisches Personal herum. An der Decke lief eine an einem Stahlträger quer über die ganze Halle gespannte Laufkatze. Ein Arbeiter steuerte den Kran mit einem Funkgerät, das er wie ein Modellflieger vor seinem Bauch hielt. An dem Hub-seil des Krans hing eine metallisch schimmernde Rollenkonstruk-tion.

»Da drüben, das ist Doktor Gernot Schmidt.« Dorothea deutete auf einen hageren Mann neben dem Kranführer. »Er ist ein DESY-Fellow«, sagte sie und ergänzte mit Seitenblick auf mich: »Übri-gens die rechte Hand von Professor Schäfer.«

Die rechte Hand von Dietmar Schäfer? Interessant. Die guck ich mir mal genauer an.

Gernot Schmidt verfolgte konzentriert, wie der Kranführer die Last vorsichtig durch die Halle transportierte. Schmidt hatte ein aschfahles Vogelgesicht, strähniges, staubbraunes Haar und unsichtbare Lippen. Er trug einen beigefarbenen, etwas zu groß gewählten Konfektionsanzug mit messerscharf gebügelter Hosen-falte.

Der ist so klapperig, den halten nur drei Nägel zusammen, brachte es Edu auf den Punkt.

»Hallo, Gernot. Darf ich dir Frau Rührmann vorstellen? Sie wird sich künftig …«, Dorothea machte eine bedeutsame Pause, »um die EU-Förderung vom DESY kümmern.«

Ich reichte ihm freundlich die Hand. Er wich meinem Blick aus und murmelte eine kurze Begrüßung. Sein Händedruck war schlaff.

»Sie arbeiten mit Professor Schäfer zusammen?«, kam ich gleich zur Sache.

»Gernot modifiziert den Vorwärtsdetektor«, fuhr Dorothea da-zwischen. »An dem Kran hier hängt ein Toroid-Magnet, der später in den Detektor eingebaut werden soll, richtig, Gernot?«

»Sozusagen«, bestätigte Gernot mit leiser Stimme.

»Gibt es vielleicht eine Möglichkeit für mich, Herrn Schäfer heute noch zu treffen?«

»Im Prinzip sollte er in seinem Büro sein.«

»Das übrigens deinem direkt gegenüberliegt, Nikola«, unter-brach Dorothea ein weiteres Mal, und zu Gernot gewandt: »Weißt du, ob Schäfer seine Arbeit zu den aktuellen DORIS-Messungen inzwischen abgeschlossen hat? Professor Schäfer ist nämlich«, sagte sie wieder an mich gerichtet, »der größte Kritiker der aktuellen Veröffentlichungen zu den Geisterteilchen.«

Gernot Schmidt machte ein Gesicht, als hätte er die ganze Nacht darauf gesessen. »Von welcher Arbeit redest du? Ich weiß von nichts.« Er fuhr sich über die trockenen Lippen.

Mir schien, als wüsste er sehr wohl, wovon Dorothea Weber sprach.

»Ist nicht weiter wichtig. Bis später, Gernot. Tschüs«, verabschiedete sie sich hamburgisch mit langgesprochenem *ü* und einem *s*. »Wir besuchen jetzt ADONIS.«

Gernot würde ich mir noch mal vorknöpfen müssen. »ADONIS?«, fragte ich, als wir auf die andere Hallenseite zuliefen.

»At DOris Nucleus Ion Scattering, kurz ADONIS, das Kollisionsexperiment von DORIS. Während des Betriebs ist es unter Stapeln von kubikmetergroßen, eisendotierten Abschirmsteinen verborgen. Aus Strahlenschutzgründen.«

»Ich sehe nur drei aufeinandergestapelte blaue Container vor einer Betonmauer.«

»Das ist der elektronische Rucksack, dort ist die komplexe Elektronik des ADONIS-Experiments untergebracht. Der Rucksack hängt huckepack am Experiment, damit die Signalwege nicht zu groß sind. Der ADONIS-Detektor verbirgt sich hinter riesigen Abschirmsteinen. Bei längeren Betriebsunterbrechungen werden diese Stapelsteine wie Bauklötze beiseitegeräumt und der Detektor wird freigelegt, damit man zu Wartungs- oder Reparaturzwecken bequem an alle Komponenten rankommt. Der Detektor besteht aus auf Gleisen gelagerten Halbschalen, die bei Bedarf auseinandergefahren werden können. Aber das macht man nur in den mehrwöchigen Betriebspausen, nicht bei einem kurzen Shutdown wie diesem.«

»Merkwürdig, dass er nichts von der aktuellen Arbeit seines Chefs zu wissen schien«, kam ich auf die Begegnung mit Gernot Schmidt zurück. »Dabei redet das ganze Labor doch sicher von nichts anderem?«

»Tut es das?«, fragte Dorothea glattzüngig und riss erstaunt ihre schwarzen Augen auf.

»Dorothy, my sweet love!«, rief ein wendiger kleiner Kerl, der gerade die letzten Stufen der äußeren Stahltreppe am elektronischen Rucksack herunterstieg. In den Händen trug er einen schweren Werkzeugkasten. In Sekundenbruchteilen hatte er mich mit seinen eng beieinanderliegenden Fuchsaugen abgescannt. »Explaining the world?«, grinste er und trat dicht an uns heran.

»Wenn du es sagst«, erwiderte Dorothea säuerlich und verschränkte abwehrend die Arme vor der Brust. »Darf ich vorstellen: Mike Cardy, Nikola Rührmann, unsere neue EU-Referentin … mit speziellem Interesse an Professor Schäfer«, fügte sie spitz hinzu.

Mike Cardy stellte seinen Werkzeugkasten auf den Boden und griff nach meiner Hand, die ich ihm kaum wieder entwinden konnte. »Bin ganz erfüllt with pleasure, Mrs. Ruman«, schnurrte er und rollte genüsslich das R meines Nachnamens. Er hatte weiches braunes Haar, das über den abstehenden Ohren kahlgeschoren war, so dass der lockige Rest wie eine Insel auf seinem Schädel lag. Seine gewöhnungsbedürftige Frisur erinnerte an die strenge Tonsur eines Mönches.

Fehlt nur noch der Heiligenschein da drübber! Der wäre aber ziemlich glanzlos, dat kann ich dir sagen, ming Mädsche, flüsterte Edu.

»Unfortunately, I must arbeiten«, entschuldigte Mike seine Eile. »Professor Bolz always has an eye on me. See you later.« Er zog sich den Pullover, den er lässig um die Schultern geschlungen trug, enger und warf mir noch einen ungemein feurigen Blick zu.

»Mike ist Amerikaner«, erläuterte Dorothea, als erklärte das alles. Wir sahen ihm nach, wie er mit dem Werkzeugkasten beladen die Experimentierhalle verließ. »Er arbeitet als Doktorand in der Gruppe, die die ominösen Geisterteilchen entdeckt hat.«

»Die spektakuläre Messung hat dieser Bill Ramsay gemacht?«

»Nein, nicht Mike Cardy. Der hat nur brav kalibriert«, sagte sie abschätzig. »Die Arbeitsgruppe wird von Professorin Bärbel Bolz geleitet. Du wirst sie noch erleben.« Es klang ein bisschen wie eine Drohung. »Nach diesen Männerbekanntschaften werfen wir mal einen Blick auf den echten ADONIS, einverstanden?«

»Wenn der so eindrucksvoll ist wie die anderen Kerle hier?«

»Viel eindrucksvoller!«, versprach Dorothea und musste lachen. Sie öffnete eine gelbe Gittertür, und ich folgte ihr in einen anderthalb Meter breiten Spalt zwischen den Stapelsteinen.

Das Betreten der Anlage ist während des Betriebs strengstens verboten! Regelwidriges Öffnen der Zugangstür bricht das Interlock und führt zur automatischen Abschaltung der gesamten Beschleunigeranlage!

»Passiert so was öfter?«, fragte ich und tippte auf das gelbe Warnschild.

»Normalerweise nicht, Gott sei Dank. Allerdings hatten wir gestern eine unplanmäßige Betriebsabschaltung.«

»Ach. Weshalb?«

»Jemand hat nachts eine Interlock-Tür geöffnet. Der Anlass ist unklar. Aber das ist der Grund für den jetzigen Shutdown.« Dorothea schürzte unwillig die Lippen. »Eine Katastrophe. So eine ungewollte Betriebsabschaltung kann eine Menge Elektronik kaputt machen. Du schaltest ja deinen PC auch nicht aus, indem du den Stecker aus der Dose ziehst. Achtung, Kopf einziehen!«

Wir durchliefen im Halbdunkel ein schmales Labyrinth und gelangten in den abgeschirmten Teil der DORIS-Experimentierhalle, in dem der Detektor stand.

»ADONIS!«, stellte Dorothea nicht ohne Stolz einen metallenen Kubus von den Ausmaßen eines Einfamilienhauses vor, eingezwängt zwischen Stapeln von riesigen Betonklötzen.

»Wow! Was für ein Brocken.«

»Und schwer. Allein das Kalorimeter wiegt siebenhundert Tonnen. Zusammen mit dem Eisenjoch hat ADONIS ein Gewicht von knapp der Hälfte des Eiffelturms.«

Ich pfiff anerkennend durch die Zähne. »Properes Kerlchen.«

»Da oben siehst du die Vakuumröhren für die Protonen und Antiprotonen.« Sie legte eine Hand auf meine Schulter und zeigte mit ausgestrecktem Arm auf zwei Strahlrohre in Höhe von knapp drei Metern zwischen Detektor und Wand. Ein schönes Gefühl, ihre Hand auf der Schulter.

»Die Protonen kommen links aus dem Tunnel und die Antiprotonen von der anderen Seite. In der Mitte des Detektors laufen die beiden Teilchenstrahlrohre zusammen. Dort ist der Kollisionspunkt.« Sie zog die Hand zurück.

»Der Wechselwirkungspunkt?«, fragte ich.

Sie genoss sichtlich meinen gespannten Gesichtsausdruck. »Richtig.«

»Aber was passiert hier, wenn die Anlage in Betrieb ist?«

»Bis zu zweihundert Teilchenpakete, bestehend aus Bienenschwärmen von Protonen und Antiprotonen, laufen im Nominalbetrieb in der Beschleunigeranlage gegenläufig im Kreis herum und durchtunneln viele Millionen Mal pro Sekunde den Wechselwirkungspunkt in der Mitte des Detektors. Dabei prallen ein paar von ihnen mit einer Schwerpunktsenergie von einem Tera Elektronenvolt aufeinander.«

»Eine Eins mit zwölf Nullen: tausend Milliarden Elektronenvolt«, reflektierte ich erfreut.

»Es kommt zu elementaren Wechselwirkungen, zu physikalischen Reaktionen, wie sie kurz nach dem Urknall im Universum stattgefunden haben, zur Produktion von Sekundärteilchen, die wie Billardkugeln beim Karambolage-Spiel auseinanderfliegen.« Um die Gewalttätigkeit der Explosion anzudeuten, die im Innersten des Detektors vonstattengeht, breitete sie die Arme weit aus, was mir einen tiefen Blick in ihr Dekolleté gestattete.

Ich war beeindruckt. Nicht nur von Dorotheas Maßen. Auch von ihrem Fachwissen. Und kurz davor, mich wieder in sie zu vergucken.

Sie machte schnell den obersten Knopf ihres Business-Kostüms zu, der sich bei der jähen Bewegung geöffnet hatte, und setzte ungerührt ihren Vortrag fort. »Der Detektor hat die Aufgabe, die physikalischen Eigenschaften der Bruchstücke dieser elementaren Kollisionsreaktion zu vermessen. Dafür stehen ganz unterschiedliche Detektorkomponenten zur Verfügung. Im Inneren sitzt die

Driftkammer zur Bestimmung der Spuren und Ladungen der Teilchen, die bei dem Zusammenstoß entstehen. Die Driftkammer wird nahezu hermetisch von dem Kalorimeter umschlossen, das wiederum die Aufgabe hat, die Teilchenenergien zu vermessen. Ich merke, du bist nicht mehr ganz bei der Sache.«

»Doch, doch«, versicherte ich und machte ein interessiertes Gesicht. »Wir waren bei der Driftkammer, die nahezu hermetisch –«

»Zugegeben«, unterbrach sie, »im zusammengefahrenen Zustand wirkt der Detektor nicht sehr vielschichtig. Wir gucken uns ADONIS später an, wenn er nackt vor uns steht. Lass uns stattdessen einen Blick in den DORIS-Tunnel werfen.«

Also liefen wir das schmale Labyrinth zurück, weiter vor bis zur Interlock-Tür, stiegen von dort eine Stahltreppe zu einer Galerie hinauf, passierten eine weitere gelbe Interlock-Tür, trabten mit eingezogenen Köpfen im Zickzack durch ein zweites Labyrinth und betraten endlich den Beschleunigertunnel.

»Wow!«, wiederholte ich beim Anblick der leicht gekrümmten, fünf Meter breiten Röhre, die in hundert Metern Entfernung aus dem Sichtfeld lief.

»Die Ringanlage DORIS hat einen Umfang von knapp drei Kilometern«, sagte Dorothea so selbstbewusst, als hätte sie sie eigenhändig gebaut.

Neonleuchten hingen an der Decke. Die zwei Strahlrohre für die Protonen und Antiprotonen waren auf massive Gestelle montiert, flankiert von pfeifenden Vakuumpumpen, rosafarbenen Fokussierungs- und Ablenkungsmagneten und metallischen Hohlraumresonatoren. Parallel zu den Strahlrohren lief eine schmale Trasse für das wissenschaftlich-technische Personal.

»Die Erforschung der Struktur der Materie ist direkt gekoppelt an die maximal erreichbare Energie des Beschleunigers«, referierte Dorothea und lehnte sich lässig gegen einen der metallenen Hohlleiter. »Je höher die Energie der Teilchen bei der Kollision, desto tiefer unser Einblick in den Mikrokosmos. Deswegen hat jede Beschleunigeranlage per definitionem eine feste Schranke, bis zu der sich die Wissensgrenze maximal verschieben lässt.« Sie holte tief Luft, um dann unvermittelt in die Geschichte der Streuexperimente einzutauchen: angefangen bei der Streuung von Alpha-Strahlen an einer hauchdünnen Goldfolie, aus der Rutherford vor knapp hundert Jahren darauf geschlossen hatte, dass ein Atom aus einem kompakten Kern besteht, über die Versuche von Otto Hahn und Lise Meitner zur Kernspaltung, bis hin zu den beschleuniger-basierten Teilchen-Antiteilchen-Kollisionen der jüngeren Zeit.

Ich hörte nur mit halbem Ohr zu, denn ich fühlte mich plötzlich wie eine Besucherin am Tag der offenen Tür, der man die Grundlagen der Physik beibringen muss. Mir kamen die kruden Fragen von Taxi-Christian in den Sinn. Aber war seine Skepsis gegenüber der Teilchenphysik so unbegründet? Es heißt, Wissen ist Macht. Welche Bedeutung hat dann die Erforschung der »Struktur der Materie«? Welche Relevanz hat diese Art der Forschung? Was bedeutet sie theoretisch, was praktisch? Was bedeutet sie wirtschaftlich und was politisch? Welchen Einfluss haben Entdeckungen der Teilchenphysik auf die Gesellschaft? Können sie zu Paradigmenwechseln führen? Zu technischen Revolutionen? Gar zu gesellschaftlichen Umwälzungen? Wie mächtig ist letzten Endes das teilchenphysikalische Wissen? Und wie mächtig ist man, wenn man die Weltformel kennt?

»Mit DORIS haben wir diese maximal verschiebbare Wissensgrenze leider so langsam erreicht«, beendete Dorothea ihren Vortrag.

»Die Wissenschaft fängt eigentlich erst da an interessant zu werden, wo sie offiziell aufhört«, sagte ich feierlich.

»Der Kalenderspruch des Tages, Frau Rührmann?«

Wir drehten uns überrascht um. Der Mann war Anfang dreißig und hatte ein äußerst gewinnendes Lächeln. Weiß der Himmel, woher er plötzlich gekommen war. Er hatte sich, wie offenbar am DESY üblich, einen leichten Sommerpullover leger über die Schultern geworfen. In der linken Hand hielt er eine Kanne, der weißer Dampf entstieg. Er hatte ein schön geschnittenes, leicht gebräuntes Gesicht, das auch durch eine lange Narbe auf der rechten Wange nicht an Reiz verlor. Im Gegenteil.

»Der Spruch stammt von Justus von Liebig«, belehrte ich den Mann und musterte ihn. Seine rauchgrauen Augen waren lebhaft und hatten einen ungewöhnlichen Glanz. »Woher kennen Sie meinen Namen?«, fragte ich.

»Ihre morgendliche Ankunft mit dem ELV hat den Flurfunk am DESY mächtig aktiviert. Alle Achtung, kein schlechter Auftritt.« Er stellte die dampfende Kanne ab, deutete entschuldigend auf seine bandagierte rechte Hand und gab mir zur Begrüßung die linke. »Ich nehme an, Sie haben den Job bekommen?«

»Es sieht so aus. Zumindest für die Probezeit.«

»Willkommen an Bord!«

»Danke«, sagte ich und spürte im Nacken den kurzen Atem von Dorothea. »Mit wem habe ich die Ehre?«

»Mein Name ist Hässler. Erik Hässler.« Er konnte gut lächeln. Überzeugender als Petra Landau. Ich fragte mich, wie oft er dieses Lächeln schon zu seinem Vorteil eingesetzt hatte. Was aber verrieten mir die feinen Schweißperlen auf seiner Stirn?

»Und was die Verschiebung der Wissensgrenzen anbetrifft«, fuhr er fort und seine Narbe flammte plötzlich rot auf, »genau da haken wir jetzt ein. Dank unserer guten alten DORIS – allen neu geplanten Beschleunigeranlagen zum Trotz.«

»Erik arbeitet in der Gruppe von Professorin Bärbel Bolz«, erläuterte Dorothea von hinten. »Er ist mit seinen Messungen maßgeblich beteiligt an der Interpretation der neuen …«, sie hielt kurz inne, »Geisterteilchen.«

Wirklich ein erstaunlich schöner Mann. Groß und kräftig und mit einer Narbe im Gesicht wie ein Blitz. Ein Glückskind, dem die Sterne vom Himmel geholt werden.

»Inzwischen sind viele auf den fahrenden Zug aufgesprungen, wie das immer so ist«, sagte Hässler ärgerlich. »Und es sind unzählige theoretische Interpretationen zur Erklärung dieser Geisterteilchen erschienen, darunter schließlich auch die Behauptung, dass ein ganz banaler Effekt nicht ausgeschlossen werden könne.«

»Wie interpretiert Dietmar Schäfer die Messungen?«, fragte ich sachlich.

Der Blitz auf Hässlers Wange rötete sich.

»Arbeiten von Schäfer hierzu sind mir nicht bekannt«, sagte er knapp.

»Das erstaunt mich. Gerade an seiner Interpretation müssten Sie doch brennend interessiert sein, heißt es doch, dass er auf diesem Gebiet eine wahre Koryphäe ist.«

Hässler blickte überlegen und amüsiert auf mich herab, aber ich ließ mich nicht beirren.

»Ferner heißt es, dass Schäfer längst ein entsprechendes Papier verfasst hat.«

»Wie gesagt, das entzieht sich meiner Kenntnis.«

»Obwohl der Flurfunk ansonsten perfekt funktioniert?«

»Ich für meinen Teil bin hundertprozentig von der Richtigkeit unserer Messungen überzeugt«, wich er aus.

»Dafür legen Sie offensichtlich Ihre Hand ins Feuer.« Ich deutete auf seinen Verband.

Er ließ seine weißen Zähne aufblitzen. »Am DESY wird mit harten Bandagen gekämpft. Was nicht tötet, härtet ab.« Aber hallo. Pingpong auf höchster Ebene. Bin gespannt, wie unser Spiel ausgeht.

»Und was tötet?«, fragte ich.

Für einen Moment schien Hässler den Atem anzuhalten. »Vielleicht eine so freche Frau wie Sie?«, fragte er und bemühte sich um seinen belustigten Gesichtsausdruck von vorhin. »Liebe Kolleginnen«, sagte er dann, »Sie entschuldigen mich. Die Arbeit ruft.« Er verabschiedete sich mit einem kurzen Kopfnicken und lief, die dampfende Kanne in der Hand, Richtung Tunnelausgang.

»Der soll mal nicht über seinen Stickstoffbehälter stolpern«, bemerkte Dorothea zickig. »Nimm dich in Acht vor ihm. Der geht über Leichen.«

»Welche Position hat er am DESY?«

»Erik ist einer unserer Shootingstars.«

»Hmm.« Ich kam nicht umhin zuzugeben, dass er mir imponiert hatte.

»Er gilt als exzellenter Nachwuchswissenschaftler.«

»Hmm.« Aber warum wollte er nichts von Schäfers Analyse wissen?

»Aber wenn du mich fragst, wird er maßlos überschätzt.«

»Wie kommt er dann zu dieser hervorgehobenen Stellung?«

»Erstens wird er von Bärbel Bolz protegiert. Und Bolz ist neben Schäfer die Autorität am DESY. Na ja, und sein letzter Auftritt im Science Council war ein echter Coup.«

Schwang da eine gewisse Anerkennung mit?

»Was hat er gemacht?«

»Er hat die Messdaten des ADONIS-Experiments mit denen eines Experiments zur Dunklen Materie an Bord des Satelliten ARIADNE verglichen. Hässlers Theorie zufolge müsste ARIADNE ähnliche Prozesse vorhersagen wie diejenigen, die jetzt bei ADONIS gemessen wurden, allerdings in wesentlich schwächerer Form.« Sie hielt nachdenklich inne. »Und tatsächlich wurden unlängst solche Ergebnisse des Satellitenexperiments veröffentlicht. Viele Kollegen meinten im Nachhinein, so kurz nach der Veröffentlichung der ADONIS-Ergebnisse könnte der Hinweis auf die ARIADNE-Messungen kaum ein Zufall gewesen sein. Es heißt«, raunte Dorothea so leise, dass ich dichter an sie herantreten musste, »eine ungeprüfte Version eines Artikels zu den ARIADNE-Messungen sei bereits seit Juli online zugänglich gewesen.«

»Absichtlich?«, fragte ich ebenso leise und kam ihr so nah, dass ich den Duft ihres Haares riechen konnte.

»Wohl eher aufgrund der Fehlkonfiguration eines Servers.« Sie senkte die Stimme noch weiter. »Böse Zungen behaupten allerdings, Erik hätte seine Arbeit deshalb klammheimlich auf den spektakulären Effekt maßschneidern können.«

»Nein!«, flüsterte ich.

»Doch!«, flüsterte Dorothea.

Dann wird es höchste Zeit, Licht ins Dunkel zu bringen.

»Besuchen wir doch einfach«, sagte ich und schaltete stimmlich wieder auf Zimmerlautstärke, »das oberste Schiedsgericht des Labors, Professor Dietmar Schäfer. Fragen wir ihn, was er dazu meint!«

Flurfunk

Montag, der 10. August, 11:57 Uhr

Die Tür zu Schäfers Büro war nur angelehnt.

»Herr Professor Schäfer?«, fragte ich und äugte ins Zimmer. Es schien den dritten Satz der Thermodynamik, wonach die Entropie, also die Unordnung der Welt, beständig zunimmt, auf kongeniale Weise bestätigen zu wollen. Das Büro quoll über von Büchern, Papieren, Aktenordnern und Zeitschriften. Die Unterlagen stapelten sich bis zur Decke. Auch hier rotierte ein Ventilator, dessen lange Papierstreifen wie Blätter im Sommerwind rauschten. Unter dem Schreibtisch kniete ein Mann.

»Professor Schäfer?«

Ächzend krabbelte der Mann hervor. Gernot Schmidt. Die kleine Gymnastik hatte ihm ein zartes Rosa ins aschgraue Vogelgesicht gezaubert.

»Was machst du denn da, Gernot?«, fragte Dorothea irritiert.

»Im Prinzip wollte ich den Laptop in Betrieb nehmen«, stotterte er und deutete auf ein altes Gerät auf einem der vergilbten Papierstapel. »Aber er funktioniert nicht. Die Batterie ist kaputt.«

»Der tut es wohl schon eine ganze Weile nicht mehr, so verstaubt wie der ist«, sagte Dorothea. »Hat dich etwa Professor Schäfer darum gebeten?«

»Ja«, sagte Gernot Schmidt verlegen, »im Prinzip ja. Ich soll alle seine Laptops betriebsbereit einsammeln.«

»Wie viele hat er denn?«, fragte Dorothea.

»Im Prinzip zwei.«

Schlechte verbale Angewohnheit, das mit dem Prinzip. »Und was ist *da* drin?«, fragte ich und zeigte auf einen Aluminiumkoffer unter dem Tisch.

»Das ist sein Aktenkoffer.«

Gernot Schmidt klopfte sich den Staub von der Hose. »Darin deponiert Schäfer normalerweise die Unterlagen, an denen er arbeitet. In seiner Abwesenheit muss ich drauf aufpassen.«

»Wo ist denn Herr Schäfer jetzt?«, fragte ich und betrachtete den Koffer. Er sah genauso aus wie der von dem katholischen Mafioso im Zug heute Morgen.

»Ich nehme an, zu Tisch«, sagte Schmidt an mir vorbei. Er gehörte zu den Leuten, die einen nicht ansehen, wenn man mit ihnen spricht. Dabei waren Schmidts braune Augen das einzig Schöne an ihm.

»Bestellen Sie ihm bitte, dass ich ihn dringend sprechen muss«, sagte ich und wunderte mich über die Strenge in meiner Stimme.

»Sie sind nicht die Einzige, die das will«, donnerte es plötzlich hinter mir. Den Türrahmen füllte eine ältere Frau mit der Figur eines Kubus. »Wir sind uns noch nicht begegnet, nehme ich an?« Sie begutachtete mich ungeniert von oben bis unten.

»Nikola Rührmann«, stellte ich mich vor.

»Bärbel Bolz mein Name!«, dröhnte sie asthmatisch zurück.

Sie trug eine braune Jacke und Hosen von märchenhaften Dimensionen. Ihr Mund war schlaff, das Fleisch der Wangen lose und welk. Ihre Gesichtszüge, die einmal recht hübsch gewesen sein mussten, waren verfallen. Trotz der äußerlichen Makel strahlte sie ein tonnenschweres Selbstbewusstsein aus.

»Bitte entspannen Sie sich!«, röhrte sie und schaute sich in dem Büro um. »Erik hat mir berichtet, dass Schäfer etwas zu meckern hätte. Ich wollte nur wissen, woran er sich stößt, der Kollege.« Sie hob mit spitzen Fingern eins der ausgedruckten Blätter hoch und überflog flüchtig den Text. Dann entdeckte sie den glänzenden Koffer unter dem Tisch. »Gernot, bestellen Sie Ihrem Chef, dass ich ihn dringend zu sprechen wünsche.« Mit einem kreisenden Blick, der auch meinen traf und mit dem sie unwiderruflich klarstellte, dass ihr Anliegen prioritär zu behandeln war, fing sie den Raum noch einmal ein, ehe sie das Schlachtfeld so schnell, wie sie gekommen war, wieder verließ. Gernot Schmidt, Dorothea Weber und ich atmeten auf.

»Das war Bärbel Bolz.«

»Wow!«, sagte ich. Heute zum vierten Mal.

»Wir sollten nicht länger auf Schäfer warten. Kommst du mit in die Kantine?«, fragte Dorothea halbherzig und schaute auf die Uhr. »Aber natürlich nur, wenn du Lust hast«, setzte sie knapp hinzu. Eine Einladung klingt anders.

»Nein, ich werde mich ein bisschen in meinem Büro einrichten.«

»Okay, wir sehen uns später.« Und schon eilte sie davon.

»Im Prinzip würde ich dann auch gehen«, drängte auch Gernot Schmidt schüchtern zum Abschied. »Auf Wiedersehen, Frau Rührmann.«

Aufpassen, dat der sich jetzt nicht in Luft auflöst, warf Edu dazwischen. Wie es aussah, würde ich alleine essen gehen müssen.

Als ich mein Büro betrat, saß ein junges Mädchen an meinem Schreibtisch.

»Hallo!«, rief sie und sprang auf. »Sie sind sicher …«

»Nikola Rührmann. Und Sie sind …«

»Sibylle Reinold, Ihre Praktikantin. Ich war gerade dabei, den Rechner einzurichten …«

Sie war sehr jung und sah noch jünger aus. Ihre Augen, sanft und groß, waren porzellanblau und hatten Ausdruck und Tiefe. Das flachsblonde Haar, zu einem dicken Zopf geflochten, reichte bis zur Taille. Ein ganz eigener Duft umwehte sie: ein frischer Sommerduft mit einer Mischung aus Tuberose und frisch gebackenen Brötchen.

Ich hatte sofort den Eindruck, dass ich in Sibylle einen echten Kompagnon finden würde, den ersten im Labor, einen, den ich hier noch dringend gebrauchen konnte. Spontan schlug ich ihr vor, uns zu duzen, und weil keine Warnung aus den Wolken kam, ich sei zu voreilig, weihte ich sie auch gleich in meinen Sonderauftrag ein. »Aber erzähl das nicht weiter. Ist streng vertraulich!«

Unnötig drauf hinzuweisen, brummelte Edu, *dat Mädchen hat Charakter. Haben wir doch gleich erkannt.*

»Sonderauftrag«, wiederholte Sibylle nachdenklich. »Jetzt verstehe ich.«

»Was verstehst du?«

»Weißt du schon, wo du heute Nacht schlafen wirst?«

»Ich müsste mich noch kümmern.«

»Eben nicht«, sagte Sibylle und hielt ein Kuvert in die Höhe. »Der Forschungsdirektor bittet darum, dass du dich für diese Woche im Hotel Royal einquartierst.« Sie verdrehte vielsagend die Augen. »Fünf Sterne.«

»Wie komme ich zu dieser Vorzugsbehandlung?«

»Ab Mittwoch sind auch die Gutachter dort untergebracht. Ich nehme an, dass du flankierend helfen sollst. Außerdem«, sie ließ ihre Porzellanaugen erneut rollen, diesmal verschwörerisch, »wohnt auch Professor Schäfer während dieser Woche dort.«

Ach! »Der wohnt im Hotel?«

»Ja, ich vermute, aus dem gleichen Grund wie du.«

Alles generalstabsmäßig geplant, dachte ich. Na, mal gucken, ob am Ende auch alles generalstabsmäßig abläuft. »Okay«, grinste ich, »tun wir Hermann Mann den Gefallen. Aber bevor wir zur Arbeit schreiten, möchte ich unsere Kantine kennenlernen.«

»Dann guten Appetit«, sagte Sibylle.

»Der Spott wird dir vergehen, Helferlein. Du kommst nämlich mit. Wir machen ein Working Lunch!«

Mahlzeit

Das Essen in der Kantine schmeckte wie angekündigt.

Der Hunger treibt's rein, knurrte Edu.

»Du hast leicht reden da oben, du musst es ja nicht essen.«

»Was meinst du?« Sibylle guckte mich mit großen, runden Augen an.

»Ach nichts, manchmal spreche ich mit meinem Großvater Edu. Ist so eine Marotte von mir.«

»Lebt er in Hamburg?«, fragte Sibylle in ihrer jugendlichen Unbekümmertheit.

»Das nicht gerade. Er ist seit 27 Jahren tot.«

»Ach so«, sagte Sibylle.

»Lass uns einen Plan aufstellen, Helferlein!«, schlug ich vor.

»Bin ganz Ohr«, strahlte sie.

»Ich benötige die Artikel zu den jüngsten ADONIS-Messungen. Such mir alles raus, was du darüber finden kannst, insbesondere die Veröffentlichung von Erik Hässler.«

»Aye, aye, Sir!«

»Dann ist da noch ein Satellit, der die Dunkle Materie erforscht. Er heißt ARIADNE. Zwischen den Ergebnissen von ARIADNE und denen von ADONIS soll es einen forschungstheoretischen Zusammenhang geben.«

Sibylle wurde sehr ernst. »Du brauchst den dazugehörigen Artikel?«

»Genau, meine kluge Kleene. Besorg mir das Paper.«

»Verstanden.«

»Gut«, sagte ich und vergewisserte mich, dass niemand mithörte. »Dann benötige ich das DESY-Organigramm. Ich muss die Organisationsstrukturen verstehen.«

»Ja, Chef.«

»Nenn mich nicht Chef.«

»Sondern?«

»Chefin!«

Wir lachten. So laut, dass sich die Kollegen am Nebentisch neugierig umdrehten.

»Zurück auf Eins«, flüsterte ich. »Zu DORIS. Hier interessiert mich, welche Bedingungen das Forschungsministerium für den Fall einer Laufzeitverlängerung stellt.« Ich schob die Erbsen an den Rand des Tellers. »Ferner benötige ich die wesentlichen Informationen zur Planung von FLIX.«

»FLIX?«, erkundigte Sibylle sich vorsichtig.

»Der Free electron laser based on linear acceleretors for X-rays, das große Nachfolgeprojekt am DESY.« Ich runzelte irritiert die Stirn. »Hast du etwa noch nicht davon gehört?«

Sibylle schüttelte verschämt den Kopf und errötete.

»Musst du aber«, mahnte ich. »Wenn DORIS eine Laufzeitverlängerung erhält, dann verzögert sich der Bau des neuen Projekts um mindestens ein Jahr.«

»Verstehe«, sagte Sibylle artig.

»Wirklich? Hast du im Rahmen deines Praktikums schon einen Gang über das Gelände gemacht?«

»Nein, noch nicht.«

»Das machst du morgen gleich als Erstes. DESY hat eine PR-Abteilung. Die bieten sicherlich öffentliche Führungen an.«

»Verstanden«, sagte sie zerknirscht.

»So schlimm ist es nun auch wieder nicht. Iss weiter.« Ich beugte mich vor. »Und nun zu den Gutachtern.«

»Du brauchst alle Informationen über die Gutachter?«, fragte sie eifrig.

»Genau. Alles, aber auch alles, was du über sie herausfinden kannst«, sagte ich eindringlich. Ich schob meinen Teller von mir weg. »Noch viel mehr interessiert mich allerdings«, raunte ich und kontrollierte mit einem kurzen Rundblick, ob uns nicht doch jemand zuhörte, »Dietmar Schäfer.«

»Professor Dietmar Schäfer?«

»Genau der. Besorg mir sämtliche Informationen über ihn: Curriculum Vitae, sein aktuelles Vorlesungsverzeichnis, seine Literaturliste, vielleicht ein paar seiner jüngsten Veröffentlichungen, wo er wohnt, mit wem er wohnt, mit wem er gerne wohnen würde und so weiter und so weiter.« Ich blickte kurz nach rechts und links. »Und besorg mir vor allem ein Foto von ihm. Das wär's.«

»Verstanden«, sagte Sibylle und legte ihr Besteck ab. Wir hatten beide unser Essen kaum angerührt.

»Ach, noch was: Mike Cardy, ein junger amerikanischer Physiker, hatte die witzige Idee, in einigen Büros Papierstreifen an die Ventilatoren zu kleben. Bastelst du mir auch so was?«

»Das berühmte Blätterrauschen am DESY. Klar, mach ich dir.«

Zufrieden ließ ich den Blick durch die Kantine schweifen. Das Publikum war ein Querschnitt des DESY-Personals, die leger übergeworfenen Pullover waren das Erkennungsmerkmal der Teilchenphysiker. Am anderen Ende des Speisesaals entdeckte ich Dorothea. Ihr gegenüber saß ein Geschäftsmann im Dreiteiler. Sieh mal einer an, er strich ihr vertraut über die Hand, ehe er sein Glas hob, um ihr zuzuprosten. Dann schaute er zur Seite, und ich sah sein hartes Profil.

»Was ist? Was guckst du so gespannt?«, fragte Sibylle.

»Den Typen da drüben bei der Weber, den kenne ich irgendwoher.«

Sibylle wollte den Kopf wenden, aber ich zischte sie an: »Dreh dich nicht um.«

Sie gehorchte.

»Ich habe so ein Gefühl ... und das hat bei mir immer was zu bedeuten.« Edu wollte sich zu Wort melden, aber ich wehrte ihn ab. »Wir sollten die Kantine regelmäßig aufsuchen.«

»Weshalb?«, fragte sie verblüfft mit Blick auf unsere nicht einmal halb geleerten Teller.

»Weil es hier soziokulturell betrachtet verdammt viel zu sehen gibt, deshalb«, flüsterte ich und rollte die Augen bedeutungsvoll vier Tische weiter. »Mit wem sitzt Mike Cardy da?«

»Das ist ein Azubi«, klärte Sibylle mich auf. »Zu erkennen an seinem blauen Overall. Den tragen alle Auszubildenden am DESY.«

Der Junge war etwa in Sibylles Alter, ein südländischer Typ.

Mike Cardy sprach wild gestikulierend auf ihn ein. Wir spitzten die Ohren, doch war im allgemeinen Gemurmel der Kantinenbesucher kein Wort zu verstehen.

»Macht nichts, Helferlein, Bill Ramsay nehme ich mir nächstens persönlich vor. Ich habe den Eindruck, dass es ein leichtes Spiel wird, von ihm zu erfahren, was ihn gerade so aufregt. Er ist die reinste Plaudertasche.«

»Und ich hatte schon befürchtet, dass mein Praktikum am DESY etwas langweilig werden könnte.«

Hotel Royal

Jede Stadt hat ihre Eigenheiten. In Hamburg zieht am Abend oft kühle, feuchte Seeluft von der Elbe den Hang hinauf und ist sogar noch in der Innenstadt zu spüren. Auch an diesem Montag, als ich müde in der Rothenbaumchaussee unweit des Dammtor-Bahnhofs vor dem Hotel Royal stand.

Wat machste so ein finsteres Gesicht, Herzblättschen? Geh rein und genieß jeden Stern einzeln, versuchte mir Edu einen Schubs zu geben.

»Ich frage mich, was ich in Hamburg eigentlich will«, brummte ich.

Arbeiten, wie wir alle, rief Edu.

»Morgens ins Büro und abends brav wieder nach Hause? Fünf Tage die Woche? Achtundvierzig Wochen im Jahr? Fünfundzwanzig Jahre lang? Danach die Hacken zusammenschlagen und zu dir auf die Wolke kriechen? Nee danke.« In Berlin hatte ich mich von diesem biedermeierlichen Lebensentwurf verabschiedet, aber Pustekuchen. Die Weltwirtschaftskrise spülte mich an die Gestade meiner Jugend zurück, dorthin, wo alles angefangen hat. Was war aus meinen Plänen geworden?

Du bist eine Schwarzseherin und badest in Selbstmitleid!

»Außerdem ärgert es mich, dass ich Schäfer heute nicht in seinem Büro angetroffen habe, vielleicht wäre ich sonst bei meinem Sonderauftrag vorangekommen.« Aber das Rumstehen brachte mich auch nicht weiter. Also gab ich mir einen Ruck und ließ mich von der Drehtür in die Hotellobby treiben.

Die Empfangshalle war großzügig ausgelegt und ihre mit Motiven der Stadt bemalte Kuppel von beachtlicher Höhe. An einem schmalen Pult neben der Tür stand ein livrierter Portier. Zur Begrüßung bleckte er seine Biberzähne und schaute diskret über meinen geschulterten Rucksack hinweg. Die Hotelgäste, die die Lobby bevölkerten, schienen gut situiert, die Herren in dunklen Anzügen, die Damen in teuren Roben.

Ich schlenderte zum Empfang und checkte ein. Die junge Rezeptionistin im marineblauen Kostüm, mit tiefsitzendem Seitenscheitel und einem roten Nickituch um den schmalen Hals, überreichte mir die elektronische Schlüsselkarte und sagte professionell lächelnd: »Zimmer 304 in der dritten Etage. Die Karte bitte mit dem Pfeil nach oben einführen. Der Lift ist gleich links. Wir wünschen Ihnen einen angenehmen Aufenthalt in unserem Haus, Frau Doktor Rührmann!«

Die Zahl 304 gefiel mir – die Null in der Mitte wie eine Dame, von einem jüngeren und einem älteren Herrn flankiert.

Dat ist nicht von dir, Liebschen, dat ist von Joseph Roth, rügte Edu. *Aber egal*, lenkte er gleich ein, *schöne Gedanken darf man ruhig klauen. Damit sie nicht verloren gehen.*

Der Fahrstuhl schloss sich lautlos, und ebenso lautlos setzte er sich in Bewegung. Auf der dritten Etage lief ich den langen Hotelflur entlang, immer die Zimmernummern im Auge: 301, 302 … Der dicke Teppichboden verschluckte jeden meiner Schritte.

Im Zimmer 304 angekommen schmiss ich meinen Rucksack in die Ecke, stellte den Radiowecker auf *FSK 93,0 MHz*, sank auf das frische, kühle Bett und fiel von den *Sternen* begleitet in tiefen Schlaf.

In diesem Sinn stellt man sich nicht so an und überlässt das Denken den Profis. Und das Handeln sowieso. Und am besten lässt man alles so, wie's ist. In diesem Sinn begräbt man seinen Stolz, in diesem Sinn strengt man sich an, in diesem Sinn zu arbeiten, zu überlegen, wie man noch mehr raffen kann.

Wir können nichts, wir sind nichts, wir wollen nichts und wir werden nichts: in diesem Sinn.

Ein Klingeln weckte mich. Wo war das Telefon? Auf dem Nachttisch.

»Ja?«, meldete ich mich kraftlos.

»Nikolaus, bist du etwa schon im Bett?«, bellte eine Stimme in mein Ohr. Sie klang nach Jan N Punkt.

»Nein, am Schreibtisch.«

»Hört sich gar nicht so an«, raunzte es zurück. Kein Zweifel, Jan N Punkt. »Ich bin unten in der Lobby!«

»In vier Minuten bin ich bei dir.« Ich richtete mich auf und verglich die Uhr auf dem Nachttisch mit meiner eigenen: 20:22 Uhr zeigten beide übereinstimmend.

Wie hat mich Jan nur ausfindig gemacht, dachte ich, während ich mir die flachen Schuhe zuschnürte und die Bluse glattstrich. Aber gut, dass er mich geweckt hatte, denn ich musste Herrn Schäfer heute noch einen Besuch abstatten. Außerdem freute ich mich, Jan wiederzusehen.

Genau vier Minuten später betrat ich die Eingangshalle, Jan saß in einem der schweren Sessel der Sitzgruppe und schmökerte im *Hamburger Abendblatt*. Das Haar meines ehemaligen Kommilitonen war schütter geworden, das Gesicht fülliger, aber sein schwarzer Spitzbart und seine kleinen, scharf blickenden Augen hinter der Nickelbrille waren noch so, wie ich sie von unserer letzten Begegnung vor acht Jahren in Erinnerung hatte.

»Jan N Punkt, alter Trotzkist!«, rief ich.

Er legte die Zeitung beiseite, sprang vom Sessel auf und lief auf mich zu. Wir umarmten uns innig. Dann betrachtete er mich von Kopf bis Fuß. »Gut siehste aus, Nikolaus!«

»Also, wenn du auf mein Outfit anspielst: So was trage ich nur, weil ich mich heute für einen neuen Job vorstellen musste.«

»Du bist unverändert, Nikolaus.«

»Das stimmt nicht. Guck dir nur meinen Raben an!« Ich schob den Ärmel der Bluse hoch und zeigte auf die blaugraue Tätowierung auf meinem Arm. »Der lässt schon die Flügel hängen.«

»Er sieht aus wie gerade aus dem Ei geschlüpft.«

»Wir sollten nicht unserer Jugend nachrennen, alter Charmeur. Wir holen sie eh nicht mehr ein. Von wem weißt du überhaupt, dass ich hier bin?«

»Christian hat mich informiert, dass du jetzt am DESY arbeitest. Ich habe kurzerhand dort angerufen. Die Zentrale hat mich mit deiner Sekretärin verbunden.«

»Praktikantin, wenn du mit Sibylle telefoniert hast.«

»Ist ja egal. Jedenfalls nannte sie mir deine Unterkunft. Und ich muss sagen«, er sah sich übertrieben andächtig um, »nobel, nobel. Ein Sechs-Sterne-Hotel.«

»Fünf! Es hat fünf Sterne. Die reichen aber auch schon. Im Übrigen bin ich aus …«, ich legte kurz den Finger auf die Lippen, »aus investigativen Gründen hier. Es geht um einen Sonderauftrag.«

»Das klingt aufregend, Nikolaus«, stellte Jan fest und fragte nicht weiter nach. Das hat er nie getan.

In diesem Augenblick betrat Gernot Schmidt die Hotellobby, sichtlich um ein sicheres Auftreten bemüht. Unter den Arm hatte er ein aufgerolltes Poster geklemmt, in der Hand hielt er Schäfers dubiosen Aluminiumkoffer.

»Was will der denn hier?«, entfuhr es mir, und ich trat instinktiv hinter Jan. Gernot Schmidt blickte fragend zum Biber in Livree, worauf dieser in Richtung Empfangstresen wies und Schmidt sich mit unsicheren Schritten auf den Weg dorthin machte.

»Wer ist das?«

»Ein Kollege vom DESY«, sagte ich leise. »Ich frage mich, was er hier macht.« Und warum er diesen Koffer mit sich herumträgt. »Ich gehe kurz rüber und erkundige mich, was er vorhat.«

Ich erreichte den Tresen in dem Augenblick, als die junge Rezeptionistin mit einer Miene des Bedauerns den Telefonhörer auflegte und zu Gernot Schmidt sagte: »Professor Schäfer ist offensichtlich noch nicht im Hause. Ich kann die Sachen aber gerne auf sein Zimmer bringen lassen.« Sie winkte einem Pagen in grauer Hoteluniform.

»Im Prinzip könnte ich ja selber«, sagte Gernot zögerlich und lächelte verlegen an der Rezeptionistin vorbei. »Aber es wäre natürlich nett –«

»Guten Abend, Herr Schmidt«, fuhr ich dazwischen.

Er blickte überrascht hoch und sah dann hastig beiseite. »Frau Rührmann?«

»Was treibt Sie denn hierher?«

»Im Prinzip Herr Schäfer.« Die Antwort kam zweifellos schneller als gewollt. Er senkte den Blick auf seine Schuhspitzen.

»Bitte die beiden Sachen auf Zimmer 317«, wies die Rezeptionistin den Pagen an. Der Junge nickte höflich, griff nach dem Aluminiumkoffer und dem gerollten Plakat und trabte zum Fahrstuhl.

»Herr Schäfer bat mich, seine Posterpräsentation und die beiden Laptops, die er im Büro vergessen hatte, im Hotel vorbeizubringen«, murmelte Gernot Schmidt.

»Die waren im Koffer? Auch der Laptop, auf dem er seine aktuellen Arbeiten deponiert hat?«

»Im Prinzip ja.«

Ich sah dem Pagen nach, der in diesem Moment hinter der sich schließenden Fahrstuhltür verschwand. Da ging sie hin, die Analyse von Schäfer. »Verdammt!«

Die Rezeptionistin überhörte taktvoll meinen Fluch.

»Warum haben Sie mir nicht …«, zischte ich und wandte mich wieder Gernot Schmidt zu, aber der hatte sich bereits auf Französisch verabschiedet. Ich sah noch, wie er durch die große Drehtür verschwand. »Ich geb's auf!«

»Was ist passiert? Du machst so ein grimmiges Gesicht, Niko«, stellte Jan besorgt fest, als ich ihn zum zweiten Mal aus seiner *Abendblatt*-Lektüre riss.

»Gehen wir in der Hotelbar was trinken«, erwiderte ich deprimiert. So dicht dran an der Erfüllung des Sonderauftrags – und dann das. Zu blöd.

Mach dir keine Gedanken, ming Mädsche. Du wirst diesen Schäfer noch treffen, versuchte mich Edu zu trösten. *Schalt jetzt mal ab und trink disch einen!*

Ein guter Rat. Das wollte ich probieren.

»Und wie geht es den Kindern?«, bemühte ich mich um einen heiteren Ton, nachdem wir auf den Barhockern am geschwungenen Tresen Platz genommen hatten.

»Gut.« Er kniff die Augen zusammen. »Ich hab sie vier Tage die Woche. Immerhin.«

Wir schwiegen. Auch Jan schätzte es, die Dinge manchmal im Raum stehen zu lassen.

»Was darf ich Ihnen anbieten?«, fragte der Barkeeper.

»Nicht zu fassen«, rief ich den rotschopfigen Mann überrascht an.

»Das haben wir leider nicht«, antwortete er trocken.

»Karotten-Rambo!«, rief ich. »Erkennst du mich nicht mehr? Du hast mir vor zwanzig Jahren mal auf 'ner Party deine Telefonnummer gegeben.«

»Offensichtlich habe ich nie einen Anruf bekommen, sonst würde ich mich bestimmt erinnern«, sagte er ungerührt.

»Du hattest eine Aquaholikerin zur Mutter und bist, wie sie vorausgesagt hat, Barkeeper geworden«, eiferte ich mich. »Das ist ja toll! Nur deine Sommersprossen sind wegdiffundiert.«

»Leider nicht nur die«, entgegnete er melancholisch. »Meine Mutter gibt es inzwischen auch nicht mehr. Was wollt ihr trinken?«

»Na, anlässlich dieses Wiedersehens zwei Wodka-Kirsch«, sagte ich bedeutungsvoll, »aber in der richtigen Mischung!«

Karotten-Rambo begann leise zu lächeln, als dämmerte ihm, dass er sich über *Wodka-Kirsch, aber in der richtigen Mischung* schon mal mit jemandem unterhalten hatte.

»Verdammte Hacke«, sagte ich zu Jan, als uns der Barkeeper den Rücken zukehrte, um die Getränke zu mixen, »ich weiß nicht, ob mir diese Stadt guttut. All diese Erinnerungen, die in einem hochsteigen wie Kohlensäurebläschen im Wasserglas. Diese Stadt ist offensichtlich zu klein für mich.«

»Du hast einen Sonderauftrag, Niko«, erwiderte Jan ernst. »Da hast du etwas, woran du dich halten kannst.«

Ja, ich hatte einen Sonderauftrag, an den ich mich halten konnte. Aber leider verstand ich ihn nicht.

Karotten-Rambo servierte die Wodka-Kirsch und wünschte uns ein »Wohl bekomm's!«.

»Stell dir vor«, sagte Jan mit neuem Schwung, nachdem er von seinem Drink mehr als nur gekostet hatte, »ich bin dabei, wieder unter die Hausbesetzer zu gehen.«

»Nein!«

»Doch! Und das auf meine alten Tage.« Er lachte und schien sich diebisch an dem Gedanken zu freuen. Im Flüsterton fuhr er fort:

»Gemeinsam mit Rüde hab ich mich einer Künstlergruppe angeschlossen, um einen Altbaukomplex im Gängeviertel vor dem Abriss zu bewahren. Die Häuser gehören einer Investorengruppe, die sich von der neuen Bebauung des historischen Geländes großen Profit verspricht.« Die Augen hinter seiner Nickelbrille schauten wachsam nach links und nach rechts. »Du darfst mit niemandem darüber sprechen!«

»Warum nicht?«

»In ein paar Tagen startet die Aktion.«

»Welche Aktion?«

»Die Besetzung des Gängeviertels!«, flüsterte Jan.

»Die gehen aufs Haus, zum Wohlsein!«, warf Karotten-Rambo ein und goss uns Wodka-Kirsch in der richtigen Mischung nach. Offenbar hatte er mich wiedererkannt.

»Danke sehr!«, sagte ich zu ihm. Und dann zu Jan: »Was ist das für eine Gruppe?«

»Künstler. Frei von Ideologien und Dogmatismus. Es geht um Raum für Kreative. Gegen die Kommerzialisierung der Stadt. Und vor allem um die Rettung der Häuser zwischen Valentinskamp, Caffamacherreihe und Speckstraße.«

»Das gefällt mir.« Wir prosteten uns zu. Ich dachte an meine Hausbesetzerzeit und daran, wie lange sie schon zurücklag. Und dass am Ende alles zu einem zurückkehrt. So oder so.

»Dabei fällt mir ein …« Jan setzte das Glas ab und leckte sich über die Lippen. »Könnte nicht die *Stiftung zur Rettung der Welt* ein paar Fördermittel …« Er vollendete den Satz nicht, sondern verließ sich auf seine konspirativ funkelnden Augen.

Ich zuckte nur mit den Schultern. »Die Stiftung existiert doch praktisch nicht mehr. Frag mal bei Rüde nach, er ist ihr Insolvenzverwalter.«

»Nikolaus«, rief Jan entsetzt, »wo ist bloß dein Idealismus geblieben?« Er rollte sein Glas zwischen den Händen.

»Entschuldige, die Stiftung war doch nur eine Schnapsidee.« Ich trank von meinem Wodka-Kirsch und sagte weiter nichts dazu.

»Egal, wir schaffen es auch so«, fuhr er optimistisch fort. »Die

Leute auf der Straße geben uns extrem viel Rückhalt. Zum Beispiel las ich eben einen interessanten Artikel über die fortschreitende Gentrifizierung der Stadt, und dass durch die Neubebauung Ähnliches dem Gängeviertel –« Er brach mitten im Satz ab.

»Was ist los?«, fragte ich.

»Sieh dich mal unauffällig um.«

Der angrenzende Konferenzraum entließ eine Gruppe Geschäftsleute in die Freiheit der Bar, an der Spitze ein stämmiger Mann mit energischem Kinn. Tatsächlich, erst heute Mittag hatte ich diesen Mann in der Kantine des DESY im Profil gesehen.

»Sönke!«, flüsterte ich fassungslos.

»Ja, Sönke!«, bestätigte Jan nicht minder erstaunt. »Bei unseren Demos stets als Rädelsführer im schwarzen Block.«

»Mit Marx und Hegel unterm Arm dem Häuserkampf verschrieben«, ergänzte ich tonlos. Ich wusste nicht, was mich mehr erstaunte. Der Zufall, der uns hier zusammenführte, oder die Veränderung, die Sönke vollzogen hatte. Er trug das grau melierte Haar kurz und penibel gescheitelt, sein dreiteiliger dunkelblauer Anzug saß tadellos, die glatten Schuhe blitzten.

»Aus der autonomen Szene scheint er inzwischen ausgetreten zu sein«, bemerkte Jan. »Aber radikal ist er wohl geblieben. Wenn auch unter anderen Vorzeichen.« Er nahm einen kräftigen Schluck aus seinem Glas, als müsste er sich beruhigen.

»Seltsam, wie sich alles verändert.«

»Darauf noch einen Wodka-Kirsch«, rief Jan dem Barkeeper zu.

»Auf meine Rechnung«, ergänzte ich.

»Kommt sogleich«, entschuldigte sich Karotten-Rambo, während er seinen Tresen verließ, um die Flügeltür des Konferenzraums hinter den Geschäftsleuten zu schließen, die die Bar als Abkürzung zur Hotelhalle benutzten.

Erst Karotten-Rambo, dann Sönke, flüsterte Edu mir zu. *Dat kann doch kein Zufall sein, dass du gleich am ersten Tag in deinem Hotel auf alte Bekannte triffst. Dat hängt mit deinem Sonderauftrag zusammen.*

»Das Gesamtpaket ist suboptimal, aber alternativlos«, hörten wir einen der Männer zu Sönke sagen, ein Herr in einem Fisch-grät-Sakko, dem man getrost das respektvolle Hamburger Attribut *reell* oder *solide* zusprechen konnte, zumindest dem ersten Eindruck nach.

»Richtig, das müssen wir noch zielführender kommunizieren«, antwortete Sönke nachdenklich, da fiel sein Blick auf uns. Er riss erstaunt die Augen auf. »Nikola? Jan? Was macht ihr denn hier?« Er entschuldigte sich kurz bei dem Hanseaten, machte den übrigen Geschäftspartnern ein kleines Zeichen und trat auf uns zu. »Unglaublich, wie lange haben wir uns nicht mehr gesehen?« Mit einem kameradschaftlichen Augenzwinkern gab er erst mir die Hand, dann Jan. Die Herzlichkeit seiner Begrüßung wunderte mich nicht weniger als seine äußere Verwandlung. »Gut siehst du aus, Nikola«, sagte er mit sonorer Stimme.

»In Berlin würde man meinen Aufzug als schnieke bezeichnen«, erwiderte ich.

»Du hast in Berlin gelebt?«, schlussfolgerte Sönke ganz richtig und lupfte die Brauen.

»Eine ganze Weile. Bin seit Jahren das erste Mal wieder in Hamburg.«

»Und? Hat sie sich verändert, unsere Hansestadt?«, fragte Sönke mit selbstgefälliger Liebenswürdigkeit.

»Mir ist aufgefallen, dass es auf den Bahnsteigen keine Penner mehr gibt«, antwortete ich kühl.

Karotten-Rambo brachte Jan ein neues Getränk und blickte fragend zu Sönke. Der winkte ab.

»Was aber nicht daran liegt, dass Hamburg keine Penner mehr hat«, stieg Jan sofort ein, »sondern an den neuen pennerfeindlichen Sitzbänken auf den Bahnsteigen.« Er nahm wieder einen Schluck aus seinem Glas. »Daran liegt das.«

»Sehr spannend«, sagte Sönke gelangweilt und fragte mich weiter: »Und sonst?«

»Ansonsten erscheint mir Hamburg im Vergleich zu Berlin merkwürdig gestresst. Und das trotz der Sommerferien«, fügte ich hinzu.

»Weil im Gegensatz zu Berlin in dieser Stadt wirklich gearbeitet

63

wird«, erklärte Sönke mit jovialem Lächeln. »Was machst du hier, Nikola?«

»Ich hatte heute ein Bewerbungsgespräch.« Ich machte eine Pause. »Am DESY.«

Sönkes Pause dauerte mindestens ebenso lange. »Am DESY. Interessant. In der Tat.« Nicht das kleinste Zucken umspielte seinen Mund oder seine Augen.

»Und was arbeitest *du* so?«, fragte Jan unvermittelt zurück, der Fragen dieser Art normalerweise nie stellte.

»Export – Import«, erwiderte Sönke nur und lachte kurz auf. »Für dich völlig uninteressant, mein Lieber.«

Dem würde ich keinen Gebrauchtwagen abkaufen, warnte Edu.

»Na, da bin ich ja beruhigt, dass du nichts mit diesen Hedgefonds zu tun hast«, sagte Jan ernst und ohne Ironie. »Das globale Finanzsystem ist in die schwerste Krise seit Ende des Zweiten Weltkriegs geraten. Es droht der Kollaps der Weltwirtschaft. Und was das für die Menschen auf der Straße bedeutet …«

»Papperlapapp«, antwortete Sönke brüsk. »Die Geschichte des Kapitalismus ist eine Geschichte der Finanzkrisen. Sie beginnt mit dem spanischen Staatsbankrott Mitte des sechzehnten Jahrhunderts, knapp hundert Jahre später, am Ende des Dreißigjährigen Krieges, kam es zum ersten Börsenkrach in Holland, der großen Tulpenschlacht, und 1929 zum Schwarzen Freitag. Alles ganz normal.«

»Das Platzen der *New Economy*-Blase und die Bankenkrise im neuen Jahrtausend nicht zu vergessen«, fügte Jan hinzu.

»Wie dem auch sei. Ich bin da gelassen. Die Auswirkungen auf die reale Wirtschaft bleiben begrenzt. Davon geht die Welt nicht unter.«

»Das werden wir sehen«, konterte Jan bissig. »Was Finanzkrise genannt wird, ist letztlich die Krise des kapitalistischen Wirtschafts- und Lebensstils.«

»Lernt man das in den Germanistik-Seminaren?«, lächelte Sönke und zwinkerte mir zu.

»Keine Ahnung, hab schon lange keins mehr besucht«, antwortete Jan säuerlich. »Aber auf den Wirtschaftskongressen der letzten Jahre hat man das Heraufdämmern der Krise jedenfalls nicht vorhergesehen.«

Jede Wahrheit braucht einen Mutigen, der sie ausspricht, bemerkte Edu anerkennend.

Sönke zupfte ärgerlich an seinen goldenen Manschettenknöpfen. »Kinders, entschuldigt, dass ich diese spannende Diskussion abbrechen muss, aber ich darf meine Kunden nicht zu lange warten lassen. Nikola, ich gehe davon aus, dass du noch ein paar Tage im Hotel bist?« Er zwinkerte mir abermals zu. »Lass uns mal in Ruhe sprechen. Ein Bewerbungsgespräch am DESY? Hochinteressant. Ich würde mich sehr freuen …«, er zog eine Visitenkarte aus seinem Jackett und sah stoisch an Jan vorbei, »wenn du dich melden würdest. Schon bald, ja?« Er drehte sich kurz zu den anderen um, die am Ausgang der Bar warteten. »Ich komme!«, rief er mit selbstbewusstem Lächeln. Und zu mir: »Was haben wir nicht alles gemeinsam erlebt, nicht wahr? Darauf müssen wir einen trinken!« Bevor er die Hotelbar verließ, winkte er noch einmal.

Jan kippte seinen Wodka-Kirsch hinunter, als bräuchte er dringend eine innere Abkühlung. Karotten-Rambo schloss die Tür hinter den Geschäftsmännern, und weil er als guter Barkeeper die Wünsche von den Lippen ablesen konnte, fragte er beim Zurückkommen: »Noch einen?«

»Zwei«, sagte ich und betrachtete Sönkes Visitenkarte. »Was für ein Gesinnungswandel!« Ich stockte. »Jetzt guckst *du* aber grimmig. Was ist los, Jan?«

Jan tippte auf die Visitenkarte. »Seine Firma! Sieh doch bloß!«

»*IM-Invest-Coop*«, las ich vor. »Klingt irgendwie nach … Export – Import.«

»Die Firma gehört zu der Investorengruppe«, Jan musste schlucken, »die unsere Häuser im Gängeviertel verramschen will.«

Die Rotarier

Als wir die Hotelbar verließen, stand in der Mitte der Eingangshalle der Koloss von Rhodos – Professor Bärbel Bolz. In einem zitronengelben Kleid so groß wie ein Festzelt.

»Ich fürchte«, seufzte ich, »da drüben ist wieder jemand vom DESY, den ich begrüßen muss.«

Jan folgte meinem vorsichtigen Fingerzeig und zuckte beim Anblick der Dame unweigerlich zusammen. »Ich verzieh mich lieber. Wie sehen uns wie abgemacht?«

»Wie abgemacht!«, wiederholte ich und klopfte ihm auf die Schulter. Jan N Punkt streckte den Daumen nach oben und ging zum Ausgang, ich atmete einmal tief durch und ging rüber zur Bolz.

»Frau Rührmann! Schön, Sie zu sehen«, sagte sie ohne eine Spur von Freude, während sie ihren scharfen Blick durch die Eingangshalle schweifen ließ. War sie auf der Suche nach Schäfer?

»Wohnen Sie auch im Hotel?«, fragte ich höflich.

»Wo denken Sie hin. Meine Anwesenheit hier ist rein privater Natur.«

Du kannst mir viel erzählen.

»Ah, da kommt ja der *große* Vorsitzende!«, brummelte sie.

Ein älterer Herr im beigefarbenen Anzug, den ein seidenes Einstecktüchlein zierte, trat eben aus der Drehtür, schenkte dem Biber in Livree ein kleines Begrüßungslächeln und strebte zielsicher auf uns zu. Mein Hauswirt, nicht zu fassen. Ich fühlte mich wie in einer der Komödien von Eugène Labiche, in der sich die Protagonisten anscheinend rein zufällig am gleichen Ort wiedertreffen. Erst Jan und Gernot Schmidt, dann Karotten-Rambo, Sönke, Bärbel Bolz und jetzt der Hauswirt. Wer wohl noch alles in diesem Hotel auf mich wartete? Hoffentlich in Kürze endlich Dietmar Schäfer!

»Frau Professor Bolz«, säuselte mein Hauswirt und küsste dezent ihre dargebotene Hand. Dann sah er mich und rief, ehe Bärbel Bolz uns einander vorstellen konnte: »Liebe Frau Doktor

Rührmann! Ja, ist es denn zu fassen! Sie haben sich überhaupt nicht verändert.«

Ich hätte sein Kompliment gern aufrichtig erwidert, aber leider waren die Jahre an ihm nicht spurlos vorübergegangen. Leicht gekrümmt stand er vor mir. Seinen Kopf zierte nur noch ein weißer Haarkranz.

»Unverändert auch Sie, unverändert!« Wenigstens die Herzlichkeit, mit der ich log, war echt. Ich freute mich ehrlich, ihn wiederzusehen.

»Tatsächlich? Ja, Sie müssten mal die vielen Pillen und Fläschchen auf meinem Frühstückstisch sehen! Die reinste Vitaminparade! Aber sapperlot, dass wir uns hier wiedertreffen!« Mein Hauswirt kam aus dem Staunen nicht heraus.

»Offensichtlich kennen Sie sich?«, unterbrach Frau Bolz unser Begrüßungsfest.

»Aber selbstverständlich«, rief er und schüttelte überschwänglich meine Hand. »Sechzehn Jahre hat Frau Doktor Rührmann in meinem Hause gewohnt!«

»Siebzehn«, korrigierte ich zurückhaltend.

Und neun davon den Feudel durch die Flure geschwungen, warf Edu schnippisch ein.

»Frau Doktor Rührmann und ihr Gedächtnis – unschlagbar.« Er lachte, und die Falten in seinem Gesicht vertieften sich. »Auf ihre Wettervorhersagen konnte man sich blind verlassen.«

»Umso besser. Prophetischer Einfluss ist am DESY hochwillkommen«, bellte Frau Bolz kurzatmig und blickte zu den Tagungsräumen auf der anderen Seite des Foyers. »Nichtsdestotrotz sollten wir die anderen nicht länger warten lassen.«

»Sie arbeiten am DESY?«, kombinierte mein Hauswirt messerscharf.

»Es sieht so aus. Von wem werden Sie denn erwartet?«, fragte ich zurück.

Mein Hauswirt räusperte sich. »Liebe Frau Doktor Rührmann, wie Sie sich vielleicht erinnern, bin ich seit jeher Rotarier.« Er streckte sich, soweit es der krumme Rücken zuließ, und rückte seinen Schlips zurecht. »Nun«, sagte er nicht ohne Stolz, »seit einem Jahr bin ich im Vorstand der Hamburger Dependance.«

»Gratulation!«

»Ach«, wehrte er bescheiden ab, »viel Arbeit. Wenn Sie wüssten, wie viel Arbeit. Entschuldigen Sie«, sagte er dann mit einer leichten Drehung zu Frau Bolz, »aber die Wiedersehensfreude, Sie verstehen, Frau Professor. Es wäre nett, wenn Sie schon mal rübergehen und melden würden, dass ich umgehend folgen werde.«

Bärbel Bolz, die gewohnt war, Befehle zu erteilen, nicht aber, sie zu empfangen, kräuselte die Nase und stapfte ohne ein weiteres Wort mit kurzen, energischen Schritten von dannen.

»Für einen kleinen Schnack muss immer Zeit sein«, wischte mein Hauswirt die aufkommenden Skrupel beiseite.

Gern. Aber nicht jetzt. Ich muss dringend zum Empfang und fragen, ob Schäfer inzwischen eingetroffen ist.

»Wie geht es Ihnen?«, fragte mein Hauswirt munter.

»Großartig«, antwortete ich. »Und was macht Mutz?« Nervös guckte ich zum Tresen.

»Nun«, mein Hauswirt seufzte, »so ein Katzenleben ist überschaubar. Inzwischen lebt die getigerte Gertrud auf der Uhlenhorst.«

Was ist, wenn sie mir an der Rezeption keine Auskunft geben wollen? Ach was, irgendwie kitzele ich das geschickt raus aus der Dame. Wenn der Hauswirt nur endlich meinen Arm losließe. »Und der Theologiestudent, der zuletzt für Sie geputzt hat?«

»Tödlich verunglückt, liebe Frau Doktor Rührmann. Noch bevor er seine erste Predigt in unserer St. Gertrud-Kirche halten konnte.« Er wiegte den kahlen Kopf. »Beim Telefonieren im Auto. Bitter, bitter. Den frühen Vogel frisst der Wurm. Oder andersrum?«

Wäre taktlos, sich jetzt abrupt zu verabschieden.

»Und Ihnen? Wie geht es Ihnen?«

»Ich bin ein knackiger Alter. Es knackt hier, es knackt da.« Ich überging den Kalauer, über den nicht mal Edu lachen konnte. »Die meiste Zeit verbringe ich inzwischen auf meiner Finca auf Mallorca«, erzählte er weiter. »Ich komme nur nach Hamburg, wenn mich die Aufgaben des Rotary Clubs dazu verpflichten.« Er machte eine bedächtige Pause. »Wir haben hier im Hotel Royal demnächst unser Jahrestreffen und stecken derzeit in der heißen Phase der Vorbereitung.«

Ist das Interesse von Frau Bolz am Rotary Club vielleicht nur vorgetäuscht, um sich Schäfer hier im Hotel endlich vorknöpfen zu können?

»Ist Frau Bolz auch ...?«

»Ja, Frau Professor Bolz ist auch ein Mitglied des Rotary Clubs«, klärte mein Hauswirt mich leutselig auf. »Sie sind hier im Hotel untergebracht?«

»Ja, für eine Woche.«

»Dann sehen wir uns sicherlich noch, liebe Frau Doktor Rührmann.«

Endlich. »Ich wünsche Ihnen alles Gute«, sagte ich befreit.

»Dito!«, rief er und eilte Bärbel Bolz nach. Mein Hauswirt in meinem Hotel. Irgendwie überraschte das nicht.

Als ich mich umwandte, sah ich auf der anderen Seite des Eingangsbereichs einen Jungen, der sich kaugummikauend in einem der Sessel lümmelte und mit seinem Handy spielte. Ich kniff die Augen zusammen. Tatsächlich, es war der Azubi, der heute Mittag mit Mike Cardy in der Kantine gesessen hatte. Was machte der denn hier? Hatte den etwa die Bolz mitgebracht? Das war unmöglich ein Zufall.

Nicht lang zaudern, sondern nichts wie hin!, drängte Edu.

Der Junge trug ein weißes T-Shirt und Jeans mit tiefem Schritt, dazu Etnies-Turnschuhe, wie sie in der Hip-Hop-Szene angesagt waren. Südländischer Typ. Vielleicht Libanese.

»Kennen wir uns nicht?«, fragte ich, als ich vor ihm stand. Er schaute von seinem Handy hoch und sah mich mit wachsamen braunen Augen an. Sein schwarzer Stoppelhaarschnitt gab ihm etwas Martialisches.

»Hast du ein Problem?«, fragte er mürrisch, aber völlig akzentfrei.

Vielleicht ein in Deutschland geborener Libanese, korrigierte ich mich in Gedanken.

Gib nich auf!, flüsterte Edu, und seine Stimme klang so wie früher, wenn wir am Ufer der Erft saßen und einen dicken Fisch an der Angel hatten. *Setz die Brechstange an!*

Der Junge duzte mich. Ich hielt mich an die alte Polizistenregel, bei solchen Typen beim Siezen zu bleiben.

»Ich kenne Sie doch.«

»Was laberst du mich an?«

Ich überging seine Travis-Bickle-Nummer. »Ich habe Sie heute am DESY gesehen. Sie sind ein Freund von Mike, nicht wahr?«

»Ich muss telefonieren!«, sagte er, und ich hörte förmlich das Ausrufezeichen am Ende des Satzes. Er schlug die Beine über Kreuz, beugte sich tief über sein Handy, wippte unruhig mit dem Turnschuh und tippte Zahlen in sein Gerät. Ich starrte auf seinen gesenkten Hinterkopf und wartete. Sein Verhalten ließ kalte Wut in mir aufsteigen. Sollte ich mich anlegen mit ihm, sollte ich? Ich taxierte ihn von oben bis unten. Er war durchtrainiert, hatte null Prozent Körperfett, einer, der mit den Stärksten in der Schule Streit anfängt, nur um zu beweisen, dass er keine Angst vor ihnen hat. Gegen den kam ich nicht an. Aber ich musste rausbekommen, was er hier wollte.

Gib Gas!, rief Edu.

»Arbeiten Sie denn am DESY?«, fragte ich höflich.

»Ich mach dies und das, Digger«, sagte er mit einer Komm-mir-bloß-nicht-zu-nahe-Stimme, nahm das Handy ans Ohr und sah cool an mir vorbei.

Ein Raufbold mit 'ner Ausbildung wird er mal sein, raunte Edu, *wenn ihm nichts dazwischenkommt.*

Ich musste mich schwer zusammenreißen, um nicht die Geduld zu verlieren. »Mein Name ist Nikolaus«, sagte ich freundlich.

Der Junge musterte mich. »Krass, ich dachte, du wärst 'ne Frau.« Er ließ das Handy auf seinen Schoß sinken.

»Ich *bin* eine Frau. Und ich kann gut damit leben. Wie ist Ihr Name?«

Er schien zu überlegen, ob er mir das verraten durfte. Dann sagte er plötzlich: »Zero.« Er sprach es französisch aus, also *Seeroh* mit weichem *s.*

»Zero. Schöner Name.« Was hatte der Junge hier im Hotel verloren? »Ich warte hier auf Professor Schäfer. Kennen Sie den, Zero?«, fragte ich direkt.

»Krass. Auf genau den warte ich auch.«

Bingo! Wusste ich es doch!

Zeros Blick schweifte durch die Hotellobby. »Aber das gibt's ja nicht«, kiekste er, drückte das Handy aus und ließ es lässig in seine Hosentasche gleiten. »Dahinten ist er ja!«

»Wer?«

»Der Professor. Da drüben!« Er zeigte auf den Fahrstuhl, dessen Tür sich gerade schloss, und kämpfte sich aus dem tiefen Sessel hoch.

Dieses Mistding von Lift darf mir meinen Sonderauftrag nicht ein zweites Mal vermasseln, schoss es mir durch den Kopf. Ich ließ den Jungen stehen, rannte zum breit geschwungenen Treppenaufgang, sprang die Stufen rauf, nahm zwei auf einmal, stolperte, rappelte mich sofort wieder auf, lief weiter, mitten hinein in eine entgegenströmende Gruppe tief dekolletierter Damen und beschlipster Herren: die Kongregation der Alsterschleusenwärter auf dem Weg zu ihrem Jahrestreffen, und alle Schleusentore offen. »Entschuldigen Sie bitte!«, bellte ich, »Sorry!« und »Lassen Sie mich durch!«. Ich hetzte weiter die Treppen rauf, bis ich schließlich atemlos in der dritten Etage vor dem geschlossenen Fahrstuhl stand.

Die Nummer 3 leuchtete auf. Erwartungsvoll starrte ich auf die Tür, die mit leisem Summen aufging.

Geister und Teilchen

Montag, der 10. August, 22:11 Uhr

Der Mann im Fahrstuhl war von gedrungener Statur. »Pardon«, sagte er mit leichtem italienischem Akzent und versuchte sich möglichst unauffällig an mir vorbeizuschlängeln. Es war der Priester vom Dammtor-Bahnhof. Unfassbar! In der Hand hielt er den Aktenkoffer aus Aluminium, an dem sich mein Rucksack verhakt hatte.

»Professor Schäfer?«, fragte ich entgeistert. Der Koffer sah dem von Professor Schäfer zum Verwechseln ähnlich.

»Pardon?«, fragte er nur zurück und blickte zu mir hoch. Ein Ausdruck unangenehmer Überraschung machte sich auf seinem rosigen Gesicht breit, offenbar erkannte er mich. Ohne ein weiteres Wort huschte er auf den Flur. Ein paar Meter weiter warf er allerdings einen verstohlenen Blick zurück. War das Professor Schäfer? Aber warum war er dann heute Morgen mit mir aus dem Zug gestiegen? Ich folgte dem Mann in angemessenem Abstand, zählte gespannt die Nummern, an denen er vorbeilief: 313, 314, 315 …

Vor der 316 blieb er stehen. Er drehte sich wieder kurz zu mir um, wie um zu prüfen, ob ich inzwischen vielleicht verschwunden wäre, nestelte umso nervöser mit seiner elektronischen Schlüsselkarte am Schloss herum, schob sie in den Schlitz, zog sie wieder raus und steckte sie umgekehrt wieder rein. Endlich leuchtete das grüne Licht auf, und er verschwand in seinem Hotelzimmer. Die Tür klappte laut ins Schloss. Ich hörte, wie der Riegel vorgeschoben wurde.

Bei diesem Mann handelte es sich also nicht um Professor Schäfer, er hatte bloß zufällig das Nachbarzimmer. Wirklich zufällig? Langsam kamen mir diese ganzen Begegnungen spanisch vor. Ich trat an die Tür mit der Nummer 317 und horchte kurz in die Stille, bevor ich höflich anklopfte. Keine Reaktion. Ich klopfte kräftiger.

Er ist schwerhörig, rief der schwerhörige Edu aus Himmelshöhen, *oder er ist nicht da.*

Richtig, verdammte Hacke! Schäfer war gar nicht auf seinem Zimmer. Zwar hatte er eben den Fahrstuhl benutzt, doch offensichtlich hatte er ihn in der ersten oder zweiten Etage wieder verlassen. Weil er an der Rezeption was vergessen hatte? Na klar, das war's! Kaum war dieser Gedanke in meinem Kopf, rannte ich auch schon den langen Flur zurück. Der Fahrstuhl war inzwischen weg, ich lief ins Treppenhaus, nahm immer drei Stufen auf einmal, traf auf dem untersten Absatz auf die Nachzügler der Alsterschwemme. Wie vorhin rief ich: »Entschuldigen Sie bitte! Sorry!« und »Dürfte ich bitte mal!«.

Atemlos erreichte ich die Lobby, die sich inzwischen mit weiteren Neuankömmlingen gefüllt hatte. Der Sessel, auf dem sich der Junge noch vor Minuten gelümmelt hatte, war verwaist. Großartig.

Zurück auf Eins, dachte ich. Artig stellte ich mich ans Ende der Warteschlange vor dem Empfang, um mich von offizieller Seite über den Verbleib Dietmar Schäfers informieren zu lassen. Hauptsache, ich kam hier endlich weiter, denn langsam wurde es spannend: Wo war der Professor abgeblieben? Was wollte der Libanese von ihm? Weshalb besaß der Priester in dem angrenzenden Hotelzimmer den gleichen Aluminiumkoffer wie Schäfer? Oder war es gar derselbe?

»Was kann ich für Sie tun, Frau Doktor Rührmann?«, riss mich die Rezeptionistin aus meinen Gedanken. Auf ihrem Namensschildchen stand in schwarzen Druckbuchstaben *A. Rackwitz*.

»Frau Rackwitz, können Sie mir sagen, ob Professor Dietmar Schäfer schon angekommen ist?«

Sie warf einen prüfenden Blick auf ihren Monitor. »Professor Schäfer hat bereits gestern bei uns eingecheckt. Soll ich Sie mit ihm verbinden, Frau Doktor Rührmann?« Als ich dankend nickte, griff sie nach dem Telefon und wählte Schäfers Zimmernummer. Während sie auf eine Reaktion am anderen Ende der Leitung wartete, sah sie ernst und konzentriert an mir vorbei. Dann blickte sie mich kopfschüttelnd an. »Nein, tut mir leid«, sagte sie und lächelte unverbindlich. »Er scheint nicht auf seinem Zimmer zu sein.

Haben Sie es schon in der Hotelbar probiert? Oder vielleicht im Restaurant?«

»Ja, aber leider vergebens«, seufzte ich und wollte mich gerade zurückziehen, da hielt Edu mich zurück: *Liebelein, et kann dein Schaden nicht sein, mehr über den Priester zu erfahren!*

»Sind … äh … ist Hochwürden aus Italien eingetroffen? Ich bin mit beiden Herren verabredet, und vielleicht ist wenigstens er im Hause.«

»Monsignore Rossi?«, fragte die Rezeptionistin.

»Monsignore Rossi, genau der.«

»Monsignore Rossi hat vor ein paar Minuten eingecheckt. Soll ich zu ihm durchstellen?«

»Nein, nein, wir sollten ihm nach der langen Reise etwas Ruhe gönnen.« Schon wollte ich mich mit einem leisen Dankeschön abwenden, da war es die Rezeptionistin, die mich zurückhielt.

»Frau Doktor Rührmann?«

»Frau Rackwitz?«

»Entschuldigen Sie bitte, ich sehe erst jetzt, dass eine Nachricht für Sie vorliegt.«

Schäfer! Also doch!

Frau Rackwitz beugte sich über eine handschriftliche Notiz in ihrem Logbuch. »Ein Herr Asphalt«, sie stockte, »Asphalt-Wilfried lässt ausrichten, dass er Sie um 22:30 Uhr in der Lobby erwartet.« Sie hob irritiert den Kopf und vergaß ihr unverbindliches Lächeln.

Richtig, meine Verabredung mit Wilfried. Am Nachmittag hatte ich ihm auf den Anrufbeantworter gesprochen und ein Treffen vorgeschlagen. Hatte ich glatt vergessen über meiner Suche nach Schäfer. Ich sah auf meine Armbanduhr: 22:29 Uhr.

»Danke für die Information, Frau Rackwitz.«

Ich zog mich in den tiefen Sessel zurück, in dem vorhin der Junge seine langen Beine in den Etnies ausgestreckt hatte. Eigentlich hatte ich mir vorgenommen, mit Wilfried über unsere verrutschte Nacht neulich in Berlin zu sprechen. Aber der Sonderauftrag war im Moment wichtiger. Vielleicht konnte er mir dabei helfen. Ganz bestimmt sogar. Wilfried hatte immer gute Ideen.

Die Drehtür bewegte sich. Eine dreiköpfige Familie betrat die Hotelhalle. Der grau melierte Herr im schwarzen Anzug, seine Frau im schlichten dunkelblauen Kostüm, das Töchterchen im weißen Sommerkleid. Ein distanzierter Ausdruck lag auf ihren Gesichtern, sogar auf dem der jugendlichen Tochter, die ihrer Mutter wie aus dem Gesicht geschnitten war. Wohlstand umgab die Familie wie der Hauch von Chanel, der an mir vorüberwehte. Unantastbar, zeitlos und konservativ.

Bist du neidisch, weil du nicht dazugehörst?, fragte Edu.

Nein, nur verblüfft über den genetisch verwurzelten Reichtum. Aber zurück auf Eins, wo blieb Wilfried? Ärgerlich schaute ich auf die Uhr. Im selben Moment schneite er durch die Drehtür in die Hotelhalle.

»Du bist 15 Minuten zu spät«, tadelte ich. »Unpünktliche Menschen vergeuden anderer Leute Zeit, als wäre es die eigene.«

Wilfried lächelte milde, umarmte mich und platzierte einen Schmetterlingskuss auf meiner Stirn. »Gut siehst du aus, Sput-Nik. Hast dich nicht verändert.«

»Was Wunder. Wir haben uns zuletzt vor fünf Wochen gesehen.« Ich küsste ihn auf die Wange.

Zu der dunklen Jeans trug Wilfried ein sportliches Shetland-Sakko im Country-Style. Auf dem Kopf hatte er eine sommerleichte Kappe aus reinem Leinen. »Na, wie findest du mein Outfit?«

»Schönes Beispiel für angelsächsische Handwerkskunst«, sagte ich angesichts der echten Lederbesätze an Ärmeln und Unterkragen und versuchte, meiner Erschütterung keinen Ausdruck zu verleihen.

»Geflochtene Lederknöpfe!«, erklärte er stolz, zückte einen Zahnstocher und steckte ihn sich in den Mund.

»Mit Kragen-Spange am Revers und hölzernem Zigarettenersatz«, ergänzte ich kopfschüttelnd.

Wilfried ließ sich nicht beirren: »Das Sakko ist aus reiner Schurwolle.« Der Buffalo Bill der Großstadt, allerdings inzwischen in der gediegenen Form der Generation Silberlocke. »Wenigstens verliere ich seit ein paar Jahren keine Haare mehr!«, begegnete er meinem skeptischen Blick und tippte sich an die Kappe. »Oben ohne ist nicht.« Lässig führte er den Zahnstocher von einem Mundwinkel zum anderen. »Gehen wir in die Hotelbar und trinken einen Havana Club mit Cola, mir tut es nicht gut, nicht betrunken zu sein.«

»Später. Ich kann hier nicht weg. Ich muss die Drehtür im Auge behalten. Lass uns da drüben hinsetzen!«

Wir zogen uns in eine der Sitzgruppen zurück, von der aus sich die Hotelhalle gut überblicken ließ, und ich schilderte ihm meinen ereignisreichen ersten Tag am DESY und die nicht enden wollende Parade alter und neuer Bekannter hier im Hotel.

Am Ende meines Rapports machte Wilfried ein nachdenkliches Gesicht. »Also das Anstellungsverfahren ist recht merkwürdig verlaufen.«

»Was meinst du damit?«

»Beworben hast du dich auf eine Referentenstelle, bei der es um Einwerbung von Drittmitteln geht. Und stattdessen drückt man dir einen Sonderauftrag aufs Auge, der darin besteht, einem Institutskollegen wichtige Papiere abzuluchsen.«

»Ach was, ich glaube, das Direktorium vom DESY ist ganz pragmatisch vorgegangen. Denen steht das Wasser bis zum Hals. Bis Donnerstag müssen sie unbedingt wissen, was von der Sache mit den Geisterteilchen zu halten ist. Die Referentenstelle war sowieso vakant, und ich kam ihnen wie gerufen.« Aber in der Tat, ganz koscher kam mir die Sache auch nicht vor.

»Und was hat es mit diesen rätselhaften Geisterteilchen auf sich?« Wilfried war auf einmal ganz investigativer Journalist. Witterte er hinter dem Auftrag eine heiße Story?

»Lass mich versuchen, es zu erklären.« Ich holte tief Luft. »In der Physik gibt es eine physikalische Theorie. Sie beschreibt die Grundbausteine des Universums und deren Wechselwirkungen untereinander, das sogenannte Standardmodell.«

»Die Weltformel?«

»Nein, das Standardmodell ist keine TOE.«

»TOE.«

»Die Weltformel, englisch *Theory of Everything* genannt, kurz

TOE, ist die Theorie von Allem, die in einem einzigen Modell alle bekannten physikalischen Phänomene und alle grundlegenden Wechselwirkungen der Natur vereinigt und erklärt«, holte ich weiter aus und Wilfrieds Augen begannen erwartungsvoll zu leuchten. »Aber leider gibt es die noch nicht, und das Standardmodell ist Lichtjahre von ihr entfernt.«

»Och.«

»Man hat also bisher nur ein Standardmodell, das mehr einem Kochrezept entspricht und Aussagen darüber macht, aus welchen Ingredienzien die Welt zusammengesetzt ist«, entgegnete ich und ergänzte: »Immerhin.«

»$E = mc^2$«, hängte Wilfried noch dran und nickte allwissend.

»Richtig, Wilfried, die Äquivalenz von Energie und Masse, das Standardmodell enthält selbstverständlich auch die Gesetze der speziellen Relativitätstheorie, sehr gut.«

»Das Standardmodell ebnet aber den Weg zur Weltformel?«

Ich wiegte nachdenklich den Kopf. »Nicht ohne weiteres. Das Standardmodell gleicht einem Flickenteppich mit großen Löchern. Es beschreibt zwar die starke, die schwache und die elektromagnetische Wechselwirkung und enthält Ansätze, die rein theoretisch zu einer Vereinheitlichung der Kräfte führen könnten – und das Standardmodell wird experimentell recht gut bestätigt, aber ...«, während ich sprach, behielt ich das Foyer fest im Auge, doch bisher waren nur wenige Gäste eingetreten, und das auch nur paarweise, »aber das Standardmodell ist konstruiert.«

»Was heißt das?«

»Es ist keine Theorie, die aus sich heraus zu unerwarteten Aussagen führt. Das Standardmodell sagt beispielsweise nichts zu der im Vergleich zu den anderen Kräften verhältnismäßig schwachen Gravitation.«

»Aha.«

»Außerdem enthält es eine ganze Reihe von Konstanten, die sich nicht elegant aus der eigenen Theorie heraus ergeben, sondern erst umständlich durch physikalische Experimente festgelegt werden müssen.«

»Unschön«, bemerkte Wilfried, als würde ihn das wirklich stören.

»Jedenfalls in physikalischer Hinsicht sehr unbefriedigend«, bestätigte ich. Die Drehtür spülte eine Gruppe Hotelgäste in eleganter Abendgarderobe ins Foyer. Die Herren halfen ihren Damen aus leichten Mänteln, man ordnete vor den Spiegeln die Frisuren, lachte, schäkerte und strebte zielsicher Richtung Hotelbar.

Ich sollte noch mal an der Rezeption nach dem Professor fragen, dachte ich und sagte deshalb abschließend: »Obwohl das Standardmodell die Grundlage der modernen Teilchenphysik bildet, reicht es zur Erklärung der Welt bei weitem nicht aus.«

»Und was hat das nun mit den Geisterteilchen am DESY zu tun?«, blieb Wilfried beharrlich beim Thema.

»Am DORIS-Beschleuniger wurde vor ein paar Wochen im ADONIS-Experiment der Hinweis auf eine neue Teilchensorte gemessen, die es laut Standardmodell so nicht geben dürfte.«

»Doris und Adonis«, murmelte Wilfried.

»Das Standardmodell sagt voraus, dass beim Zerfall von Elementarteilchen mit einer kurzen Lebensdauer sogenannte Myonen erzeugt werden. Das sind Elektronen, nur sehr viel schwerer.«

»Ach so?«

»Bei Teilchenexperimenten wie dem ADONIS-Experiment sollte der Großteil der Myonen in der Nähe des Kollisionszentrums entstehen. Bei ADONIS dagegen wurden weit mehr Myonen gemessen, als das Standardmodell erlaubt, und sie entstehen zudem deutlich weiter weg vom Zentrum. Das könnte darauf hindeuten, dass die zusätzlichen Myonen beim Zerfall eines neuen, bislang unbekannten Geisterteilchens produziert werden.«

»Tatsächlich«, staunte Wilfried.

»Doch«, sagte ich und konnte es selbst kaum fassen. »Wenn sich das so bestätigen würde, wäre damit erstmals ein physikalisches Phänomen jenseits des Standardmodells nachgewiesen, verstehst du?«

»Ich verstehe vollkommen«, sagte er ernst. »Es wäre eine Sensation.« Er zog die Luft durch die Zähne. »Sag mal, Sput-Nik, mit diesem Gottesteilchen hat das alles zufällig nichts zu tun?«

»Du meinst das Higgs-Boson, das nur deshalb Gottesteilchen genannt wird, weil ein cleverer Verleger den Buchtitel eines Physikers von *Goddamn Particle* in *God Particle* unbenannt hat?«

Wilfried schenkte meinem Nachtrag keinerlei Beachtung. »Haben die Geisterteilchen was damit zu tun oder nicht?« Sein Zahnstocher ragte mir spitz entgegen.

»Ich weiß es nicht. Möglicherweise.«

Er pfiff leise vor sich hin. »Das wäre in der Tat eine Riesensensation.«

»Oder eine Riesenblamage, falls sich die Messungen schlicht als fehlerhaft erweisen.«

»Warum? Eine Zeitungsente erzeugt keinen Weltuntergang.«

»Ich weiß nicht. Für das DESY vielleicht schon. Eigentlich sollte der Teilchenbeschleuniger DORIS abgeschaltet werden, um finanzielle und personelle Ressourcen für die Realisierung eines neuen Projekts namens FLIX freizusetzen. Aber Ende dieser Woche tritt ein internationales Gutachtergremium zusammen, um über eine mögliche Verlängerung des DORIS-Betriebs zu diskutieren.«

Der livrierte Portier trat zur Drehtür ein, in den behandschuhten Händen hielt er einen Seidenschal, der wohl einer der Damen in der Auffahrt von der Schulter gerutscht war.

»Stell dir vor, man würde sich für den Weiterbetrieb von DORIS und gegen den sofortigen Projektbeginn von FLIX entscheiden, und am Ende käme raus, dass die Geisterteilchen nichts waren als Schall und Rauch.«

»In der Tat, das wäre blöd«, gab Wilfried zu.

»Das Renommee des DESY würde gewaltigen Schaden nehmen. Von dem rausgeschmissenen Geld zur Deckung der Betriebskosten ganz zu schweigen.«

»Welche Rolle spielt eigentlich dieser egozentrische Professor Schäfer bei der ganzen Sache?«

»Er scheint derzeit der Einzige zu sein, der die aktuellen Messungen vernünftig beurteilen kann.«

»Meinst du, hinter den Messungen steckt das Gottesteilchen?«

»Darüber habe ich auch schon nachgedacht. Vielleicht.«

»Und man kann daraus die Weltformel ableiten?«

»Es wäre möglicherweise ein erster Schritt dahin.«

Wilfrieds Augen begannen zu funkeln, womöglich sah er bereits seinen Namen unter den entsprechenden Leitartikeln von *Spiegel* oder *Stern*: Auf der Jagd nach dem Gottesteilchen!

»Wie auch immer«, riss ich uns aus den Träumen, »Schäfer genießt das volle Vertrauen des DESY-Direktoriums. Doch dummerweise rückt er mit seinem Ergebnis nicht raus.«

»Er rückt sie also nicht raus, die Weltformel?«

»Es heißt, dass sich die Analyse der Messungen auf seinem Laptop befindet, und der Laptop ist wiederum in seinem Aluminiumkoffer, den sich Schäfer vor einer Stunde ins Hotel bringen ließ.«

»Er hat sich den Laptop in einem Koffer ins Hotel bringen lassen? Das ist ja interessant. Wo ist der Koffer?«

»Auf seinem Zimmer.« Die Drehtür stand nun schon seit ein paar Minuten still. »Im Gegensatz zum Professor. Keine Ahnung, wo der sich rumtreibt.«

»Na, dann lass uns doch Nägel mit Köpfen machen, Sput-Nik. Die Gelegenheit ist günstig. Wir sollten den Koffer untersuchen.«

»Bist du verrückt? Wie soll das gehen?« Ich schaute zu dem Portier rüber, der an der Rezeption stand, um den Seidenschal abzugeben, und einen kleinen Flirt mit Frau Rackwitz versuchte.

»Dieser Professor heckt doch irgendetwas aus. Vielleicht will er mit der Weltformel durchbrennen. Wenn wir jetzt nicht handeln, dann ist es zu spät.«

»Du spinnst ja total«, sagte ich widerspenstig. »Das sind alles Hirngespinste. Außerdem geht mir das zu schnell.«

Aber Wilfried war nicht mehr zu bremsen. »Wo ist das Problem? Komm einfach mit. Erst mal auf dein Zimmer und dann sehen wir weiter«, flüsterte er, sprang aus dem Sessel, schmiss den Zahnstocher in den Papierkorb und eilte entschlossen voran.

Nacht mit Hindernissen

Montag, der 10. August, 23:09 Uhr

Oben in meinem Zimmer warf Wilfried seine Kappe aufs Bett und blickte sich energiegeladen um. »Hübsch hast du es hier«, sagte er und begann sich auszuziehen.

»Bist du verrückt? Was tust du?«

Sakko, Hose, Hemd landeten nacheinander im weiten Wurf auf meinem Bett.

»Ich bereite den Sturm vor. Im Bademantel. Hier ist doch sicher irgendwo einer. Ah, hier im Schrank.« Er hüllte sich in weißes Frottee. »Die werden mich an der Rezeption bestimmt nicht erkennen«, verkündete er lachend und gürtete den Mantel enger. »Du rasierst dich bestimmt nass, Sput-Nik?«

»Willst du mich auf den Arm nehmen?«

»Im Gegenteil. Ich will dir bei deinem Sonderauftrag helfen. Im Übrigen meinte ich Beinrasur. Hast du Rasierschaum?«

»Nur eine Schaummaske.« Ich zerrte unwillig meinen Kulturbeutel aus dem Rucksack.

»Noch besser. Ich nehme mir mal ein bisschen von dem Geheimnis deiner Schönheit, ja?« Er schüttelte die Sprühdose und schäumte sein Gesicht ein, bis es aussah wie eine große Schneeflocke. Dann warf er sich die Kapuze des Bademantels über den Kopf, prüfte im Bad noch einmal kritisch sein Spiegelbild und sagte: »Perfekt.«

»Was hast du vor, Wilfried?«

»Wirst schon sehen. Bin sofort zurück.« Er öffnete die Zimmertür, schaute nach links und rechts, warf mir einen siegesgewissen Blick zu und lief in seiner Verkleidung barfuß den Hotelflur entlang bis zur Tür 317.

Kurz darauf kam er zurück. »Dein Professor ist tatsächlich nicht da«, flüsterte er.

»Na toll! So weit war ich auch schon. Du brauchst also nicht zu flüstern.«

»Ist meine Maskerade noch in Ordnung?«

»Wie in der Werbung: 100 Jahre Hautpflege – Ihre Haut verdient den Testsieger.«

»Sehr komisch, Nik«, zischte Wilfried. »Warte hier. Bis gleich!« Ich schloss leise die Zimmertür. Mein Herz hämmerte.

Mut hat er ja, der rasende Reporter, raunte Edu bewundernd. Offensichtlich überblickte er da oben die Lage und wusste, was Wilfried vorhatte. Ich ahnte es, aber mir war nicht wohl bei der Sache.

Ein paar Minuten später klopfte es. Ich öffnete.

Wilfried breit grinsend. Im schneeweißen Schaumgesicht sahen seine schönen Zähne gelb aus.

»Und?«, fragte ich gespannt.

Er zog eine Plastikkarte aus der Tasche des Bademantels und hielt sie triumphierend in die Höhe. »War gar kein Problem«, flüsterte er und schlüpfte zurück ins Zimmer. »Ich habe mich unten als Professor Schäfer vorgestellt und behauptet, ich hätte mich ausgeschlossen.« Er lachte. »Daraufhin hat mir deine hübsche Brünette an der Rezeption –«

»Wieso meine?«

»Na, ich dachte, sie ist voll dein Typ. Egal, jedenfalls hat sie mir eine Ersatzkarte ausgehändigt.«

»Und dir gleich auch ihre Telefonnummer gegeben, stimmt's?«

»Zick nicht rum, Sput-Nik.« Wilfried wischte sich im Bad die Reste des Schaums aus dem Gesicht. »Lass uns lieber rübergehen, ehe der echte Professor auftaucht.«

»Das können wir nicht machen.«

»No risk, no fun! Wer den Verlust fürchtet, kann keine Gewinne machen.« Wilfried trocknete sich das Gesicht ab.

»Der Spruch hat angesichts der Finanzkrise einen schalen Geschmack«, gab ich zu bedenken.

»Worauf warten wir noch?« Wilfried war von der Idee nicht mehr abzubringen.

Was soll's, die Würfel waren sowieso bereits gefallen, also öffnete ich die Tür. Kein Laut war zu hören. Auf Zehenspitzen schlichen wir rüber zu Schäfers Zimmer, Wilfried barfüßig voraus, ich auf Socken hinterher. Vor Nummer 317 vergewisserte Wilfried sich noch einmal, dass sich außer uns niemand auf dem langen Hotelflur aufhielt, schob die Schlüsselkarte ins Schloss, das grüne Licht leuchtete auf, das Schloss machte Klack und gewährte uns Einlass. So einfach war das.

Drinnen steckte Wilfried die Karte in die Elektrobox an der Wand, und das Licht flammte auf. Schweigend traten wir durch den kleinen Korridor ins Zimmer.

»Sieht genau aus wie bei dir!«

»Das haben Hotels so an sich«, sagte ich und sah mich in Schäfers Zimmer um. In einer Ecke lehnte das aufgerollte Poster, das Gernot Schmidt vorhin unter dem Arm hatte. Neben dem Sekretär stand der Aktenkoffer aus Aluminium. Ein merkwürdiger Glanz ging von ihm aus.

»Da ist er ja!« Ich hob ihn auf. »Der ist so schwer, als wären Ziegelsteine drin.«

»Lass mich mal.« Wilfried prüfte die Schnappverschlüsse des Koffers. »Verriegelt. Dann bleibt uns wohl nichts anderes übrig, als das Ding komplett mitzunehmen.«

»Das ist Diebstahl!«

»Ach, und den Laptop daraus zu entwenden etwa nicht?«

So gesehen … »Du hast recht, aber der Koffer ist so auffällig. Wo soll ich den denn in meinem Zimmer verstecken?«

Vielleicht liegt der Kofferschlüssel hier irgendwo rum, mischte Edu sich ein. Auch er wirkte ziemlich nervös.

Auf dem kleinen Sekretär stapelten sich Manuskriptseiten und handschriftliche Notizen. Über der Stuhllehne hing ein schwarzes Sakko. Ich griff in die Taschen. Sie waren leer.

Wilfried sah unruhig zur Tür. »Wir sollten zusehen, dass wir rauskommen, Nik.«

»Gut, nehmen wir den Koffer eben mit«, seufzte ich. »Der Page, der ihn hierher brachte, wird zwar gefeuert, aber ein bisschen Schwund …«

»… ist immer«, ergänzte Wilfried. »Außerdem gibt es keine

Hotelpagen mehr. Klemm dir das Ding untern Arm und ab die Post!«

In diesem Augenblick hörten wir an der Eingangstür ein Geräusch. Wir erstarrten.

»Wer ist das?«, stammelte ich.

»Vielleicht Professor Schäfer«, raunte Wilfried. »Das ist schließlich *sein* Zimmer.«

»Was sollen wir tun?« Ich war der Verzweiflung nahe.

»Volle Deckung, schnell!«, japste Wilfried, warf den Aktenkoffer aufs Bett und kroch Hals über Kopf darunter. Ich warf noch einen panischen Blick um mich, aber es schien die einzige Option, die wir hatten, also warf ich mich auf alle viere und krabbelte seitwärts hinterher. Eine Sekunde später lagen wir bäuchlings unter dem drahtigen Bettgestell, sahen uns entsetzt an und wagten kaum zu atmen. Die Zimmertür öffnete sich. Wilfrieds Gesicht war dunkelrot, die Augen quollen ihm vor Anspannung fast aus den Höhlen, und er hatte Mühe, ein aufgeregtes Schnaufen zu unterdrücken.

Mädsche, dat Licht!, wisperte Edu erregt in mein Ohr. *Wir haben vergessen, dat Deckenlicht auszumachen!*

Die Tür schloss sich mit einem lauten Klack. In dem folgenden Moment absoluter Stille schien die Luft vor Spannung zu knistern.

Jemand betrat das Zimmer. Ich konnte nur graue Beinkleider und braune Lederschuhe sehen, aber es handelte sich zweifellos um einen Mann. Er lief zum Bett, zog ruckartig den Koffer herunter, setzte ihn auf dem Teppichboden ab und pfriemelte an den Schlössern herum. Die Verschlüsse klappten auf, und mit einem Seufzer der Erleichterung öffnete er den Deckel.

Zu meiner Überraschung wurde der Koffer aber gleich wieder zugeklappt und, für mein Gefühl ziemlich grob, aufs Bett zurückgeworfen. Instinktiv zog ich den Kopf ein. Das Telefon läutete. Schäfer verharrte. Er ließ es viermal läuten, dann räusperte er sich, griff zum Hörer und sagte im volltönenden Bariton: »Ja, Schäfer.«

Am anderen Ende der Leitung erklang eine helle Stimme, leider so fern, dass ich nichts verstand.

»Alles in Ordnung«, grummelte Schäfer.

84

Die Fistelstimme ließ sich aber nicht unterbrechen.

»Danke der Nachfrage«, raunzte Schäfer. »Ja ... ja ...« Er wollte das Gespräch schon beenden, da schien er plötzlich aufzuhorchen. Die Fistelstimme sprach unablässig weiter. »Eine *Ersatzzimmerkarte,* sagen Sie?«, fragte er irritiert.

Verdammt. Jetzt flog alles auf.

»Selbstverständlich gebe ich Ihnen den Ersatzschlüssel morgen früh zurück«, sagte Schäfer nach einer kurzen Pause beherrscht und legte auf.

Ein Moment der Stille. Schäfer schien nachzudenken, was das Ganze zu bedeuten hatte. Uns wurde ganz heiß unter dem Bettgestell. Schäfer lief in den Korridor. Das Licht ging aus. Und gleich darauf wieder an. Schäfer hatte den Ersatzschlüssel in der Elektrobox entdeckt. Jetzt hatte er begriffen, dass sich jemand Zugang zu seinem Hotelzimmer verschafft hatte.

Er warf einen Blick ins Bad, kam dann auf leisen Sohlen zurück, öffnete vorsichtig die Schranktür, als erwartete er, dass ihm jemand entgegenspringen würde. Dann wandten sich die Spitzen seiner Schuhe dem Bett zu. Ich spürte förmlich, wie er darauf runterstarrte und nachdachte. Wenn wir uns doch einfach in Luft auflösen könnten ...

Plötzlich ein Pochen an der Tür. Schäfer verharrte regungslos.

»Zimmerservice!«, rief jemand von draußen.

Schäfer bewegte sich nicht. Antwortete nicht.

Es pochte heftiger.

Schäfer wartete noch einen endlosen Moment, aber schließlich ging er zur Tür und öffnete. Was dann folgte, kam für alle im Zimmer völlig unerwartet, für Schäfer genauso wie für Wilfried und mich, nur dass wir es unter dem Bett deutlich bequemer hatten: Wir hörten einen lauten Schlag, dem ein Schmerzensschrei folgte. Schäfer taumelte ins Zimmer zurück, stolperte über den Koffer und fiel ächzend auf die Matratze. Der Eindringling folgte ihm leichtfüßig, schnappte sich den auf dem Boden liegenden Koffer und rannte damit raus. Die Tür schlug zu, und Schäfer war wieder allein mit uns.

Aber er hatte das Bewusstsein nicht verloren. Stöhnend rappelte er sich auf, stieß einen unverständlichen Fluch aus und taumelte dem Dieb seines Koffers hinterher.

Ein Moment der Ruhe trat ein.

»Verduften wir, solange dein Professor abgelenkt ist«, flüsterte Wilfried. Ein Grinsen rutschte über sein Gesicht, aber der Schreck stand ihm noch in den Augen. Mir bestimmt nicht minder. Wir robbten aus unserem Versteck, schlichen zur Eingangstür und spähten auf den Hotelflur.

Kein Mensch zu sehen und nichts zu hören. Schäfer ein paar Etagen tiefer noch auf Verfolgungsjagd.

Flugs liefen wir in mein Zimmer zurück.

»Du ziehst am besten sofort Leine«, sagte ich, sobald ich die Tür hinter uns zugeworfen hatte. Wir waren schweißgebadet.

Wilfried nickte. »Ja, bevor der Hoteldetektiv am Tatort rumschnüffelt.«

Er schälte sich aus dem Bademantel und raffte seine Kleider zusammen. Er knöpfte sein Hemd zu, warf sich ins Sakko und zog sich die Kappe tief ins Gesicht. »Und nu' ab durch die Mitte!«

»Durchs Foyer?«, fragte ich erschrocken.

»Klaro, ich muss doch gesehen werden. Der Portier könnte sich sonst was denken.« Er drückte mir zum Abschied einen Kuss auf die Wange. »Tschüs, meine kleine Sput-Nik. Wir telefonieren?«

»Ja. Morgen.«

»Was für eine Geschichte, was für eine Geschichte!«, murmelte Wilfried mit einem leisen Lachen. Ich schaute ihm nach, wie er mit gespielter Gelassenheit den Hotelflur entlangschlenderte und den Fahrstuhl betrat. Er würde seinen Abgang unbemerkt schaffen, da war ich mir sicher. Frechheit siegt immer.

Schäfer dagegen dürfte es schwergefallen sein, den Kofferdieb einzuholen, so flink, wie der auf seinen Etnies gewesen war.

Bürogeflüster

Dienstag, der 11. August, 8:52 Uhr

»Guten Morgen!«, rief ich Sibylle durch die Glastür zu.

Sie sprang hinter ihrem Schreibtisch auf und grüßte lebhaft zurück: »Guten Morgen, Nikola!« Der Saum ihres grasgrünen taillierten Kleides umspielte ihre runden, leicht gebräunten Knie.

Gehüllt in den Flaum sorgloser Jugend und doch zuweilen von den schwarzen Fittichen der alles mit sich forttragenden Zeit gestreift.

Die Grübchen in ihren Wangen vertieften sich. »Wie war die erste Nacht im Fünf-Sterne-Hotel?«

»Aufregend. Und kurz. Ich habe verschlafen und noch nicht gefrühstückt.«

»Ich besorge dir einen Kaffee.«

»Das brauchst du nicht«, sagte ich. »Aber er sollte stark sein und nicht von gestern. Ich trinke ihn mit viel Milch.«

Sibylle wandte sich zur Tür, blieb jedoch auf halber Strecke stehen. »Übrigens war der Forschungsdirektor eben hier.«

»Was wollte er?«

»Hat er nicht gesagt.« Sibylles porzellanblaue Augen schauten mich sanft an. »Er schien nervös.«

»Er hat auch allen Grund dazu«, murmelte ich und warf die Jacke meines Kostüms unmutig über einen der Stühle. Ich war mit meinem Sonderauftrag nicht wirklich weitergekommen. Im Gegenteil. Der Aluminiumkoffer mit Schäfers Unterlagen war inzwischen im Besitz eines Jugendlichen mit Migrationshintergrund.

»Ich melde mich gleich beim Direktor«, sagte ich. »Nach dem Kaffee. Aber ohne Zucker!«

»Außerdem hat Dietmar Schäfer angerufen.« Sibylle bemerkte, dass ich aufhorchte, und wurde rot. »Dein Telefon ist auf mich umgestellt. Sollen wir die Durchwahl ändern?«

»Nein, nein, das ist völlig okay so. Weshalb rief Schäfer an?«

»Er sagte nur, er hätte von Gernot Schmidt erfahren, dass du ihn dringend sprechen willst.«

»Warum benutzt er das Telefon, obwohl er sein Büro gleich gegenüber hat?« Ich stand auf und spähte rüber zu Schäfers Tür. Sie war geschlossen.

»Er hat von außerhalb angerufen. Das hört man am Klingelton. Dann klingelt es nämlich kürzer.«

»Danke, Helferlein. Sonst noch was?«

»Und ob«, lachte sie stolz, lief zum Konferenztischchen in der Ecke des Zimmers und stellte meinen Ventilator an. Die Papierstreifen begannen zu flattern.

»Hey, super. Die perfekte Illusion von Natur.«

»Und beruhigend für die Nerven.«

»Was ist mit deiner PR-Führung über das Gelände?«

»Startet in einer Stunde.«

»Sehr gut, alles Weitere besprechen wir nachher.«

Ich strich ihr kurz übers Haar, bevor ich mich an meinen Schreibtisch setzte. Sie marschierte zufrieden hinaus, und ich warf mein Computersystem an. Dankenswerterweise hatte Sibylle gestern telefonisch bei der DESY-IT noch einen Account für mich einrichten lassen. Ich klickte die ersten E-Mails durch, die inzwischen meine Mailbox erreicht hatten. Der Sicherheitsdienst stellte sich vor, ich wurde zu einer Strahlenschutzunterweisung eingeladen, die Betriebsärztin bat mich um eine Gesundheitsuntersuchung. Und dann – ich spürte plötzlich meinen Herzschlag – eine E-Mail von Dietmar Schäfer.

-----Original Message-----
From: dietmar.schaefer@desy.de
Sent: Tuesday, August 11, 2009 7:19 AM
To: nikola.ruehrmann@desy.de
Subject: Treffen

Liebe Frau Rührmann,
Gernot Schmidt hat mir gestern mitgeteilt, dass Sie mich in Ausübung Ihres neuen Amtes am DESY – willkommen an

Bord – dringend zu sprechen wünschen. Leider bin ich derzeit viel unterwegs und folglich nur unregelmäßig am Platz. Heute Nachmittag nehme ich im Hamburger Rathaus an der Veranstaltung »Exzellente Forschung in Hamburg – Treiber für eine innovative Wirtschaft« teil, die von der Handelskammer organisiert wird. Vielleicht können wir uns dort treffen? Aus unterschiedlichen Gründen bin ich derzeit im Hotel Royal untergebracht. Leider wurde mir gestern auf dem Weg dorthin mein Laptop entwendet. Das ist insofern eine Katastrophe, als er für mich und das Labor äußerst brisante Unterlagen enthält. Falls wir uns im Labor nicht zufällig treffen, versuche ich Sie heute Abend telefonisch zu erreichen.
Mit freundlichen Grüßen
Dietmar Schäfer
(sent via mobile phone)

Eine höfliche E-Mail, dachte ich, aber warum belügt er mich? Der Laptop wurde in seinem Hotelzimmer gestohlen, nicht auf dem Weg dorthin. *Das ist insofern eine Katastrophe, als er für mich und das Labor äußerst brisante Unterlagen enthält.* Weshalb ist der Laptop für Schäfer so wichtig? Von welchen brisanten Unterlagen spricht er? Was hat er inzwischen herausgefunden? Bestätigt er in seiner Analyse etwa die Richtigkeit der jüngsten Messungen bei DORIS? Geht er vielleicht noch einen Schritt weiter und deutet die Geisterteilchen als Gottesteilchen? Benutzt er die Messungen zur Formulierung einer neuen Theorie, zur Ausgestaltung der Weltformel?

»Mrs. Ruman macht ein ganz serious face.« Mike Cardy stand an der Tür und grinste mich breit an.

»Leider kann nicht jeder sich an diesem sonnigen Sommermorgen erfreuen«, erwiderte ich kühl. »Was kann ich für Sie tun, Mr. Cardy?« Ob er bereits im Besitz des Aluminiumkoffers war? Zero hatte doch zweifellos in seinem Auftrag gehandelt. Ich sollte die Gelegenheit nutzen und mir den Ami krallen.

»Einfach Mike, please«, sagte er, trat ins Zimmer, zog sich einen Stuhl heran, setzte sich und schlug lässig die Beine übereinander, genau wie gestern sein junger libanesischer Freund in der Hotel-lobby. »By the way«, er zeigte auf die flatternden Papierstreifen am Ventilator, »meine invention.«

»Ich weiß. Haben Sie noch mehr so gute Ideen?«

»Mick interessiert, ob das appointment with Mr. Schafer hat stattgefunden?«, fragte er so nebenhin und knipste tatsächlich ein Äuglein zu.

Achtung, der fragt verdächtig harmlos!, warnte Edu. *Dabei hat er ihn gestern knallhart beklauen lassen.*

»Schon komisch, alle im Labor interessieren sich für den Professor.« Ich machte eine kleine Pause, bevor ich nachsetzte. »Aber mehr noch für seinen Aluminiumkoffer, nicht wahr?«

»Sein what?«

»Der Aktenkoffer aus Aluminium, den er ständig mit sich rum-trägt.«

Mike zog die Augenbrauen so hoch, dass sie fast seine gepflegte Tonsur berührten. »I never saw him with this modern armor of a knight.« Die Reaktion schien mir echt. Wusste er nichts von Zeros Diebstahl?

Draußen rasselte ein Schlüssel. War das der Professor? Ich sprang vom Stuhl auf, um im Flur nachzusehen. Nein, es war nur Gernot Schmidt, der sich an Schäfers Tür zu schaffen machte.

»Guten Morgen«, sagte er zur Tür gewandt. »Ich bringe Unter-lagen und die Post für den Professor. Im Prinzip ganz einfach«, er lachte verlegen, »wenn ich endlich den richtigen Schlüssel gefun-den habe.«

»Wo ist denn Herr Schäfer heute?«

»Im Rathaus. Die Handelskammer tagt da bis zum Abend, er ist im Prinzip als Gast dort.«

»Gut, ich gehe heute Nachmittag hin. Vielen Dank übrigens, dass Sie Ihrem Chef ausgerichtet haben, dass ich ihn dringend treffen muss.«

»Da nicht für.«

»Dietmar Schäfer hat doch ein Mobiltelefon. Haben Sie seine Nummer?«

»Im Prinzip nein«, sagte Gernot Schmidt und blickte an mir vorbei in Schäfers Büro. »Der Herr Professor gibt seine Nummer gewöhnlich nicht heraus. Er ist da sehr …« Gernot stockte.

»Eigen?«

»Im Prinzip ja«, sagte Gernot Schmidt. Dann verschwand er mit kurzem Gruß hinter der Tür.

Als ich in mein Büro zurückkam, stand Mike Cardy vor meinem Schreibtisch und starrte mit gerecktem Hals auf den Monitor meines Computers.

Ich räusperte mich. »Soll ich Schäfers E-Mail an Sie weiterleiten?«

Mike schreckte hoch. »What? Sorry. No«, stotterte er. »Sowieso I must go to work.«

»Das denke ich auch«, polterte es unvermittelt hinter mir. Im Türrahmen stand Bärbel Bolz. Besser gesagt, sie füllte ihn aus. Heute trug sie eine rosafarbene Bluse und eine Hose, in der eine vierköpfige Familie Platz gefunden hätte. Mike Cardy neigte ergeben den Kopf, bevor er sich an ihr vorbei aus dem Raum zwängte.

»Dieser Schlawiner kann es nicht lassen, sich an schöne Frauen ranzumachen«, knurrte Bärbel Bolz, »selbst wenn sie zehn Jahre älter sind als er.«

»Fünfzehn«, korrigierte ich. Zu ärgerlich, dass sie das Gespräch mit Mike Cardy unterbrochen hatte.

»Bitte?«

»Ich bin bestimmt fünfzehn Jahre älter als Mike. Doch davon mal abgesehen hätte ich ein Problem mit seiner Frisur.«

Sie musste schmunzeln. Dann verflog ihr Lächeln, als wäre es nur ein Ausrutscher gewesen. »Frau Rührmann«, sagte sie in einem Ton, der ein bedeutsames Anliegen ankündigte, »wie wir alle wissen, sollen Sie mit Professor Schäfer sprechen und ihn bitten, den Stand seiner aktuellen Forschung zu offenbaren.«

Was heißt denn *wie wir alle wissen*? Woher wusste die Bolz von meinem Sonderauftrag? Und wer außer ihr noch? Am Ende auch Schäfer?

Bärbel Bolz faltete die Hände. »Professor Schäfer ist …«, sie öffnete die Hände und ließ die Finger tanzen, »ein von uns allen sehr geschätzter Physiker. Ganz zweifellos ist er das. Aber ...«, sie zog die Luft ein, als würden ihr die folgenden Worte schwerfallen, »er gilt als kompliziert.« Sie wiegte kummervoll den Kopf. »Doch ja, ganz zweifellos ist er *sehr* kompliziert.«

»Worin besteht denn seine *Kompliziertheit?*«, fragte ich und wies einladend auf einen Stuhl, doch Bärbel Bolz winkte ab, blieb im Türrahmen stehen, und so blieb mir aus Höflichkeit nichts anderes übrig, als es ihr gleichzutun.

»Dietmar Schäfer ist Perfektionist«, schnaufte sie, und weil sie merkte, wie anklagend ihre Stimme klang, setzte sie schnell hinzu: »Verstehen Sie mich nicht falsch, Perfektionisten sind wir alle. Aber Professor Schäfer kann über ein *noch sehr vorläufiges* Arbeitsergebnis nicht sprechen. Nie.« Sie sah mich an, ihr Blick war messerscharf. »Zum Beispiel ist seine Arbeit zu den jüngsten Messergebnissen bei DORIS *noch sehr* ...«, sie machte wieder einen ihrer akustischen Absätze, »*vorläufig!*«

»Warum erzählen Sie mir das?«

»Weil ich Sie bitten möchte ...« Sie klatschte zweimal leise in die Hände. »Sollten Sie auf das *noch sehr vorläufige* Arbeitsergebnis unseres Kollegen Schäfer stoßen, wäre ich Ihnen dankbar, wenn Sie mir einen Blick darauf gewähren würden.« Sie sah mich unverwandt an. »Sie verstehen?«

»Ich verstehe vollkommen«, sagte ich und ließ offen, ob ich mich auf diesen Handel einlassen würde. Das Telefon unterbrach uns.

»Sie entschuldigen«, sagte ich und griff zum Hörer. »Rührmann am Apparat.«

Es war die Betriebsärztin. Sie wünschte Bärbel Bolz zu sprechen. Ich reichte den Hörer weiter.

»Ja?«, bellte die Professorin und sah plötzlich besorgt aus. »Ist es schlimm? Ich komme sofort!«

»Was ist passiert?«, fragte ich, nachdem sie aufgelegt hatte.

»Erik ist in der Experimentierhalle vom Gerüst gefallen. Nichts Schlimmes. Aber es ist wohl besser, ich schaue auf der Stelle nach ihm.«

»Warum ruft die Betriebsärztin bei *mir* an, um *Sie* zu sprechen?«

»Hier bei DESY wissen immer alle, wo ich stecke«, seufzte Bärbel Bolz und öffnete die Hände, als hätte sie sich diesem Fluch seit langem ergeben. Im Gehen sagte sie: »Denken Sie an meine Bitte, Frau Rührmann«, und fügte vielsagend hinzu: »Es würde für Sie von großem Nutzen sein.«

Dann war sie weg, und ich konnte mich endlich setzen. Ich lehnte mich in meinem Bürostuhl zurück, legte die Füße hoch und dachte nach. Besonders über Bärbel Bolz' letzten Satz. Ein Satz wie aus Schmierseife. Darauf konnte man leicht ausrutschen.

Vom Monitor leuchtete mir Dietmar Schäfers Nachricht entgegen. Offenbar glaubte auch Bärbel Bolz daran, dass er etwas herausgefunden hatte. Weshalb sonst sollte er auch solch ein Geheimnis um seine Analyse machen?

Die Sonne kroch hinter dem gegenüberliegenden Gebäude hervor, und ihre Strahlen hielten Einzug in mein Zimmer. Ich schloss die Augen und fühlte ihr warmes Licht auf meinem Gesicht.

»Der Kaffee ist da!« Sibylle hielt zwei Becher in den Händen, deren Dampf mir verheißungsvoll in die Nase stieg.

»Großartig. Setz dich zu mir«, sagte ich und zog einen Stuhl heran.

Nachdenklich tranken wir aus den heißen Bechern.

»Tut richtig gut«, seufzte Sibylle behaglich. »Ich habe nämlich eine schlaflose Nacht hinter mir. Seit gestern ist der Hamster meiner Freundin bei mir in Pflege. Ich wusste nicht, dass das nachtaktive Tiere sind.«

»Decke über den Käfig, und du hast deine Ruhe. Sag mal, was hältst du eigentlich von Bärbel Bolz?«

»Ich kenne sie natürlich nicht näher, aber sie wird von allen geachtet und respektiert. Sie scheint am DESY ein Urgestein zu sein.«

»Für manche wohl mehr ein Felsenriff, auf das man besser nicht auflaufen sollte«, sagte ich und nippte wieder am heißen Kaffee. »Und wie findest du Mike Cardy?«

»Der ist ein Jim Beam. Heißblütig, ein Macho und immer ein bisschen wie betrunken. Ein windiges Bürschchen.«

»Ganz Edus Meinung!«, lachte ich. »Besorg mir seine Handynummer.«

»Wie soll ich an die rankommen?«, fragte Sibylle.

»Helferlein, du bist eine Frau. Du schaffst das«, sagte ich bestimmt. »Übrigens muss es hier einen Azubi geben, der mit Vornamen Zero heißt. Kann aber auch sein, dass Zero sein Spitzname ist. Finde seinen vollständigen Namen heraus, wer er ist und was er macht.«

»Aye, aye, Sir!«

»Kennst du eigentlich Erik Hässler?«

Sibylle wurde rot.

»Der gefällt dir also«, stellte ich trocken fest.

»Dir nicht?«

»Ich gebe ja zu, der Typ sieht gut aus, aber wenn du und Erik am Straßenrand stündet, und ich müsste mich entscheiden, wen von euch beiden ich im Auto mitnehme, dann immer nur dich.« Ich grinste vielsagend.

»Hast du einen Zweisitzer?«, fragte Sibylle ganz ernst.

Ich seufzte auf. »Okay, lassen wir Erik und dich mal beiseite. Was denkst du über Gernot Schmidt?«

»Nachts sind alle Katzen grau. Aber der arme Gernot ist es auch tagsüber.« Sie lächelte mich komplizinnenhaft an. »Er ist extrem menschenscheu. Am liebsten würde er sich unsichtbar machen oder mit lautlos schwebenden Schritten seiner Arbeit nachgehen.«

»Helferlein, ich bewundere deine Beobachtungsgabe. Ich werde heute Nachmittag übrigens an einer Veranstaltung im Hamburger Rathaus teilnehmen, zu der auch Dietmar Schäfer eingeladen ist. Hast du inzwischen sein Foto?«

»Klar.« Auf ihre leichtfüßige Art lief sie rüber ins Nebenzimmer und holte eine Broschüre: *XX. International Workshop on Deep-Inelastic Scattering and Related Subjects 2007.* »Hinten ist eine Aufnahme von Schäfer«, sagte sie eifrig.

Ich fand sie auf der vorletzten Seite. Ein Gruppenbild von zwei

Dutzend Teilnehmern des Workshops auf einer großen Frei-treppe.

»Der da auf der dritten Stufe.« Sibylle tippte auf ein hageres, un-scheinbar wirkendes Männlein mit einem Schnäuzer.

»Das soll Schäfer sein? Hab ich mir ganz anders vorgestellt. Hier wird so viel über ihn geredet, dass er in meiner Phantasie zum Giganten wurde.«

»Er soll übrigens, heißt es … aber ich habe ihn persönlich bisher nicht kennengelernt …«, druckste Sibylle herum.

»Nun rede schon!«

»Professor Schäfer soll ein richtig mieser Typ sein. Genial, aber menschlich einfach unerträglich.«

»Das überrascht mich nicht. Viele genialische Wesen sind menschlich betrachtet die reinsten Rohrkrepierer. Übrigens nicht nur in der Naturwissenschaft. Das gilt für alle kreativen Bereiche, ob Musik, Theater, Literatur, Medizin«, sagte ich und fügte hinzu: »Natürlich sind nicht alle so, sieh mich an!«

Sibylle blieb ernst. »Schäfer hat besonders Erik Hässler auf dem Kieker.«

»Warum?«

»Erik steht im Rampenlicht. Und er ist der Schützling von Pro-fessorin Bolz. Das Verhältnis von Bolz und Schäfer gilt als ge-spannt.«

»Verstehe. Die eigenen Sprösslinge werden gehütet, umsorgt und begossen, auf die Brut der anderen wird gepinkelt. Im Wis-senschaftsbetrieb menschelt es wie überall sonst in der Welt.« Ich riss die Seite mit einem Ruck aus dem Heft. »Das Foto könnte von Nutzen sein – um in der Sprache von Bärbel Bolz zu bleiben. Nun muss ich aber zu Hermann Mann. Sonst denkt der noch, ich läge im Whirlpool vom Hotel Royal.«

Durch die geschlossene Bürotür tönte das Lachen von Petra Landau. Freundlich klang es nicht und brach jäh ab, als ich leise anklopfte.

»Herein!«, rief der Forschungsdirektor.

»Guten Morgen!«, sagte ich, trat ein und schloss die Tür hinter mir.

Hermann Mann erhob sich kurz hinter seinem penibel aufgeräumten Schreibtisch, deutete eine knappe Verbeugung an und nahm wieder Platz. Petra Landau stand am Fenster und setzte ihr enervierendes Lächeln auf. Anscheinend hatte ich die beiden bei einem erhitzten Gespräch gestört, wie mir die hektischen Flecken an Landaus Hals verrieten. Sie trug wieder eins ihrer sackartigen Kleider.

»Sibylle Reinold sagte mir, dass Sie mich suchen?«

»Richtig, ja«, erwiderte Hermann Mann fahrig. »Ich wollte wissen –«, er unterbrach sich und schaute zu Petra Landau, »*wir* wollten wissen, welche Fortschritte bei Ihrem …«, er hielt den Satz in der Schwebe, »Sonderauftrag zu verzeichnen sind.«

Ich räusperte mich. Frau Landau hörte auf zu lächeln, wenn auch nur für einen Augenblick.

»Nun?«, drängte Hermann Mann.

»Ich habe mich mit den hiesigen Örtlichkeiten vertraut gemacht, die grundlegenden Informationen zu dem Labor zur Kenntnis genommen und darüber hinaus alle wesentlichen Personen kennengelernt, die im Zusammenhang stehen mit meinem …«, ich machte eine kleine Zäsur und betonte: »Sonderauftrag.«

Hermann Mann und Petra Landau schauten mich erwartungsvoll an.

»Bis auf …«, sagte ich und zögerte.

»Bis auf?«, fragte Hermann Mann leise und kannte die Antwort.

»Bis auf Herrn Professor Dietmar Schäfer.«

»Die Hauptperson!«, gluckste Petra Landau.

»Immerhin bin ich mit ihm verabredet«, entschuldigte ich mich.

»Ich fahre heute Nachmittag zum Hamburger Rathaus, wo er an einem Workshop der Handelskammer teilnimmt.«

»Bleiben Sie dran«, sagte Hermann Mann. »Und besorgen Sie mir ...«, er schaute wieder zu Petra Landau, »besorgen Sie *uns* schnellstens seine wissenschaftliche Beurteilung der ADONIS-Messungen.«

»Wir brauchen einen Ausdruck seiner Stellungnahme«, ergänzte Petra Landau. Es war herauszuhören, dass sie von Dingen ohne Hand und Fuß grundsätzlich nichts hielt.

Es klopfte.

Hermann Mann warf wieder sein gerauntes »Herein!« in den Raum.

Dorothea Weber trat ein, begleitet von einem älteren gedrungenen Mann.

»Darf ich vorstellen?«, fragte sie und drehte sich zu ihrer Begleitung im Priesterkollar. »Monsignore –«

»Rossi!«, entfuhr es mir.

Alle guckten mich irritiert an, Petra Landau, Hermann Mann, Dorothea Weber. Auch Monsignore Rossi, der in der rechten Hand den Aktenkoffer aus Aluminium hielt.

»Sie kennen sich?«, fragte Petra Landau.

»Nur flüchtig«, entgegnete ich und starrte auf den Aluminiumkoffer. Ich spürte, wie sich mir der Hals zuschnürte. War das etwa Schäfers Koffer? »Monsignore Rossi und ich wohnen im Hotel Royal auf derselben Etage«, murmelte ich verlegen. Was in aller Welt machte der Kerl hier?

»Monsignore Rossi wird für ein paar Tage Gast unseres Forschungszentrums sein«, klärte Hermann Mann mich auf und trat vor seinen Schreibtisch, um Rossi zu begrüßen. »Frau Rührmann, ich danke Ihnen für Ihre bisherigen Bemühungen.«

Das klang abschließend, und es schwang auch etwas Enttäuschung mit. Es folgte ein kurzes Abschiedsnicken der anderen. Nur von Monsignore Rossi nicht. Der blickte mich missbilligend an, während er den glänzenden Aktenkoffer fest an sich drückte.

Im Rathaus ist guter Rat teuer

Dienstag, der 11. August, 15:37 Uhr

Am Nachmittag machte ich mich auf den Weg zum Rathaus. Die Sonne strahlte, keine Wolke am Himmel. Trotzdem schien die Atmosphäre wie elektrisch geladen.

Als ich eine Turmuhr mit meiner Uhr verglich, sah ich, dass es schon viel später war, als ich geglaubt hatte, ich musste mich sehr beeilen, der Schrecken über meine Entdeckung ließ mich im Weg unsicher werden, ich kannte mich in dieser Stadt noch nicht sehr gut aus, glücklicherweise war ein Schutzmann in der Nähe, ich lief zu ihm und fragte ihn atemlos nach dem Weg. Er lächelte und sagte: »Von mir willst du den Weg erfahren?«
»Ja«, sagte ich, »da ich ihn selbst nicht finden kann.«
»Gib's auf, gib's auf«, sagte er und wandte sich mit einem großen Schwunge ab, so wie Leute, die mit ihrem Lachen alleine sein wollen.

In was für eine kafkaeske Geschichte war ich da hineingeraten? Hatte Forschungsdirektor Hermann Mann tatsächlich einen als Priester getarnten Mafioso beauftragt, den Aluminiumkoffer von Professor Schäfer zu stehlen? Das klang zu grotesk. War es möglich, dass Monsignore Rossi *seinem* Sonderauftrag unverzüglich und im Gegensatz zu mir erfolgreich nachgekommen war? Das wollte, das konnte ich nicht glauben.

Hinter einer Arkadenreihe aus Glas und Eisen trat ich auf einen granitsteingepflasterten Platz, an dessen Ende sich das Hamburger Rathaus monumental vom dunkelblauen Himmel abhob: ein prachtvoller Sandsteinbau, dessen reich verzierte Fassade auf mehr als hundert Metern Länge zwanzig Kaiserstatuen säumten.

Leider hatten Sibylle und ich über diesen dubiosen Monsignore Rossi nichts in Erfahrung bringen können. Und wenn der Mann genau das war, wonach er aussah: ein Mafioso? Ein gedungener

Profikiller? Aber was könnte die Mafia mit der Sache zu tun haben?

Die zwei hohen Masten links und rechts, deren Spitzen die Silhouetten zweier goldener Hansekoggen krönten, waren unbeflaggt. An diesem Augusttag lag also nichts Besonderes an. Der Mittelturm des Rathauses ragte hundert Meter in die Höhe, und über dem Haupteingang stand in goldenen Lettern: *Libertatem quam peperere maiores digne studeat servare posteritas.*

Dorothea hatte davon gesprochen, dass die aktuellen Messungen des ADONIS-Experiments unveröffentlichte Ergebnisse des ARIADNE-Satelliten bestätigten. Der italienische Satellit forscht zur mysteriösen Dunklen Materie, einer Form von Materie unbekannter Natur, die eine Erklärung für die fehlende Masse im Weltall sein könnte. Das Geheimnis um die Dunkle Materie ist zweifellos eine der größten offenen Fragen der Kosmologie. Aber seit wann interessierte sich die Mafia dafür? Es wurde wirklich Zeit, dass ich mir Dietmar Schäfer vorknöpfte. Er schien mir der Einzige, der vernünftige Antworten auf diese Fragen geben konnte.

Die schmiedeeiserne Flügeltür des prächtigen Hauptportals führte mich in einen kleinen Vorraum mit dem Grundriss eines Oktogons, von dem ich ins Innere des Rathauses gelangte. Die Gewölbedecke wurde von einem guten Dutzend mächtiger Sandsteinsäulen getragen, an jeder hingen prunkvolle Kandelaber. Ein Treppenhaus aus Marmor führte ins Obergeschoss, wo mir ein junger Mann höflich lächelnd den Weg versperrte. Das Namensschild am Revers seines dunkelblauen Anzugs mit dem Wappen der Hansestadt wies ihn als Bediensteten des Rathauses aus.

»Können Sie mir sagen«, setzte ich an, »wo die Veranstaltung zu Forschung und Innovation stattfindet, Herr …«, ich guckte auf das Namensschild, »Herr Ferber?«

»Exzellente Forschung in Hamburg – Treiber für eine innovative Wirtschaft«, verbesserte er mich eloquent und lächelte. Sein pomadisiertes Haar stach wie Igelspitzen nach oben. »Hier in der Rathausdiele, wo wir uns gerade befinden«, sagte er mit einer allumfassenden Geste.

Einige der Sandsteinsäulen waren von Stellwänden umgeben, an denen Poster, Bilder und Fotografien hingen und vor denen sich Besucher im Gespräch mit einzelnen Ausstellern drängten. Dass mir das nicht gleich aufgefallen war.

»Die Rathausdiele wird regelmäßig für Ausstellungen dieser Art genutzt«, klärte mich der junge Mann weiter auf.

»Danke sehr für die freundliche Auskunft«, bedankte ich mich, lief die Treppen wieder runter und musterte die Leute unten in der Diele. Touristen und interessierte Hamburger, die die Ausstellung durchquerten. Meine Hoffnung wuchs, endlich auf Schäfer zu stoßen. Die Poster-Präsentationen waren betitelt mit *Technologietransfer in der Hamburger Wirtschaft*, *Validierung des Hamburger Innovationspotenzials*, *Anwendungsorientierte Grundlagenforschung in Hamburg* und so weiter. Hochinteressant, zweifellos, aber verdammt noch mal, immer noch keine Spur vom Professor. Wo steckte der Typ?

Ein heller Glockenschlag ertönte. Ich schaute hoch zu der mechanischen Spieluhr über dem Hauptportal: Viertel vor fünf. Das letzte Viertel der vierten Stunde hatte ein bronzener Junge, der auf dem Schoß seiner jungen Mutter saß, auf eine der beiden übereinander hängenden Glocken geschlagen. Sein Arm fuhr langsam in die Ausgangsposition zurück. Ihnen gegenüber kniete ein metallenes Gerippe, der Tod, in der linken Knochenhand hielt er eine Sense, in der anderen einen schweren Hammer, in stiller Erwartung, die volle Stunde auf der größeren der beiden Glocken zu schlagen.

Life is short. Then you die! Nur keine Zeit verlieren! Ich hastete durch den Saal. Da fiel mir ein Poster mit dem DESY-Logo ins Auge. Das schmucklose Plakat trug den Titel *Die Bedeutung der Grundlagenforschung für die Gesellschaft*. Als Autor wies es Professor Dietmar Schäfer aus.

Endlich eine Spur. Ich überflog den Text – ein glühendes Plädoyer für die Freiheit der Forschung im Leibniz'schen Sinne. Zwischen all den innovationsbeflissenen Präsentationen wirkte Schäfers Anschlag unzeitgemäß.

»Wer die Weltraumforschung mit der Teflon-Pfanne rechtfertigt, macht sich lächerlich«, sagte ein spitzbauchiger älterer Herr und zeigte auf die gegenüberstehende Stellwand. »Die Grundlagenforschung steht seit Ende des Kalten Krieges stärker unter Legitimationsdruck denn je. Früher«, fuhr er mit der Miene dessen fort, der weiß, wovon er spricht, »früher war das einfach. Da brauchte man nur zu sagen: Wenn *wir* das nicht machen, dann macht es *der Russe*. Im Zeitalter der Globalisierung und des Neoliberalismus ist es freilich komplizierter.« Er schnaufte verächtlich durch die Nase. »Da zählt nur der Profit. Forschung muss sich wieder rentieren.«

»Das klingt ja fast so, als würden Sie den alten Zeiten nachtrauern«, sagte ich und blickte mich um.

»Das nun nicht gerade. Aber ich würde nur zu gerne auf die eine oder andere *Innovation* verzichten.«

»Jede Zeit stellt halt ihre eigenen Herausforderungen.«

Besserwisserin, rügte mich Edu.

»Genau«, lachte der dicke Mann. »Früher büffelte man, um Latein in den Kopf zu kriegen, heute studiert man stattdessen die Gebrauchsanweisungen dieser kleinen Hand-Dinger, um *Wissen* jederzeit *abrufen* zu können.« Er zog die buschigen Brauen in die Höhe, zeigte mir ein diabolisches Lächeln und schritt mit durchgedrücktem Rücken verächtlich davon.

Recht haben Sie, raunte Edu ihm hinterher. Ich ließ den kleinen Hieb meines Großvaters unkommentiert. Wo trieb er sich rum, mein Professor? Hinter seiner Plakatwand jedenfalls nicht. Ich zog das Foto hervor, das ich aus der Broschüre herausgerissen hatte, und schaute mir zum wiederholten Mal das Gesicht von Schäfer auf dem Gruppenfoto an.

Der Rathausdiener kreuzte abermals meinen Weg. »Alles in Ordnung?«

»Können Sie mir sagen, wo sich Professor Dietmar Schäfer gerade aufhält?«, fragte ich. »Er stellt dieses DESY-Plakat vor.«

»Professor Schäfer?« Der junge Mann kratzte sich am Kinn. »Er trägt einen Verband um die Stirn, nicht wahr?«

»Das nun normalerweise nicht.« Ich stockte. »Doch, stimmt«, verbesserte ich schnell. »Gestern wurde er –«

»Folgen Sie mir bitte!«, unterbrach mich Herr Ferber hilfsbereit. Eifrig schaute er nach rechts und nach links, sah hinter sperrige Stellwände und in versteckt liegende Bereiche, immer wieder lächelte er mich bei der Suche unverbindlich an, was mich an meine Rezeptionistin denken ließ. Wie auch immer, einen Professor mit auffälligem Kopfverband vermochte auch er nicht zu entdecken.

»Es tut mir leid«, sagte er schließlich und schien so enttäuscht wie ich, »vor einer halben Stunde habe ich ihn noch gesehen. Er muss inzwischen gegangen sein.« Er zuckte bedauernd die Schultern und sagte: »Nicht alle Aussteller bleiben bis zum Schluss.«

Zu ärgerlich, dass ich mich am DESY wegen nichtiger Dinge habe aufhalten lassen und deshalb Schäfer um wenige Minuten verpasst haben muss.

»Da habe ich wieder mal Pech«, sagte ich niedergeschlagen. »Trotzdem, vielen Dank.«

Im Innenhof des Rathauses gegenüber der Börse spielten Jungen und Mädchen um den Hygieia-Brunnen herum Fangen. Mit mir, so schien es zumindest, wurde auch gespielt. *Hase und Igel*, und ich hatte die Arschkarte gezogen, den Hasen. Wann endlich werde ich Schäfer treffen, fragte ich mich, wann?

In diesem Moment schlug der Tod über dem Hauptportal mit dumpfem Glockenschlag die volle Stunde, und mir war, als würde er mir dabei zuzwinkern.

Informanten

Karotten-Rambo lehnte gedankenverloren an seinem Tresen. Fast unmerklich bewegte sich sein Oberkörper zu den melancholischen Klängen von Piano und Kontrabass, die von dem kleinen Podium der Bühne im Hintergrund der Bar herüberwehten. In der weichen Innenbeleuchtung des verspiegelten Schrankregals funkelten Rum-, Weinbrand- und Schnapsflaschen. Die tonlosen Bilder des Vorabendprogramms flimmerten über einen Flachbildschirm an der Wand.

Am Tresen saßen außer mir noch drei weitere Gäste: zwei Geschäftsmänner in Nadelstreifenanzügen, in ihrer Mitte eine gewaltgefärbte Blondine. Sie trug ein Kleid, hauchdünn wie ein Negligé, das ihren üppigen Busen aufs Wunderbarste zur Geltung brachte. Die Ménage à trois ließ sich von dem Klangteppich forttragen und vertraute wohl im Stillen auf spätere Stunden.

Ich grübelte vor mich hin, nippte an meinem Martini und hoffte wie Dashiell, dass die Sonne davon ein bisschen gelber würde. Mit meinem Sonderauftrag war ich kein Stück weitergekommen. Schlimmer noch, die Ausführung gestaltete sich schwieriger als erwartet.

Immerhin hast du es heute geschafft, ming Mädsche, den Schäfer nur ganz knapp zu verpassen.

Na, großartig! Danke, Edu, knapp danebenist auch vorbei! Der Teufel wusste, wo Schäfer zurzeit steckte, im Hotel jedenfalls war er nicht. Es war wie *Warten auf Godot*. Ich hob mein geleertes Glas als Zeichen, dass ich einen zweiten Martini wünschte. Karotten-Rambo brachte ihn mir geflissentlich.

»Hast du in den letzten Tagen einen Gast am Tresen gehabt, der am DESY arbeitet?«

»Wie soll der denn heißen?«

»Schäfer.« Ich zog das Foto aus der Tasche und tippte auf den Mann auf der Freitreppe.

Karotten-Rambo fuhr sich durch den Rotschopf. »Trägt er den grauseligen Nietzsche-Schnäuzer immer noch?«

»Angeblich ja«, sagte ich und Hoffnung glomm auf.

»Dann war der nie hier. Die Bürste unter der Nase wäre mir aufgefallen.«

Ich seufzte in meinen Martini. Ein mysteriöser Mann, dieser Schäfer. Weshalb machte der bloß ein so großes Geheimnis aus seiner Arbeit? Er musste doch wissen, wie viel von seiner Einschätzung abhing. Und dass das halbe Labor hinter ihm her war. Aber vielleicht war exakt das sein Problem. Womöglich schreckte er vor der Tragweite seiner Verifikationsanalyse zurück. Oder aber Schäfer war längst einen Schritt weiter. Hinter den Geisterteilchen steckte zweifellos das Higgs-Boson, das *goddamn particle*. Auf Grundlage dieser Erkenntnis hatte Schäfer die *Theory of Everything* entwickelt, die Weltformel. Was sich mit der wohl alles anstellen ließ? Mir drehte sich der Kopf.

Die Formel musste von internationaler Relevanz sein. Warum sonst interessierte sich beispielsweise der Amerikaner Mike Cardy für Schäfers Laptop? Okay, Cardy gehörte zu den Wissenschaftlern um Bärbel Bolz, die die Geisterteilchen entdeckt hatten, und womöglich drohte der Gruppe, dass Schäfer ihre Entdeckung in seiner Analyse widerlegen würde. Aber war das ein Motiv für Mike Cardy, den Laptop verschwinden zu lassen? Erstens war Cardy nur indirekt an der Messung der Geisterteilchen beteiligt – der hat nur brav kalibriert, hatte Dorothea gestern gespottet –, und zweitens würde der Diebstahl des Koffers an den endgültigen Ergebnissen nichts ändern. Ob nun spektakuläre Geisterteilchen oder ordinäre Messfehler dem sensationellen Phänomen zugrunde lagen, früher oder später würde die Wahrheit ans Licht kommen. Warum also einen brutalen Überfall wagen, der den Lauf der Dinge über kurz oder lang nicht aufhalten kann?

Den Gutachtern würde die Arbeit am kommenden Freitag dramatisch erleichtert, wenn sie ihr Urteil auf Grundlage von Schäfers Bewertung fällen dürften. Ohne Schäfers Stellungnahme stand ihnen eine kontroverse Diskussion über das Für und Wider des

Weiterbetriebs von DORIS ins Haus. Also was war Mikes Motivation, dafür zu sorgen? Mike Cardy, der Doktorand, den Bärbel Bolz einen Schlawiner nannte, Mike Cardy, dieser gerissene Hund, der vor seinem Physikstudium bei der US-Army gewesen war, wie mir Sibylle heute erzählt hatte, der wusste doch haargenau, welches Potenzial in der aktuellen Entdeckung steckte. Verborgene Teilchen. Verborgene Kräfte. Und eine Weltformel, die alle diese Kräfte zusammenführte. Das war's! Vielleicht stand sogar eine große Macht hinter Mike Cardy. Warum nicht, vielleicht arbeitete Mike für die CIA?

Ich ließ den Martini in meinem Glas kreisen und genauso meine Gedanken. Warum nicht einfach groß denken. Hatte neben dem US-amerikanischen Geheimdienst noch eine weitere ausländische Macht ihre Finger im Spiel? Die italienische Mafia zum Beispiel? In Form des mysteriösen Monsignore Rossi? Das erschien mir durchaus plausibel und auch eine gute Erklärung für das Auftauchen des Italieners. Aber was genau suchten diese Mächte, um welche richtig großen Zusammenhänge ging es hier? Ich musste irgendwie an Schäfers Analyse rankommen.

Heb dir diese Fragen für später auf und konzentriere dich erst mal auf Mike Cardy. Er hat auf jeden Fall mit dem Diebstahl zu tun. Wahrscheinlich hat er jetzt den Koffer mit dem Laptop. Schnapp dir den Schlawiner!

Karotten-Rambo kam mit der Martiniflasche und goss nach. Ich warf ihm ein Dankeschön zu, ohne meine Gedanken loszulassen. Mike Cardy war inzwischen abgetaucht – wie Schäfer –, heute Nachmittag war er weder an sein Bürotelefon noch an sein Handy gegangen. Seine Mobilnummer hatte Sibylle problemlos über Hässler herausbekommen. Der gab mir übrigens auch so manches Rätsel auf. Sibylle hatte mir berichtet, Hässler habe sich zwar von seinem Sturz vom ADONIS-Detektor erholt, doch wollte er es nicht dabei bewenden lassen. Er hätte von einer »Ungeheuerlichkeit« gesprochen, die ihm zugestoßen sei, über die er sich jedoch weiter nicht äußern wollte. Was hatte er damit sagen wollen? Auch hier kam ich vorerst keinen Schritt weiter, und es blieb mir nichts anderes übrig, als mein gedankliches Augenmerk voll und ganz auf Mike Cardy zu richten.

Ich konnte davon ausgehen, dass Zero den Diebstahl in Mikes Auftrag begangen hatte und dass der Koffer inzwischen in den Besitz des Amerikaners übergegangen war. Ich musste mir den Burschen also unbedingt vorknöpfen, okay. Wie aber bekommt man einen Schlawiner an die Angel?

Mit 'nem Köder, weißt du doch noch von früher!, rief Edu aus Himmelshöhen. *Schick ihm 'ne SMS. Dass er ins Hotel kommen soll. Basta!*

Sehr guter Einfall, Edu! Ich zog das Handy aus der Jackentasche meines Kostüms und überlegte kurz. Dann schrieb ich: »Mike. Ich will dich sehen. Nikola«

Ich drückte auf die Sendetaste. Diese schlichte Nachricht wird Mikes Hose im Schritt unter Spannung setzen, der wird sich heute noch bei mir melden.

Die nächste SMS galt Wilfried: »Brauche die Pumps der Zwillinge. Dringend und sofort. Bin in der Hotelbar. Nik« Wilfried würde zwar die Zusammenhänge nicht verstehen, aber gleich hier auftauchen, darauf war Verlass.

Das Musikstück endete, der Bassist riss an den Saiten, ließ sie auf das Griffbrett des Kontrabasses zurückprallen, der Pianist fegte mit der Hand über die Klaviatur des schwarzen Flügels und spielte zum Abschluss die oberste Taste. Das C verklang, und die Geschäftsmänner und ihre gewaltgefärbte Gefährtin klatschten in die Hände. Auch Karotten-Rambo und ich applaudierten höflich.

Der Fernseher blieb tonlos. Aufnahmen vom Hamburger Hafen. Ein Kranführer erklärte seine einsame Arbeit auf einer Verladebrücke am Containerterminal Altenwerder.

Während der Pianist dezent zu einem neuen Stück überging, stellte der Bassist sein Instrument ab und setzte sich zu mir an den Tresen. »Einen Whisky-Soda!«, rief er Karotten-Rambo zu und lachte mich an. »Du im Royal! Kaum zu glauben!«, staunte er und knuffte mich freundschaftlich in die Seite. »Nach so vielen Jahren!«

Ich hatte sein Gesicht nicht in Erinnerung behalten. Aber als er vorhin in seinem abgetragenen dunklen Anzug hinter dem Kontrabass stand und sich seine Gesichtszüge beim selbstvergessenen Schmunzeln so eigentümlich zusammenzogen, da hatte ich ihn sofort wiedererkannt. Mein Bassist aus dem *Dennis Swing Club*. Es ist unglaublich, Hamburg ist ein Dorf. Ich erzählte ihm von dem bisherigen Aufmarsch alter Bekannter in diesem Hotel.

»Eine Verschwörung!«, sagte er amüsiert und rollte mit den Augen. Karotten-Rambo brachte den Drink, der Bassist und ich prosteten uns zu, und er betrachtete mich wohlgefällig. »Schick biste.«

»Ich bin nach einem Vorstellungsgespräch gestern nicht mehr aus dem Kostüm gekommen«, erklärte ich meinen Aufzug. »Wie ist es dir ergangen?«

»Seit gestern?«, fragte er mit seinem zusammengezogenen Lächeln.

»Nach dem Tod von Dennis«, sagte ich ernst.

Sein Lächeln zog sich zurück, und er guckte in sein Glas. »Tingeln von Bar zu Bar. Eine Zeitlang im Ausland. Dann in Köln, Bremen, sogar in Berlin. Seit ein paar Jahren wieder in Hamburg. Dienstags und mittwochs im Royal.« Er hatte immer noch die Angewohnheit, seinen Satzbau aufs Notwendigste zu beschränken. »Der Hoteldirektor ist okay, Robert am Klavier auch.« Wir schauten zur Bühne, hoben unsere Gläser und prosteten dem Pianisten zu. Der bedankte sich mit einem Tremolo.

»Du machst nach wie vor deine Musik, bewundernswert!«, sagte ich.

»Kleines Gegengewicht zum allgegenwärtigen Pop-Elektro-Indie-Soundclash. Aber reich davon werden?« Er rieb sich das Stoppelkinn und zeigte mir wieder sein zusammengezogenes Lächeln.

Im Fernsehen lief ein Bericht über die Elbphilharmonie. Eine Luftaufnahme der Baustelle auf dem Kaispeicher A, vielsagend betitelt mit: *Das Millionengrab*. Der Pianist beendete sein Klavierstück in Moll.

»Keep breathing!« Der Bassist schmunzelte, stürzte in einem Zug seinen Whiskey-Soda hinunter und setzte das Glas klirrend auf den Tresen. Dann ging er zurück auf die Bühne. Er griff zum Kontrabass und erzeugte, den Bogen auf den Saiten langsam hin- und herstreichend, eine sich endlos wiederholende Abfolge dunkelster Töne, die vom Klavier zunächst gar nicht, dann leise, fast beiläufig, schließlich intensiv begleitet wurden, bis sich die Instrumente auf gleicher Höhe im Duett begegneten.

»Die haben's echt drauf!«, sagte Karotten-Rambo anerkennend, die Ellenbogen auf den Tresen gestützt, das Kinn zwischen den geballten Fäusten. Wir hörten eine Weile versonnen zu.

Das Fernsehen zeigte unterdessen Bilder vom Kattwykdamm. Die dreihundert Meter lange Hubbrücke im Hafen wurde aufwendig renoviert.

So verging ein kleiner Moment, bis Wilfried die Bar betrat. Ich winkte ihm zu. »Wilfried, sensationell schnell!«

»Dank meiner Vespa«, sagte er, platzierte seinen schmalen Jet-Helm auf der Theke und bestellte »ein gezapftes Helles«. Wilfried warf einen Rundblick. »Ich weiß nicht, seitdem in den Kaschemmen nicht mehr geraucht werden darf, ist die Patina irgendwie verloren gegangen.«

»Du rauchst doch selber nicht mehr.«

»Nicht freiwillig, aber ich will nicht sterben.«

»Also sind Zigaretten doch gefährlich?«

»Daran sind die neuen Regelungen schuld: Wenn man fürs Rauchen jedes Mal vor die Tür muss, holt man sich früher oder später eine Lungenentzündung.«

Ich verdrehte die Augen und kürzte ab: »Hast du die High Heels?«

Er hob eine weiße Plastiktüte in die Höhe. »Ich war gerade zur Haustür rein, als deine SMS kam.«

»Lass sie mich mal anschauen«, sagte ich, aber Wilfried hielt die Tüte schützend hinter sich.

»Nee, nee, sag mir erst, was du mit ihnen anstellen willst.« Er blieb misstrauisch. Die High Heels, die Anne und Marie nach ihrer Trennung von ihm in seiner Wohnung zurückgelassen hatten, wurden von Wilfried seit Jahren wie eine Reliquie gehütet. Ich hatte die Schuhe einmal heimlich anprobiert, um zu prüfen, ob ich auf so hohen Stöckeln laufen konnte. Ich konnte, aber es war verdammt gewöhnungsbedürftig. Wenigstens stimmte die Größe.

»Weshalb brauchst du *so* dringend und *so* plötzlich die High Heels der Zwillinge, Sput-Nik? Sei ehrlich, du willst sie doch nicht etwa tragen?«

»Tragen?« Ich prustete los, als sei das ein völlig absurder Gedanke. »Was machen Frauen mit Schuhen, Wilfried?«, lachte ich und wischte mir die imaginäre Träne aus dem Auge. »Sie stellen sie sich in den Schuhschrank natürlich.« Ich schielte in die Tüte. Da rasselte doch was … »Handschellen?«, fragte ich überrascht.

Wilfried guckte erstaunt. »Verdammt, die habe ich ganz vergessen.«

Karotten-Rambo brachte das Pils. Wilfried nahm es ihm dankend ab und trank es in einem Zug bis zur Hälfte aus. »Früher hätte ich nicht auf halber Strecke Schluss gemacht«, klagte er, stieß kurz auf, klopfte sich mit dem Handballen zweimal gegen die Brust und sagte schmatzend: »Die Handschellen kamen hin und wieder zum Einsatz, wenn mich die Annemaries besucht haben.«

»Keine Details, bitte!«

»Benutz sie bloß nicht. Ich habe keinen Schlüssel mehr.«

»Gib die Kleinodien schon her«, sagte ich und nahm ihm die Plastiktüte ab. »Ich werde sie hüten wie meinen Augapfel.«

»Versprich mir, dass du die Schuhe nicht trägst.«

»Auf keinen Fall! Morgen kannst du deinen Champagner wieder draus schlürfen.«

»Was willst du bloß damit?«

»Wilfried, lass es mich so sagen: Du musst nicht alles wissen.«

Die Flügeltür vom Konferenzraum öffnete sich, ein paar Hotelgäste drängten heraus, auch der Hanseat im Fischgrät-Sakko, an der Spitze ihr Rädelsführer – Sönke. Er sah mich, winkte erfreut, verabschiedete eilig seine Geschäftspartner und kam zu uns rüber.

»Nikola! Schön, dich prompt wiederzusehen.« Er musterte Wilfried und wartete darauf, dass ich sie einander vorstellte.

»Du bist auch ein Gast des Hauses?«, fragte ich, nachdem ich die beiden Männer miteinander bekannt gemacht hatte.

Sönke hob abwehrend die Hände und lachte. »Um Himmels willen, das könnte ich mir gar nicht leisten. Meine ausländischen Geschäftspartner sind in dem Hotel untergebracht. Deshalb habe ich uns hier einen Sitzungsraum angemietet. Das ist praktisch.« Er gab Karotten-Rambo einen kurzen Wink und deutete auf Wilfrieds leeres Bierglas.

Die Combo auf der Bühne hatte ihr musikalisches Duell inzwischen beendet, Applaus von Wilfried, Sönke und mir, auch von den Geschäftsleuten und der Gewaltgefärbten.

»Wenn die um neunzehn Uhr mit ihrer Fiedelei loslegen, können wir nebenan einpacken«, sagte Sönke laut. »Aber wahrscheinlich ist der Konferenzraum aus dem Grund so preisgünstig.« Dann drehte er sich zu mir. »Nikola, was machst du am DESY?«

»Gegenfrage: Was machst *du* am DESY?«

Sönkes Spatengesicht blieb unbewegt, aber der Zeitraum, den er brauchte, um eine Antwort zu finden, war einen Tick zu lang, um nicht meine Aufmerksamkeit zu wecken. »Die Liebe«, sagte er dann, und es klang überraschend ehrlich. »Die Liebe verbindet mich mit dem Forschungszentrum.« Er lachte, als sei es eigentlich ganz einfach.

Karotten-Rambo servierte die Getränke.

»Auf die Vergangenheit!«, rief Sönke und blinzelte mir zu.

»Auf die Zukunft!«, rief Wilfried.

»Auf die Gegenwart!«, rief ich. »Sie ist das Einzige, was uns wirklich bleibt.«

Ein Handy klingelte. Sönke, Wilfried und ich griffen in unsere Taschen.

»Es ist meins«, verkündete Sönke, nahm das Handy ans Ohr und meldete sich mit einem knappen »Ja?«.

»Houston, we've had a problem«, tönte es aus seinem Mobiltelefon.

Sönke zog die Augenbrauen zusammen. Die senkrechte Falte über seiner Nase vertiefte sich.

»I must see you! Sofort!«

Sönke sah mir kurz in die Augen, bevor er zur Seite trat. »Das ist ganz unmöglich!«, hörte ich ihn noch zischen. Der Rest ging in dem nicht enden wollenden Basslauf unter.

Wilfried schaute ihm gelangweilt nach. »Woher kennst du denn den?«

»Aus der autonomen Szene«, sagte ich abwesend.

Schätzelein, haben wir eben richtig gehört? Die Stimme in dem Taschentelefon, die kennen wir doch!

»Aus der Szene? Wie geschickt diese Burschen sich heutzutage verkleiden. Ein Autonomer! Wäre ich nie drauf gekommen.«

Sönke durchmaß mit großen Schritten den hinteren Teil der Hotelbar und zischelte erhitzt in sein Handy. So ging das eine ganze Weile. Dann drückte er sein Handy aus, rückte seine Krawatte zurecht und kam zu uns zurück.

»Ich muss gehen.« Er versuchte ein Lächeln. »Ein Geschäftspartner, der mir große Schwierigkeiten macht. Wir sehen uns später. Du rufst mich an?«

»Klar«, sagte ich und unterließ es, ihm mitfühlend auf die Schulter zu klopfen. Er zahlte sein Bier und verabschiedete sich.

»Mir ist aufgefallen, dass er kein Trinkgeld gegeben hat«, sagte Wilfried, als Sönke zur Tür raus war.

»Das machen die Autonomen nie«, murmelte ich, noch ganz in Gedanken, mit wem Sönke wohl eben telefoniert hatte, da fiel mir das Bild des tonlosen Fernsehers ins Auge: Der Sprecher des *Hamburg Journals* verlas gerade die Nachrichten des Tages, und der junge Mann, dessen Foto jetzt eingeblendet wurde, war mir recht gut bekannt: Zero.

Herausfordernd sein Blick, lässig seine Haltung. Vielleicht ein Foto von seiner Facebook-Seite. Ein drahtiger, hübscher Junge, der vor aggressiver Lebenskraft nur so strotzte. Die Aufnahme passte deshalb nicht recht zu der Schlagzeile, mit der sie untertitelt war: *Jugendlicher tot aus dem Hafenbecken gefischt.*

Sirenen und Fanfaren

Dienstag, der 11. August, 23:32 Uhr

»Der rote Lippenstift steht dir verdammt gut«, sagte Karotten-Rambo, als er mir den Martini auf einem kleinen Tablett servierte. Als Antwort wippte ich aufreizend mit dem Stöckelschuh.

Drüben am Tresen hielten die Gewaltgefärbte und ihre beiden Begleiter weiterhin die Stellung, hatten aber an Haltung verloren. Mein Bassist und sein Partner spielten ihre Blue Notes, ein paar Spesenritter saßen ins Gespräch vertieft auf den Wandsofas. Ich hätte gern auf einem der Hocker an der Bar Platz genommen, aber ein kleiner Tisch im Halbdunkel schien mir für mein nächtliches Vorhaben geeigneter.

»Die Schuhe sind sexy! Hab dich kaum wiedererkannt, als du eben zurückgekommen bist.« Karotten-Rambo wedelte mit einem weißen Tuch über die Tischplatte, bevor er das Getränk darauf abstellte.

»Arbeitskleidung, auch wenn es nicht danach aussieht«, sagte ich. Karotten-Rambo grinste.

»Nicht, was du denkst. *Undercover!*«, flüsterte ich und gab ihm ein Zeichen, sich zu mir herunterzubeugen. »Du könntest mir helfen. Gleich bekomme ich Besuch von einem …«, ich suchte nach der passenden Bezeichnung, »Kollegen. Er will was von mir, ich will was von ihm, er was anderes als ich, du verstehst?«

Es stand Karotten-Rambo ins Gesicht geschrieben, dass er nichts verstand. Okay so.

»Wir werden sicher ein bisschen was trinken, aber ich will einen klaren Kopf behalten. Serviere mir deshalb ab sofort nur Wasser statt Martini.«

In diesem Moment piepste mein Handy. »Das wird er sein. Also, abgemacht?«

»Abgemacht.«

Ich hatte recht. Es war eine SMS von Mike Cardy. Großartig!

»I am on the way. Always quick und clever, Mike«

Die Strategie ist klar, ming Mädsche, flüsterte Edu. *Am Anfang verwickelst du ihn in ein scheinbar harmloses Gespräch, lockst ihn langsam in die Mitte deines Spinnennetzes, und dann – schlägst du zu!*

Ich schrieb ihm, dass ich in der Hotelbar säße. Dann scrollte ich die Mailbox meines Mobiltelefons nach neuen Nachrichten durch. Die Meldung von Zeros Tod war für mich ein Schock gewesen. Doch ich hatte sofort reagiert und ohne weitere Erklärungen Wilfried auf Sönke angesetzt. Er sollte den Ex-Autonomen und Neo-Makler beschatten und herausfinden, wer dessen ausländischer Geschäftspartner war und worin ihr »Houston, we've had a problem«-Problem bestand. Wilfried war dem Auftrag unverzüglich nachgekommen, wobei mein Zusatz – Denk an das Gottesteilchen! – ihn zusätzlich motiviert hatte. Seitdem hatte ich aber keine Nachricht von ihm erhalten.

Keine Nachricht ist auch eine Nachricht, gab Edu zu bedenken. *Offensichtlich hat er Sönkes Fährte erfolgreich aufgenommen.*

Die Tür zur Bar öffnete sich und herein schneite Mike Cardy in ausgebeulten grauen Flanellhosen, um die Schultern den unvermeidlichen Pullover und in der Hand – den Aluminiumkoffer. Der hat Nerven, mit Schäfers Koffer hier aufzuschlagen, dachte ich und musste schlucken. Mike ließ den Blick durch den Raum schweifen, während er sich mit der freien Hand über die Tonsur fuhr. Er entdeckte mich und steuerte sogleich auf mich zu.

»Deine SMS was a big surprise«, strahlte er. »May I?« Schon saß er auf dem Stuhl neben mir, den Aluminiumkoffer zwischen die Knie geklemmt. Erwartungsvoll sah er mich an.

»You've had a problem?«, fragte ich direkt. Idiotin, dachte ich, noch ehe Edu es sagen konnte.

Mike schien prompt ein paar Gänge zurückzuschalten. »Yeah, something like that«, antwortete er zögernd. Er winkte zum Tresen, lockerte die Knie, ließ den Griff vom Aluminiumkoffer aber nicht los.

Du lieber Scholli, das war ein schlechter Anfang. Mädsche, du musst ihn erst mal umflirten!

113

Karotten-Rambo kam, um die Bestellung aufzunehmen.

»For die Lady …« Mike schaute fragend zu mir.

»Einen Martini«, sagte ich.

»Well, and for me …«

»Jim Beam«, kürzte ich seine Überlegung ab.

»Yeah, very good.«

»Einen Jim Beam und einen Martini«, wiederholte Karotten-Rambo artig und zwinkerte mir zu.

Mike fuhr sich mit der Zunge über die trockenen Lippen und sagte: »Nikola, you really put a jerk in it!«

»Ich gehe immer ran«, antwortete ich und guckte ihm tief in die Augen, »wenn es etwas gibt, an das ich unbedingt rankommen will.«

Er wurde rot, das konnte ich trotz des Dämmerlichts sehen.

Nicht so schnell! Sonst kriegt er Schiss!, mischte sich Edu schon wieder ein.

»Was ist da drin?«, fragte ich harmlos und zeigte auf den Koffer. Dabei berührte meine Hand wie zufällig sein Bein.

»What?«, fragte er und guckte irritiert. »Right, the suitcase. It contains money. And a very old laptop.« Er schob den Aluminium-koffer mit dem Fuß unter den Stuhl. Dass Mike darüber so frei heraus sprach, wunderte mich doch ein bisschen. Aber fein, dachte ich, spiele ich einfach die Neugierige.

»Geld? Etwa deins?«, fragte ich kokett.

»Fortunately it's not my Geld«, er lachte, »but unfortunately it's not for me!«

Das ist ein Rätsel, rief Edu aufgeregt. *Glücklicherweise ist es nicht sein Geld, aber unglücklicherweise nicht für ihn bestimmt. Was hat das zu bedeuten?*

»Und der Laptop? Von wem ist der?«, fragte ich in ausgesucht neutralem Ton.

Mike sah mich treuherzig an. »Von Professor Schäfer. Ick wollte ihn geben back, but dein SMS came dazwischen and now I'm here.«

Jetzt verstand ich gar nichts mehr. Hatte er Zero den Koffer abgeknöpft, um ihn Schäfer zurückzugeben? Verdächtigte ich Mike zu Unrecht eines Komplotts?

»Cause your SMS«, raunte er und streichelte mich mit seinen Fuchsaugen, »was much more wichtig in diese Moment.«

Karotten-Rambo servierte mit Charme und Pokerface die Drinks.

»Cheers«, rief Mike und hob sein Glas.

»Auf die Geisterteilchen!«, entgegnete ich und legte wie unbewusst die Hand auf seinen Arm, bevor ich zum Martini griff.

»Oh no!«, winkte er bescheiden ab. » Das ist nicht my cup of tea. I don't believe in these goddamn ghost particles.«

Goddamn ghost particles? Was wusste er über das Higgs-Boson? Ich beugte mich zu ihm vor. »Warum glaubst du nicht daran, Mike? Du kannst doch stolz sein auf diese Entdeckung.«

»I don't believe in miracles«, erklärte er nur und wischte damit das Thema beiseite.

Wir sahen uns tief in die Augen und tranken, er seinen Jim Beam, ich das Wasser im Stielglas.

»That's great!«, sagte er genüsslich. Zu gern hätte ich das von meinem Getränk auch gesagt.

»Wer war der Junge, mit dem ich dich gestern in der Kantine gesehen habe?« Ich stellte die Frage völlig unvermittelt, aber erneut im Plauderton. Sie verpuffte wie die vorangegangenen Fragen.

»Och, Nikola, ick glaube, du bist not interested in me«, klagte Mike.

Wat soll das Verhör?, meckerte Edu. *Dafür hast du dich doch nicht derart aufgebrezelt. Los, lass deine Reize spielen.*

»Aber das stimmt doch nicht«, gurrte ich so zärtlich wie möglich. Die Spitze meines Stöckelschuhs strich über seine Wade.

»You're such a gracious woman«, gestand er überwältigt und zog die Luft ein.

Ich ließ die Wimpern flattern und glitt mit meiner Hand langsam über den Rock. Edu glückste begeistert, und Mike rettete sich verwirrt in seinen Whisky.

Ich winkte schnell Karotten-Rambo. Der brachte beflissen die nächste Runde. Mike trank und schielte mich versonnen an.

»Wer war der Junge in der Kantine?«, kam ich auf meine Frage zurück. Ob Mike überhaupt von Zeros Tod wusste?

»Nikola, ick kenne a lot of people. But nobody so aufregend wie du!« Er starrte jetzt auf meinen Busen, und seine Fuchsaugen zählten die Knöpfe meiner Bluse.

»Ach, Mike, das hast du schön gesagt«, seufzte ich und lehnte mich zurück, damit er mich in meiner ganzen Pracht bewundern konnte.

Meine Frage dagegen schien nichts in ihm auszulösen. Er trank von seinem Whiskey, sah mich weiter in gespannter Erwartung an und harrte der Dinge, die da noch kommen sollten.

»Du bist ein good guy«, fütterte ich ihn wie ein Hündchen, das Männchen macht. »Also verrate mir doch, wer der –«

»Good guy«, unterbrach er, beäugte kritisch den gesunkenen Flüssigkeitspegel in seinem Glas und fing an zu kichern. »That's really funny!« Er schüttete den Rest Whiskey in sich hinein und wedelte mit dem leeren Glas rüber zum Tresen. »Ick bin so thirsty.« Er klang plötzlich bedrückt. »And I'm damn hungry!«

Karotten-Rambo brachte schwungvoll die dritte Runde und beendete Mikes aufkeimende Schwermut.

»Step by step into the wet«, sang Mike wieder fröhlich. Nicht zu fassen, wie sich der Kerl abfüllen ließ. Aber mir sollte es recht sein. Alkohol macht gefügig.

Also stießen wir aufs Neue an und tranken. Und tranken. Und tranken. Ich streichelte ihm zwischendurch die Wange, wuschelte ihm durch die idiotische Frisur und begann mich zu fragen, ob ich mich in Mike Cardy nicht vielleicht getäuscht hatte. Trotz seiner schlauen, allerdings zusehends trüber werdenden Fuchsaugen wirkte er für die Verstrickung in einen solchen Diebstahl, wie Wilfried und ich ihn gestern unterm Hotelbett beobachtet hatten, nicht durchtrieben genug. Ich schaute nach dem Aluminiumkoffer. Die Schnappverschlüsse waren natürlich zugeklappt. Und selbstredend steckte kein Schlüssel im Schloss.

»Noch mal dasselbe, Darling?«, fragte ich weich, nachdem wir unsere Getränke ein weiteres Mal ausgetrunken hatten.

»Never change a winning team!«, stimmte Mike angeheitert zu.

Schon eilte Karotten-Rambo mit dem nächsten Jim Beam und getürkten Martini herbei. Ich lächelte ihn an. Einfach phantastisch, wie er diese Nummer durchzog.

Als Mike sein viertes Glas leer Richtung Tresen hob, lehnte ich mich an ihn und hauchte bewundernd: »Du verträgst verdammt viel.«

»You can say that again«, sagte er stolz.

Jetzt spreizt er die Pfauenfedern, nutz das aus!

»Warst du eigentlich früher mal beim Militär?«

»Ick? Bei die Army? Why do you think that? I've never joined this club.« Was hat mir denn Sibylle da erzählt. Oder log mich Mike knallhart an?

»Darling …«, hauchte ich, während Mike verliebt auf meine Lippen starrte. »Kann ich mich auf dich verlassen, Mikie?«

»Kommt drauf an, what you have in mind«, lachte er dröhnend. »Ick glaube, wir könnten haben a lot of fun together.« Und schon kam Karotten-Rambo mit der nächsten Fuhre.

Auf diese Weise umschlichen wir uns noch eine ganze Weile. Karotten-Rambo sorgte kontinuierlich für Nachschub, ich setzte einen Wasserbauch an, und Mike wurde immer betrunkener, aber auf meine Fragen reagierte der schlaue Fuchs nur mit erotischen Andeutungen.

Und sie tanzen einen Tango,
Jacky Brown und Baby Miller.
Und er sagt ihr leise: »Baby,
wenn ich austrink, machst du dicht.«
Dann bestellt er zwei Manhattan,
und dann kommt ein Herr mit Kneifer,
Jack trinkt aus und Baby zittert,
doch dann löscht sie schnell das Licht.

Hier kommen wir nicht weiter, rief Edu mitten in den Evergreen des Osterwald Sextetts hinein, und ich wusste, was er meinte: *Hier* kamen wir nicht weiter. Auf dem Podium zupfte der Bassist an seinen Saiten, es klang wie ein letztes Zucken. Der Flügel stand verwaist, der Pianist hatte sich verabschiedet, ebenso wie die letzten Gäste an den Tischen. Einzig Mike Cardy und ich und drüben am Tresen die Gewaltgefärbte und ihre zwei Herren im Zwirn waren übrig geblieben.

Karotten-Rambo wischte mit einem Lappen über den Zapfhahn, die Gläser standen aufgereiht und blankpoliert im Regal. »Letzte Runde!«, rief er in den Raum.

Ich schlug die Beine übereinander und zeigte die High Heels vor. Ich hatte sie nicht genug zum Einsatz gebracht. Mike starrte auf die Schuhe, als hätte er sie vorher gar nicht gesehen. Ich beugte mich runter und rieb mir die schmalen Fesseln. »Wir könnten noch zu mir gehen«, schlug ich vor. Das klang so gleichmütig, als würde ich alle Tage Männer mit auf mein Zimmer nehmen.

»Let's go!«, sagte Mike heiser. »I will pay the bill.« Mühsam hob er sich vom Stuhl und schwankte zum Tresen.

Ich nutzte den Moment und griff zum Koffer. Die Schnappverschlüsse ließen sich nicht öffnen. Verdammt, so dicht dran an der Lösung des Rätsels. Dann also Akt II.

Ich stand auf und winkte Karotten-Rambo und dem Bassisten zum Abschied. Der Bassist packte sein Instrument ein. »Ciao, Bella!«, rief er mir zu. Dass er länger gespielt hatte als sein Pianist, war sicherlich einem besonderen Umstand geschuldet, vielleicht lag es sogar an mir und meinen High Heels. Ich spürte seinen sehnsüchtigen Blick.

»It was not so teuer, wie ick dachte«, sagte Mike erfreut, als er an den Tisch zurückkam.

Ich hielt mich an seinem Arm fest, und wankend traten wir aus der Hotelbar: Mike, weil er wirklich betrunken war, ich wegen meiner Stöckelschuhe. Auch das Pult des livrierten Portiers im Foyer war verwaist. Am Empfang war die Nachtschicht so in ihr Buch vertieft, dass sie nicht einmal zu uns aufsah.

»Zieh die High Heels not von die Füße!« Mikes Stimme vibrierte vor Sinnlichkeit.

Wusste ich's doch! Ein Schuhfetischist!, rief Edu, der uns aufs Hotelzimmer gefolgt war. Ich war dankbar, dass er mich mit Mike nicht allein ließ. *Tu ihm den Gefallen, das lockert die Zunge!*

Ich richtete mich auf, angelte mit meinen Füßen nach den Schuhen, glitt wieder hinein und ließ mich mit einem lasziven Seufzer aufs Bett zurücksinken.

»Was ist da genau drin?«, fragte ich und zeigte auf den Aluminiumkoffer, der stumm und verheißungsvoll unter dem Sekretär stand – an der gleichen Stelle, wo Wilfried und ich ihn gestern in Schäfers Zimmer hatten stehen sehen.

»I already told you. Money. Just money.« Mike setzte sich zu mir aufs Bett, schob meinen Rock hoch und legte die Hand auf mein Knie. »Nikola, you are so beautiful.« Seine Stimme klang weich. Sein Atem kitzelte mein Ohr.

»Das klingt abenteuerlich. Für wen ist es denn?«, fragte ich wie ein kleines Mädchen.

»Ick muss this morning down to the river. Zu einem Dealer auf einem Stückgut-Ship.« Er strich mir zart über die Schulter.

»Drogen?«, fragte ich.

»No, just stolen goods«, säuselte er, während er sich am ersten Knopf meiner weißen Bluse zu schaffen machte. »But don't tell anybody!« Er legte den Finger auf meine Lippen.

»Aber ich muss mir doch keine Sorgen um dich machen?«, raunte ich und strich mir nervös das Haar aus der Stirn.

»No, no, little girl«, beruhigte er mich. »Mike hat alles im Griff.«

Das kann man wohl sagen!, kalauerte Edu.

»Kasper hat the right laptop von Professor Schäfer«, sagte Mike und küsste sanft meine Schläfe.

»Den Laptop mit der Analyse eurer Geistermessungen?«, stieß ich hervor, und meine Stimme überschlug sich. Deshalb fügte ich schnell hinzu: »Kasper heißt der Hehler? Witziger Name.«

»Yeah«, murmelte er und hatte den ersten Knopf überwunden.

»Von wem hat er denn den Laptop?«

»This stupid boy hat den verkauft«, erwiderte Mike unwillig. Er war inzwischen beim dritten Knopf angelangt.

»Der Junge aus der Kantine?«

»Exactly! Der wollte machen a big joke with old rotten Mike. Er versuchte to sell me the old laptop as the new one.« Er lachte auf. »But Mike is not an idiot! Mike has taken the stupid boy und ihn geschüttelt wie an apple tree.« Seine Hand glitt langsam in meine Bluse. Plötzlich machte er ein enttäuschtes Gesicht. Was war los? Hatte er Reizwäsche erwartet? War ihm mein Busen zu klein?

»Wo triffst du denn den Hehler?«, fragte ich und lehnte mich zurück.

Mike setzte unterdessen zum Kuss an.

Ein simulierter Hustenanfall verhinderte das Schlimmste. »Sorry!«, hauchte ich und schob noch zwei Huster hinterher. Der Kuss wäre sicher nur das Hors d'œuvre gewesen, denn schon glitt Mikes Hand über meine Hüfte, streichelte meine Knie, schlich sich unter meinen hochgeschobenen Rock und arbeitete sich langsam zwischen den Schenkeln aufwärts. Das ging mir entschieden zu weit. Aber ich hielt durch und stieß ein leises Stöhnen aus, das lüstern klingen sollte – oder zumindest erwartungsvoll. »Wann musst du bei ihm sein?«

»At 4.30 AM«, antwortete er. »There is enough time to have fun together.« Seine Hand glitt höher und höher, während er zu summen begann: »La Paloma, ade, auf, Matrosen, ohé!«

»Hans Albers?«

»LA PALOMA, so heißt die ship«, sagte er und bedeckte meinen Hals mit kleinen Küssen. Das war's, ich hatte alle Infos zusammen.

»Einen Augenblick noch!«, vereitelte ich weitere Annäherungsversuche. »Willst du nicht noch kurz für kleine Jungs?« Ich verdrehte lustvoll die Augen. »Damit es gleich mehr Spaß macht.«

»Yeah. Good idea«, sagte er und setzte sich auf. »Die bladder kann stören die mechanics.«

Ich seufzte. »Beeil dich, Darling!«

Sobald er im Bad war, eilte ich zum Koffer. Er war schwer. Schwerer als gestern Abend?

Schwer zu sagen, meinte Edu.

Ich brauchte keine blöden Kommentare, sondern einfache Lösungen!

Mikes Jacke hing über dem Schreibtischstuhl. In den Taschen fand ich ein Handy und zwei Schlüssel. Gehörte der kleinere vielleicht zum Koffer? Tatsächlich. Der Schnappverschluss sprang auf. Mein Herz schlug mir plötzlich bis zum Hals. Ich schob den Schlüssel ins zweite Kofferschlösschen, da kam Mike schon wieder aus dem Bad. Sein Gesicht verfinsterte sich schlagartig.

»What are you doing?«

»Ick wollte … ich meine, *ich* wollte … mal in den Koffer reingucken«, sagte ich und lächelte blöde. Der Schlüssel steckte im Schloss als Corpus Delicti.

»Give it back!«, zischte Mike wie eine Viper, zeigte auf den Koffer und schnippte gereizt mit den Fingern. »Now!«

Mittendrin im Schlamassel, dachte ich und hielt den Griff fest umklammert.

»Don't be silly!« Langsam und mit versteinerter Miene kam Mike auf mich zu, schnippte zu jedem Schritt mit den Fingern, worauf er ausholte und nach dem Koffer griff. Idiotisch zerrten wir ihn zwischen uns hin und her, bis es Mike gelang, das Schlüsselchen aus dem Schloss zu ziehen. Dabei glitten seine Hände von dem Metallgehäuse ab, er fasste ins Leere, stolperte und stürzte zu Boden. »Damned!«, schrie er. Wie ein Terrier kroch er auf allen vieren auf mich zu, aber ich stieß ihn hart mit dem Koffer zurück auf den Boden.

»Stupid snatch! Give it back to me!«, keuchte Mike atemlos, als er sich aufrappelte.

Wer den Koffer hat, der hat den Laptop!

»Ick werde dir wehtun!«

»Hast du das Zero vor seinem Tod auch gesagt?« Die Handschellen, dachte ich, wo sind die Handschellen? In der Plastiktüte auf dem Sekretär.

»What do you mean?«

»Zero ist tot. Wusstest du das nicht?«

»Are you crazy?«

»Es kam vorhin in den Nachrichten.«

»What? Tot?« Mike schien wie vom Blitz getroffen. Seine Augen blickten ins Leere. Er schüttelte fassungslos den Kopf. Hatte er das denn nicht gewusst?

»Sie haben Zero tot aus dem Hafenbecken gezogen.«

»It's not my fault!« Er wischte sich mit dem Handrücken über die Nase. »Really not my fault!« Mike wirkte ernsthaft betroffen.

»Gib mir den Schlüssel, Mike. Das Spiel ist aus.« Das klang irgendwie überzeugend, auch wenn ich keinen Schimmer hatte, welches Spiel für wen aus war und wer alles darin mitspielte.

»It's not my fault, hörst du!«, wiederholte Mike und streckte mir die Arme wie zur Entschuldigung entgegen. »Gib mir den Koffer. Please. I want to go.«

Das machste nicht, ming Mädsche! Du lässt ihn nicht gehen! Und schon gar nicht mit dem Koffer, befahl Edu.

Unvermittelt drehte ich mich zum Sekretär, zog blitzartig die Handschellen aus der Tüte und schloss klackernd mein Handgelenk an den Koffergriff. Dann drehte ich mich wieder zu Mike und grinste ihn triumphierend an. »So, damit ist das Thema erledigt. Jetzt kannst du mir den Schlüssel geben.«

Mike sah die Handschellen und wurde bleich. Schweigend standen wir uns gegenüber. Auf einmal hob er den Kofferschlüssel wie einen Regenwurm demonstrativ in die Höhe, riss sein Maul sperrangelweit auf, ließ den Schlüssel hineinfallen und schluckte ihn mit aufgerissenen Augen und unter lautem Gewürge einfach runter.

Unglaublich, kommentierte Edu fassungslos.

»Right. This issue is settled!« Mike stieß einen Rülpser aus und grinste nicht weniger triumphierend als ich wenige Sekunden zuvor.

»Du bist ein Dieb, Mike. Ich rufe jetzt die Polizei!«

»I don't care«, rief er, und es lag etwas Abschließendes in seiner Stimme.

Ohne weitere Vorwarnung stürzte er sich auf mich und versetzte mir einen Hieb, der das Gesicht treffen sollte, aber nur mein Ohr streifte. Er holte ein zweites Mal aus, ich sprang zur Seite, und auch dieser Schlag ging daneben. Mike polterte gegen den Sekretär und stürzte zu Boden, doch bekam er meine Beine zu fassen. Ich verlor das Gleichgewicht, fiel wie ein gefällter Baum und schrie auf vor Schmerz. Mike versuchte sofort, sich auf mich zu werfen. Irgendwie gelang es mir, ihn abzuwehren, meine Beine um seinen Nacken zu legen und ihn in die Klemme zu nehmen. Er gurgelte. Er röchelte. Er kam nicht raus aus der Umklammerung. Ich habe kräftige Schenkel. Und einen Faustschlag, der mindestens so hart ist wie der von Zero. Blitzschnell zog ich meine Beine zurück, zielte auf die empfindlichste Stelle in seinem Gesicht und versetzte ihm einen kräftigen Kinnhaken, dass sein Kopf zurückflog und gegen das Tischbein des Sekretärs knallte.

Aber Mike ging nicht k. o. Mühsam stemmte er sich hoch, kam torkelnd wieder auf die Beine. »Das du wirst bereuen!«, ächzte er. Seine Fuchsaugen leuchteten rot. »Das du wirst really bereuen! Ick werde dir jetzt really wehtun!«

Er taumelte auf mich zu, bedächtig einen Schritt vor den anderen setzend. Ich wich in die äußerste Ecke des Zimmers zurück – und saß in der Falle.

»Ick mach dick fertig!«, zischte Mike durch zusammengebissene Zähne und streckte die Hände nach meinem Hals aus, um mich zu würgen. »Ick mach dick really fertig!«

Doch es kam anders. Einer Hammerwerferin gleich drehte ich mich mit ausgestreckten Armen einmal um die eigene Achse und ließ den Koffer mit voller Wucht gegen seinen Kopf krachen. Als hätte ihn eine Abrissbirne getroffen, flog Mike zur Seite, schlug am Bettpfosten auf und fiel wie ein Sack Kartoffeln zu Boden.

Dort blieb er liegen. Regungslos. Aus seiner rechten Schläfe sickerte Blut.

Keine Ahnung, wie lange ich so dagesessen und seine Leiche ange-starrt hatte. Mein Mund war trocken wie eine Salzwüste, ich hatte ein Würgen im Hals und zitterte am ganzen Körper. In was für ein Scheißspiel war ich da wieder hineingeraten, verdammt. Es war Notwehr, was hätte ich denn tun sollen? Edu, sag doch was! Aber Edu schwieg.

Bestimmt würde ich immer noch dasitzen und Mike anstarren, wenn mich nicht unerwartet eine Trompetenfanfare ins Hier und Jetzt zurückgeholt hätte. Die US-amerikanische Kavallerie, die zum Angriff bläst. Der Klingelton von Mikes Handy. Wieder und wieder ertönte die Fanfare. Schließlich griff ich nach dem Mobil-telefon, das bei dem Kampf runtergefallen war, und schaute aufs Display. *Houston.*

Ich drückte den Anrufer weg. Jetzt bestand kein Zweifel mehr, von wem das Geld in dem Koffer stammte. Ich begriff nur nicht den Zusammenhang. Aber ich würde schon noch dahinterkom-men. Ich stopfte meine Bluse in den Rock, blickte ein letztes Mal auf den reglosen Körper am Boden, dann verließ ich den Tatort, den als Hotelzimmer zu bezeichnen mir zu unschuldig klang.

Ich vergaß nicht, das Schildchen »*Do not disturb!*« an die Tür-klinke zu hängen. Wie ich die Leiche entsorgen würde, wollte ich zu einem späteren Zeitpunkt klären. Wichtig war erst mal nur, dass sie in der Zwischenzeit nicht vom Hotelpersonal entdeckt wurde.

Unten am Empfang saß die Nachtschicht und schlief. Draußen zwitscherten die Vögel. In den Baumwipfeln rauschte der Wind. Kein Verkehr auf der Straße.

Ich lief los. Richtung Hafen. Zur *LA PALOMA.*

Der Hehler

Das war die Geschichte von meinem Sonderauftrag. Mehr gibt's nicht zu erzählen. Denn leider kommt sie an dieser Stelle zu ihrem abrupten Ende. Ich bin zu spät. Ich komme nicht mehr rechtzeitig zum Treffpunkt. Keine Chance. Nix mit Koffer-gegen-Laptop und Weltformel-fürs-DESY. Ich verpasse den Hehler. So einfach ist das. Bestenfalls sehe ich das Heck der *LA PALOMA* am Horizont entschwinden. Ich hab gerissen. Alles umsonst. Statt weiter im Freihafen herumzurennen und nach einem Geisterschiff zu suchen, sollte ich besser gleich bei der Polizei vorsprechen und Grüße vom toten Mike Cardy überbringen.

Hinter den Lagerhäusern dämmert der Morgen. Eine Möwe lässt sich vom Wind durch den blassblauen Himmel tragen und kreischt mich an.

»Hau ab, du blödes Vieh!« Ich bin geneigt, die guten High Heels nach dem Tier zu werfen. Dann fällt mir Wilfried ein und ich lasse es. Andererseits: Was würde das noch ausmachen? Die Schuhe der Zwillinge sind zerkratzt, ein Absatz ist gebrochen und hängt lose an der Sohle, irgendwie auch Sinnbild meines fatalen körperlich-seelischen Zustands. Mein linkes Gelenk ist von der Handschelle ganz wund, und der Koffer hängt mir so schwer am Arm, als wäre er nicht aus Aluminium, sondern aus Blei. Der Rock ist zerrissen und die zerknitterte Bluse hängt heraus. Ich bin müde vom Abend, müde von der Nacht, müde vom Morgen, müde vom Laufen und müde vom Müdesein. Ich kann nicht mehr. Akzeptier das endlich, Edu, verdammte Hacke! Ich bin am Ende. Schluss, aus. Vorbei.

Lauf weiter, ming Mädsche, ruft mein Großvater und ignoriert meinen Monolog geflissentlich, *etwas Besseres als den Tod finden wir überall.*

Edu muss es wissen, er kennt ihn schon länger. Also raffe ich mich auf und renne weiter.

Barfuß laufe ich den Reiherdamm runter, über eine kleine Spannbetonbrücke, die eine schmale Kanalschleuse quert. Eine winzige Eisenbahnbrücke zweigt von ihr ab und führt zu den Werftanlagen von Blohm & Voss. Auf der anderen Seite des Hafenbeckens sind Bahngleise, Hafenkräne, Lagerhallen, zwei Schuten – der Grevenhofkai. Und am Ende des Kais liegt im dichten Morgendunst ein großes Schiff.

Die LA PALOMA!, ruft Edu.

Ja, das könnte sie sein. Sind das Freudentränen, die mir da über die Wangen kullern? Vielleicht ist doch noch nicht alles zu Ende, denke ich plötzlich und schmeiße im hohen Bogen die High Heels ins Hafenbecken. Die Dinger behindern mich nur. Wilfried werde ich das schon irgendwie erklären.

Hinter einem Getreidesilo führt eine schmale Auffahrt zu den Kaianlagen. Geschäftiges Treiben vor dem Schiff. Gabelstapler, Seeleute, Kisten und Kästen. Eine Reihe nagelneuer Traktoren wartet auf den Abtransport, zum Schutz vor der Witterung hat man sie in Klarsichtfolie eingewickelt. Das rostige Schiff hat eine Länge von über hundert Metern, eine schmale Gangway führt zu den Aufbauten am Heck, ein Schiffskran am Bug hebt die Fracht in einen der Laderäume.

Ich laufe weiter drauf zu, bis ich den Namen am Heck lesen kann. Heureka! *LA PALOMA* steht da, und darunter, kaum leserlich, *Gdańsk*. Könnte einen neuen Anstrich gebrauchen, der Zossen.

Erst jetzt fällt mir ein, dass ich mir keine Gedanken gemacht habe, wie ich auf dem Schiff den Hehler finden könnte. Ein Hafenarbeiter kommt mir entgegen. Breitschultrig, feist, rotwangig und ein freches Grinsen im wettergegerbten Gesicht. Er trägt einen zerschlissenen Norweger mit hochgekrempelten Ärmeln, dazu verwaschene Jeans und klobige Schuhe. Er schiebt seinen Elbsegler in den Nacken, was ihm etwas Verwegenes gibt, und nimmt mich in aller Ruhe in Augenschein. An meinen nackten Füßen bleibt sein Blick hängen.

»Ich suche Kasper«, komme ich ohne Umschweife zur Sache. Heute fahre ich mit der Wahrheit am besten, das spüre ich. »Ich bin mit ihm auf der *LA PALOMA* verabredet.«

»Kasper?«, fragt er gedehnt und grinst anzüglich.

»Genau den«, sage ich so würdevoll wie möglich.

Er deutet zum Schiff. »Den findest du in der Kombüse. Aber lasst euch nicht vom Ersten erwischen. Wir legen gleich ab.«

Vorne am Anleger fällt eine Metallrolle krachend von einem Gabelstapler. Der Mann reißt erschrocken den Kopf herum und rennt zu dem Havaristen rüber. Auch die übrigen Arbeiter, die noch mit dem Verladen der Traktoren beschäftigt waren, laufen am Unglücksort zusammen. Großes Tohuwabohu. Jemand erteilt bellend Anweisungen, wohl einer der Schiffsoffiziere.

Ich nutze das allgemeine Durcheinander, laufe geduckt die Gangway rauf und schleiche aufs Gangbord am Seitendeck zwischen Reling und Kajütenaufbau. Auf dem Achterdeck steht eine Tür offen. Drinnen ist das Brummen des Schiffsdiesels zu hören. Es riecht nach Öl und Meersalz.

»Hallo?«

Mein schwacher Ruf verliert sich. Keine Antwort. Eine Metalltreppe führt nach unten. Ein enger Korridor im Dämmerlicht, drei Türen zur Auswahl. Immer die Balance halten, denke ich und wähle die mittlere. Sie führt mich zu einer weiteren eisernen Treppe. Wie viele Decks mag so ein Küstenmotorschiff haben, frage ich mich, als ich abwärts steige.

Erstaunlich, wie orientierungslos ich bin, kaum dass ich das Schiff betreten habe. Laufe ich gerade nach steuerbord oder backbord? So riesig ist der Kahn doch gar nicht. Vielleicht sollte ich besser wieder ein Deck nach oben steigen? Wo genau liegt denn die Kombüse bei einem Frachtschiff? Unten ist der Maschinenraum. Oben die Brücke. In der Mitte sind die Aufenthaltsräume für die Mannschaft. Aber die Kombüse?

Mein Aluminiumkoffer dengelt gegen das Treppengeländer, dass es metallisch von den Wänden widerhallt. Ich trete in etwas Feuchtes, Dunkles, hoffe, dass es kein Schmieröl ist, das bekomme ich nicht mehr runter von den Füßen.

Es ist kein Schmieröl. Es ist rot. Sieht aus wie Blut. Ich fasse an meine Ferse, prüfe die Konsistenz der Flüssigkeit zwischen den

Fingern und rieche daran. Es ist Blut, tatsächlich. Ein paar Tropfen weisen die Treppe runter. Ich folge ihnen. Die spärliche Spur führt mich links einen dämmrigen Gang entlang, dann wieder links, und endet vor einer Kajütentür.

Ich spüre das Klopfen meines Herzens. Eigenartig. Oder ist es der Schiffsdiesel? Ich darf nicht erwischt werden. Auf gar keinen Fall. Deshalb bloß keine Zeit verlieren. »Kasper?«, rufe ich entschlossen.

Nichts rührt sich. Ich drehe am Knauf, die Tür öffnet sich, das fahle Licht des Korridors fällt in den fensterlosen Raum. Ich trete ein und taste nach einem Schalter. Es macht Klick, und das Licht geht an.

Der Lampenschirm der Deckenleuchte ist vergilbt. Es riecht nach kalter Zigarettenasche. Die Kajüte wird von einem dünnen Gazevorhang unterteilt, hinter dem im schummrigen Licht einer zweiten Deckenlampe ein schmaler Tisch mit zwei Bänken zu erkennen ist. Auf einem Stuhl an der Längsseite des Tisches hockt jemand.

»Hallo?« Es ist kaum mehr als ein Flüstern, was ich herausbekomme.

Keine Antwort. Ich ziehe am Vorhang, die Ösen haben sich verhakt, ich reiße dran, endlich gibt das Tuch nach und mir den Blick frei.

Ich weiß sofort, dass es Kasper ist, der da zusammengekauert auf dem Stuhl sitzt. Es sind die Geldscheine in seinem aufgerissenen Maul, die mir diese schauerliche Gewissheit geben. Geld gleich Hehlerei gleich Kasper. Ist doch logisch.

Er sitzt da wie ein geschlachtetes, für einen Festschmaus drapiertes Schwein. Blut klebt an seiner Nase. Von einem Faustschlag vermutlich. Aber es war nicht der Schlag auf die Nase, der zu seinem vorzeitigen Ableben geführt hat. Mitten auf der Stirn klafft ein zentimetergroßes Einschussloch. Vielleicht von einem Bolzenschussgerät, wie man es zur Tierschlachtung verwendet. Oder von einem Druckluftnagler. Ein blutiges Rinnsal läuft von dem Loch in seiner Stirn an Nase, Mund und dem stoppeligen Kinn vorbei in den offenen Rollkragen seines blauen Troyers. Der Pullover hat das Blut gut aufgesogen, die Lache unterm Stuhl ist nicht sehr groß.

Ich schaue auf Kasper und denke, das ist schon die zweite Leiche heute. Der Tod hat ein trauriges Gesicht. Mein empfindlicher Magen meldet sich, und die Beine wollen mir wegknicken.

Man sollte den Kopp nie verlieren, bevor er ab ist, versucht Edu mich aufzurichten.

Von draußen ertönen dumpf hallende Geräusche, als würden Schotten oder Luken geschlossen.

Ich gebe mir einen Ruck und löse mich von dem Grauen, laufe zur Tür, den Gang zurück und die Metalltreppe wieder rauf. Verdammt, bin ich eben von der linken oder rechten Seite reingekommen? Mich packt die Panik, ich will weg, so schnell wie möglich.

Da wird eine Tür aufgestoßen, knallt gegen meinen Kopf, und ich stürze die Treppe runter. Ein Blitz ist eine von Licht und Donner begleitete Funkenentladung zwischen verschieden geladenen Wolken oder zwischen Wolken und der Erde, denke ich noch. Dann stell ich aus.

Sprung ins Nass

Mittwoch, der 12. August, 7:45 Uhr

La Paloma, ade
auf, Matrosen, ohé!

Wie blau ist das Meer, wie groß kann der Himmel sein,
ich schau hoch vom Mastkorb weit in die Welt hinein.
Schroff ist das Riff und schnell geht ein Schiff zu Grunde,
früh oder spät schlägt jedem von uns die Stunde.
Auf, Matrosen, ohé, einmal muss es vorbei sein,
einmal holt uns die See und das Meer gibt keinen von uns zurück.

La Paloma, ade
auf, Matrosen, ohé!

Als ich zu mir komme, brummt mir der Schädel, als würde er im nächsten Moment explodieren. An meiner Unterlippe schmecke ich Blut. Ich liege auf etwas Kaltem, Metallenem. Durch das verschmierte Glas eines Bullauges dringt Licht in den Raum. Es riecht verstärkt nach Dieselöl. Und es ist nicht nur mein Schädel, der da brummt. Alles brummt. Brummt und vibriert. Ich bin auf der *LA PALOMA*. Die Vibration kommt vom Schiffsmotor. Das bedeutet, der Frachter hat abgelegt und ist auf großer Fahrt. Und ich bin noch an Bord!

Vorsichtig richte ich mich auf. Der Koffer ist weg. An meinem linken Handgelenk hängt die eine Hälfte der Handschellen und ein Kettenrest. Großartig! Der Koffer ist weg. Wenigstens bin ich nicht gefesselt. Dafür habe ich eine dicke Beule am Hinterkopf. Was ist passiert? Wer hat mich hierher geschleppt? Warum bin ich nicht tot?

Blick nicht immer von der schwarzen Seite auf die Welt, ming Hamburger Deern, murmelt Edu. Auch er scheint gerade erst wieder zu sich zu kommen. *Frag dich lieber, warum man dich hat leben lassen, und freu dich drübber. Aber vor allem: Raus hier!*

Mühsam komme ich auf die Beine. Um mich herum stehen Paletten mit Schaumwein und Stapel von Konservendosen. Krabben. Durch das milchige Bullauge fällt das Licht eines strahlenden Sommermorgens. Das Café drüben am Ufer kenn ich doch. Das ist die Strandperle, die am Ausguck vorüberzieht. Dahinter das schimmernde Weiß der Villen an der Elbchaussee. Wir sind also noch im Hamburger Hafengebiet, die LA PALOMA kann erst vor kurzem abgelegt haben.

Ich stolpere zur Tür, sie ist verriegelt. Was soll das? Was hat man mit mir vor?

Das Bullauge ist mein einziger Fluchtweg. Es ist breit genug für mich. Die runde Glasscheibe ist von einem Metallring umgeben und durch ein Scharnier mit der Bordwand verbunden. Das Scharnier ist mit einem Klappbolzen verschlossen, an dessen Ende eine große Flügelschraube sitzt. Der Rahmen wurde lieblos überlackiert, Gewinde und Schraube sind völlig verklebt. Unmöglich, sie zu bewegen. Was soll ich bloß tun, was soll ich bloß tun, verdammt?

Erst mal verbarrikadieren, denke ich, schiebe umständlich eine Schaumweinpalette vor die Tür und staple die Kartons mit den Krabbendosen obendrauf. Jetzt fühle ich mich schon sicherer. Dann bewaffne ich mich mit einer der Schaumweinflaschen. Ob das funktionieren wird? Egal, ich muss es probieren. Ich hole aus und schlage die Flasche mit ganzer Kraft gegen das Glas des Bullauges. Es passiert, was passieren muss: Mit lautem Getöse zersplittert der Flaschenhals, die Reste der Flasche fliegen mir wie Schrapnell um die Ohren, Schaumwein spritzt mir ins Gesicht und ins Haar, aber das Bullauge hat keinen Kratzer.

Weitermachen, ming Herzblättschen, spornt mich Edu an. *Gleich bekommst du dein Bad und wirst wieder sauber. Nur nicht in die Scherben treten!*

Ich schnappe mir die nächste Flasche, sind ja genug davon da, hole wieder aus, das Fensterchen zeigt einen Sprung, hurra, ich greife nach der dritten, hole nochmals kraftvoll aus, und diesmal zerbirst das Glas. Endlich! Frische Luft pustet herein.

»Co to było?«, ruft jemand vom Gang draußen.

»Słyszałeś?«, höre ich als Antwort.

Ich dresche mit dem Flaschenboden gegen die Splitter, die wie Haifischzähne aus dem runden Rahmen des Bullauges herausragen.

»Znowu!«

»Czy słuchasz?«

Die Männerstimmen kommen näher. Ich klopfe die letzten Splitter weg, hangele mich mit den Armen voraus durch das Bullauge, mir fegt der Fahrtwind ins Gesicht, die Freiheit, ich hänge zwei Meter über dem Elbwasser, zwänge mich weiter wie eine Robbe durch die kleine Öffnung, fast bin ich draußen, da höre ich, wie drinnen die Tür aufgerissen wird.

»Stopp!«, schreit jemand wütend, dann Poltern, Scheppern und Krachen: Die Dosenbarrikade behindert den Angriff der Seeleute. Fast, fast bin ich draußen, als einer meinen Fuß zu fassen kriegt! Ich trete wie verrückt um mich, der Mann reißt an mir, endlich kann ich mich irgendwo abstoßen, raus, nur raus hier, ich winde mich aus dem Bullauge und falle in die Tiefe.

Blankenese am Morgen

Wo bin ich? Mein Gott, wo bin ich hier?
Bei mir.
Bei dir? Und – wer bist du?
Wer soll ich denn sein, du Küken, wenn du in St. Pauli von den
Landungsbrücken ins Wasser springst?
Die Elbe?
Ja, die. Die Elbe.
Du bist die Elbe!
Ah, reißt du die Kinderaugen auf, wie? Du hast wohl gedacht, ich
wäre ein romantisches junges Mädchen mit blassgrünem Teint?
Typ Ophelia mit Wasserrosen im aufgelösten Haar? Du hast am
Ende gedacht, du könntest in meinen süßduftenden Lilienarmen
die Ewigkeit verbringen. Nee, das war ein Irrtum von dir. Ich bin
weder romantisch noch süßduftend. Ein anständiger Fluss stinkt.
Jawohl. Nach Öl und Fisch.

Bei Blankenese wirft mich die Elbe an den Strand. Wie Borcherts
Beckmann wirft sie mich an den Uferstreifen. Da liege ich eine
Weile im Sand und rühre mich nicht. Die Sonne wärmt mich und
trocknet mir die Kleider.

»Alles in Ordnung?«

Ich blicke nach oben. Zwei Jogger, hüpfend im Leerlauf, vielleicht ein Pärchen beim Frühsport. Sie gucken auf mich runter.

»Alles in Ordnung, danke der Nachfrage!«, sage ich leichthin. Es
scheint sie nicht zu überzeugen. »Ich komme aus Berlin«, füge ich
an.

»Ach so«, antworten sie, als erkläre das alles. Sie hüpfen noch
zweimal auf der Stelle und dann weiter den Strand entlang.

Mühselig richte ich mich auf. Nicht das erste Mal heute, dass ich
mich wie eine Boxerin angezählt in die Vertikale quäle. Ich massie-

re meinen Nacken und schaue auf die Elbe. Das Licht der Morgensonne spiegelt sich im leicht bewegten Wasser, eintönig plätschern kleine Wellen an den Strand. In der Ferne sehe ich die *LA PALOMA* Richtung Teufelsbrück entschwinden. Unglaublich.

Ich klopfe mir den Sand von den Klamotten, stopfe die Bluse in den feuchten Rock und fahre mir durchs nass verklebte Haar. Dem ersten Eindruck nach sind keine größeren Verluste zu vermelden. Sogar meine Zimmerkarte steckt noch in der Brusttasche. Der Sprung in die Elbe hat mein Aussehen zwar nicht verschönert, aber immerhin, es ist noch alles dran. Die Beule am Hinterkopf sollte durch mein Haar hinreichend verdeckt sein.

Selbst meine Uhr scheint das Bad überlebt zu haben, die Junghans-Mechanik tickt tapfer vor sich hin. 8:12 Uhr. Ich bin im Blankeneser Treppenviertel angelandet, zwischen Baurs Park und Süllberg, am Fuße des Geesthangs. *Positano des Nordens,* wie die Leute hier ihr Viertel nennen.

Alles um mich herum erscheint vollkommen surreal. Aber ich lebe noch, und wenn ich schnell genug reagiere, ist auch nicht alles verloren.

Durch ein Labyrinth aus Fischerhäuschen, Gründerzeitvillen, Bungalows und spitzgiebeligen kleinen Fachwerkhäusern stakse ich die steile Strandtreppe rauf. Die Treppen und Hohlwege, die zwischen den Stützmauern der terrassierten Gärten hindurchführen, die bunt zusammengewürfelte Bebauung: wie idyllisch das alles wirkt, allerdings nicht, wenn man gerade von einer Leiche kommt und zu einer anderen zurückmuss und wenn die Fußsohlen dabei schmerzen.

Sei nicht undankbar, ming Schätzelschen. Du hast den Sprung ins Nass überlebt, nur das zählt, knurrt Edu.

Die befremdeten Blicke der Passanten ertrage ich stoisch. Es sind Gott sei Dank nicht so viele, denen ich um diese Uhrzeit begegne.

Ein Straßenkiosk in der Blankeneser Hauptstraße scheint mir der geeignete Ort, um Unterstützung herbeizurufen. Der Verkäufer hinter den Zeitungen mit dem Gesicht eines kleinen Jungen mustert mich mitleidlos, als ich ihn um Hilfe bitte.

»Ich bin mit meiner Jolle in der Elbe gekentert und habe alles verloren, mein Portemonnaie, das Handy, meine Papiere«, erzähle ich ihm. »Ich müsste dringend telefonieren. Bitte.«

Schließlich erbarmt er sich und reicht mir ein Funktelefon aus seinem Kabuff.

»Christian. Ich bin es, Nikolaus. Stecke in großen Schwierigkeiten. Ich erklär's dir später. Du musst mich sofort abholen!« Ich nenne ihm die Straßenecke und blicke fragend zum Kioskverkäufer. Der nickt gleichgültig. »Und, Krischaan: Bring einen Seitenschneider mit«, rufe ich noch, bevor ich auflege.

»Manchmal sind die Dinge komplizierter, als sie scheinen«, sage ich zu dem Verkäufer, als ich ihm das Telefon zurückreiche. Er stiert auf den Rest meiner Handfessel. »Neueste Kreation von Cartier«, versichere ich lässig.

Ich stelle mich etwas abseits vom Kiosk und warte auf das Shuttle. Zeit, die Prioritätensetzung neu zu überdenken. Als Erstes muss ich Mikes Leiche loswerden. Solange dieses Damoklesschwert über mir hängt, bin ich praktisch handlungsunfähig. Und dann, wie weiter?

Schäfer finden und Mikes Auftraggeber stellen, schlägt Edu vor.

Wenn das so einfach wäre. Soll ich nicht besser das Direktorium einweihen? Aber kann ich Hermann Mann trauen? Er ist doch offensichtlich mit diesem Monsignore Rossi irgendwie verbandelt. Es hilft nichts, ich brauche dringend einen einflussreichen Verbündeten am DESY. Aber wer könnte das sein? Bärbel Bolz vielleicht? Soll ich mit Erik Hässler sprechen? Mehr Fragen als Antworten.

Zwanzig Minuten später fährt Taxi-Christian mit seinem Extra Long Vehicle vor.

»Ging es nicht etwas unauffälliger?«, sage ich wütend.

»Du bist lustig, das mach ich doch nicht freiwillig. Mit 'ner Stretch-Limo durch Blankenese, das ist kein Pappenstiel. Aber zurzeit ist eben kein anderes Fahrzeug frei.« Christian mustert mich von oben bis unten. »Wie siehst du überhaupt aus?«

»Alles halb so wild«, wiegele ich ab. »Hast du den Seitenschneider mit?« Ich halte die Handfessel in die Höhe. »Guck nicht so ungläubig, sondern beantworte bitte meine Frage.«

»Da reicht kein Seitenschneider«, sagt Christian prompt. »Die müssen wir in der Garage mit 'nem Trennschleifer abflexen.«

»Dann schneide mir wenigstens schon mal den Kettenrest ab.« Er holt das Werkzeug aus dem Kofferraum und schreitet fachmännisch zur Tat. Ein paar Minuten später betrachten wir das gestutzte Ergebnis.

»Könnte tatsächlich als Armreif durchgehen, was meinst du?«

»Warum hat man dir Handschellen angelegt, Nik Knatterton? Was hast du wieder angestellt?«, fragt Christian besorgt.

»Erklär ich dir später. Was mir viel größere Sorgen bereitet, ist die Leiche in meinem Hotelzimmer.« Ich steige zu ihm nach vorne.

Endlich mal was los hier in Blankenese, ruft Edu ausgelassen von seiner Schäfchenwolke.

»Wovon redest du?«, fragt Christian verwirrt, während er in die Elbchaussee einbiegt.

»Ich hatte einen Streit. Auf meinem Zimmer im Royal. Ich hab ihm eins übergebraten.«

»Wem?«

»Meinem Arbeitskollegen. Mit dem Aluminiumkoffer.«

»Mit einem Aluminiumkoffer?« Christian reibt sich den fusseligen Bart und schluckt, dass der Adamsapfel aufgeregt hoch- und runterfährt.

»Genau, wo das Geld drinsteckte.«

»Welches Geld?« Man sieht, wie es in ihm zu arbeiten beginnt.

»Das Geld für den Hehler auf dem Stückgutfrachter. Um damit den Laptop des Physikers zurückzukaufen.«

»Auf welchem Frachter?«

»Auf der *LA PALOMA*. Aber der Hehler war schon tot, als ich heute Morgen aufs Schiff kam.«

»Noch ein Toter?«, krächzt Christian und sein Adamsapfel springt.

»Hingerichtet mit einem Bolzenschussgerät.«

»Verstehe.« Kleine Schweißtropfen bilden sich auf seiner Stirn. Er klammert sich mit beiden Händen am Lenkrad fest.

»Ich muss den Täter überrascht haben, denn kaum hatte ich die Leiche entdeckt, wurde ich von jemandem überwältigt. Nur komisch, dass ich nicht das gleiche Schicksal erlitten habe wie der Hehler.«

»Du konntest vom Schiff springen?« Christian wagt nicht, den Blick von der Straße zu nehmen.

»Gut kombiniert. Aber leider ohne den Laptop des Physikers und ohne das Geld im Aluminiumkoffer. Entschuldige, dass dein Ledersessel nass wird.«

»Der trocknet wieder.« Er fummelt nach einem Taschentuch und wischt sich den Schweiß vom Gesicht. »Soll ich dich beim DESY absetzen?«

»Auf keinen Fall. Erst müssen wir die Leiche wegschaffen.«

»Welche Leiche?«

»Die meines Arbeitskollegen im Hotelzimmer.«

»Aber das geht nicht!«

»Wieso, hier ist doch Platz genug.« Ich blicke nach hinten. Mike Cardy wird sich prima in der Stretch-Limousine machen.

Christian ist völlig außer sich. »Nik, das geht wirklich nicht«, wiederholt er aufgelöst.

»Jetzt reiß dich zusammen«, sage ich streng. »Da brauch ich einmal deine Hilfe, *ein Mal*!«

»Du bist ungerecht, Nik! Seit Jahren bin ich an deiner Seite«, quiekt er. »Aber das ist Wahnsinn! Wir können doch nicht am helllichten Tag eine Leiche aus dem Hotel tragen. Wohin überhaupt?«

»Das schaffen wir schon. Kopf hoch, Krischaan, auch wenn der Hals schmutzig ist. Ich weiß ja selbst, dass der Plan wahnsinnig ist, aber wir sind am *Point of no return*.« Ich schalte das Autoradio an. »Gleich gibt es Musik, dass uns das Herz im Leibe lacht!«, rufe ich und bin plötzlich zu allem entschlossen.

Radio Hamburg setzt die Kammermusik fort mit dem Gebet eines Sterbenden.

Ich schalte das Radio wieder aus. Vielleicht war es doch keine so gute Idee, Christian in die Sache reinzuziehen. Am besten gehe ich zur Polizei. Aber das gibt einen Riesenskandal. Hermann Mann wird nicht amüsiert sein. Und meine Referentenstelle kann ich vergessen.

Am Fenster der Limousine ziehen die großen klassizistischen Villen der Elbchaussee vorüber. Ich gucke hinunter zum Fluss, der hier so breit ist, dass sein Südufer im Dunst zu verschwinden scheint. Die großen Verladebrücken der Containerterminals ragen in die Höhe, davor liegen die Ozeanriesen an den Kaianlagen, Tausende von Containern an Bord wie Steine in einem Spielbaukasten. Wie Katharina Francks Zeitlupenkino.

Liebe, wenn du müde bist,
schließt du das eine Auge und siehst ruhig zu,
wie wir uns treiben lassen können
den Fluss hinunter und hinaus aufs offene Meer.

Über den Gipfeln der Harburger Berge hängen unbeweglich weiße Wölkchen.

»Schau mal, Krischaan«, ich deute zum Horizont, »Cumuluswolken. Anzeichen für eine Schönwetterlage. Sind sie abends nicht verschwunden, gibt es anderntags Regen.« Ich fahre per Knopfdruck das Fenster ein Stück herunter und atme den für Hamburg so typischen Duft von nasser Morgenluft ein. Wie konnte ich in Berlin diesen Geruch nur vergessen? »Nirgendwo blühen die Rhododendren prächtiger als in Hamburg. Das muss an der Feuchtigkeit liegen.«

»Wir bleiben am Wasser«, sagt Christian mit rauer Stimme und knetet mit Daumen und Zeigefinger unruhig seine Lippen. »Wir umgehen die Innenstadt, da wird überall gebaut.«

Ich sollte ihn wirklich nicht reinziehen in die Sache. Das ist unfair.

Von der Elbchaussee fahren wir weiter in die Palmaille. Hinter der ältesten Hamburger Allee schlagen wir einen Haken in die Hafenstraße, rechts tauchen die St. Pauli-Landungsbrücken auf, imposante Tuffstein-Gebäude und kupfergedeckte Kuppeltürme ziehen an uns vorbei, im Vordergrund der Nordeingang des alten

Elbtunnels, dahinter der Hamburger Hafen mit seinen Barkassen, Schiffen, Werften und Kränen.

»Hamburg«, sage ich und fühle mich auf seltsame Weise berührt.

Christian nickt nur. »Wir fahren über den Baumwall bis zum Deichtorplatz. Das geht um diese Zeit am schnellsten.«

Ein paar Minuten später schießt unsere Stretch-Limousine aus dem Ringwalltunnel hinter dem Hauptbahnhof hervor.

Auf der Lombardsbrücke nahm ich den Fuß vom Gashebel. Das geschah ganz unbewusst. Die schönen Kandelaber mit den fünf Kuppeln aus Milchglas brannten. Rechts stotterte ein endlos langer Güterzug vorbei, so dass die Sicht auf die Außenalster verdeckt war. Aber links waren die Binnenalster und die weißen Lichtreklamen, die sich im Bassin spiegelten. Über allem lag ein leichter Dunst. Dies hier ist ein Anblick, für den man Hamburg jedes Mal alles verzeiht.

»Kennst du eigentlich Hans Erich Nossack?«, frage ich, als wir die Moorweide passiert haben.

»Nee, biste mit dem verabredet?«

Wir erreichen die Auffahrt vom Hotel Royal.

»Stell dich mit deinem Wagen unauffällig an die Seite. Ich schau erst mal, ob die Luft rein ist.«

»Und dann rollen wir deinen Arbeitskollegen in einen Teppich ein, oder wie?«

»Jetzt behalt die Nerven, Krischaan. Uns fällt schon was ein.«

Angesichts der Stretch-Limousine springt der livrierte Portier eilfertig herbei, wohl in Erwartung eines prominenten Gastes. Er guckt umso erstaunter, als nur ich es bin, die dem Wagen entsteigt, noch dazu vom Beifahrersitz und in einem desaströsen Aufzug.

»Guten Morgen«, sage ich, und er starrt auf meine nackten Füße.

»Nik!«, ruft Christian. »Ich habe übrigens die Lösung!«

Gerührt drehe ich mich um. Wusste ich es doch, dass ich mich in tiefster Not auf meinen Freund verlassen kann. Gemeinsam durch dick und dünn. Einer für alle. Alle für einen. »Ja?«, frage ich bewegt und schaue ihm tief in die Augen.

»Hundertelf Millionen hundertelftausend einhundertelf«, sagt er stolz.

Blutspuren

Ich haste den Hotelflur entlang. Oh nein! Die Eingangstür meines Zimmers steht sperrangelweit offen. Die Polizei bei der Spurensicherung? Ein Staubsauger heult auf.

»Was machen Sie denn hier?«, rufe ich dem Zimmermädchen überrascht zu.

Sie schaut irritiert hoch, stellt den Staubsauger aus und sagt in einer Mischung aus Frage und Antwort: »Saubermachen?!«

Wo ist die Leiche? Ein Haufen Wäsche türmt sich auf dem Boden, exakt an der Stelle, wo noch vor ein paar Stunden Mike Cardy gelegen hat. Unter dem Wäscheberg lugt ein blutbeflecktes Bettlaken hervor.

Das Zimmermädchen folgt meinem Blick. »Der Bettbezug wirkte …«, sie spitzt den Mund, »etwas benutzt.«

»Ich hatte überraschend meine Menstruation«, sage ich schnell und wünschte, es wäre die Wahrheit, dann hätte ich ein Problem weniger.

Sei nicht so negativ, ming Mädsche, haspelt Edu von oben. *Du hast ein Problem weniger, ein janz dickes sogar. Dat amerikanische Kerlschen is nicht tot, sondern quickfidel.*

Also habe ich ihn gar nicht erschlagen?

Sieht ganz so aus, Liebelein. Hier oben ist er jedenfalls nicht angekommen.

Mir fällt ein Stein vom Herzen. Mike Cardy lebt. Er hat das Laken genommen, um damit seine blutende Wunde zu versorgen. Ich schaue mich um. Das Zimmer sieht im Grunde so aus, wie ich es heute Morgen verlassen habe. Nur aufgeräumter. Außerdem sind Mikes Sachen fort: die Jacke, der Hausschlüssel, das Handy.

»Ich danke Ihnen«, verabschiede ich das Zimmermädchen. Sie zuckt die Schultern, zieht den Stecker aus der Steckdose und drückt einen Knopf, worauf sich das Kabel vom Staubsauger verschlingen lässt.

Auf dem Sekretär liegt noch mein Handy. Der Akku ist allerdings leer. Wo ist das Telefon? Auf dem Nachttisch, wo es hingehört. Ich setze mich aufs Bett und fahre mit dem Finger über die Menüleiste des Apparats: *Fitness & Pool, Guest Hotline, Internet Help, Mailbox, Message, MFV/Tone, Mute, Outside Line, Setup, Speaker & Hands Free, Reception, Redial, Room Service, Speaker, Wake-up.*

Mit rollendem Wäschekorb und Staubsauger klimpert das Zimmermädchen aus dem Raum. Ich drücke auf *Reception.*

»Was kann ich für Sie tun, Frau Doktor Rührmann?«, meldet sich Frau Rackwitz.

»Könnten Sie mir bitte den Fahrer der Stretch-Limousine draußen auf dem Hotelparkplatz raufschicken?«

»Selbstverständlich, Frau Doktor Rührmann.«

In der Zwischenzeit hole ich den Adapter aus dem Rucksack und schließe das Handy ans Stromnetz. Ein paar Minuten später steht Christian im Zimmer. Kreidebleich und mit gefalteten Händen, als ginge es zum Scharfrichter.

»Mach nicht so ein Gesicht. Die Leiche ist gar keine Leiche. Falscher Alarm.«

»Bist du sicher?« Ängstlich schaut er um sich, seine Schultern winden sich unter dem Norwegerpullover.

»Der Kerl muss den Nahkampf überlebt haben. Er war auf jeden Fall nicht mehr hier, als ich eben reinkam. Ich mache mich schnell frisch, und dann überlegen wir uns die nächsten Schritte, okay?«

»Okay«, murmelt Christian, als könne er es nicht ganz glauben.

Unter der heißen Dusche will ich die Fakten noch mal durchgehen. Doch auf einmal spüre ich, wie müde ich bin und wie schwer mir das Denken fällt. Kein Wunder, ich bin seit mehr als 26 Stunden auf den Beinen.

Mit kleinen Unterbrechungen, witzelt Edu.

Ich drehe das Wasser von heiß auf kalt, um die lähmende Müdigkeit zu vertreiben. Aber nur ganz kurz, denn ich bin eine erbärmliche Warmduscherin. Am liebsten würde ich mich sowieso aufs Bett werfen. Aber das geht auf keinen Fall. Mir bleibt nur

142

noch der heutige Tag, um meinen Sonderauftrag zu erfüllen. Ich war schon so dicht dran, verdammt!

Reiß dich zusammen und blick nach vorn, nimmt mich Edu an die Kandare. *Mike Cardy ist nicht tot, das vereinfacht doch alles!*

Genau, ich muss ihn nur ausfindig machen und mir vorknöpfen, denn er ist die Schlüsselfigur in der Geschichte. Oder etwa nicht? Himmel, was, wenn Mike nicht die Schlüsselfigur ist, sondern eine eher harmlose Randerscheinung? Habe ich vielleicht einen völlig Unschuldigen zusammengeschlagen?

Den Gedanken kannste beiseitewischen, erwidert Edu, *erstens is der nicht unschuldig, und zweitens, selbst wenn er es wäre, hätte er sich dir gegenüber kooperativer zeigen müssen! Viel wichtiger ist doch: Wo ist der Laptop?*

Richtig, das ist die entscheidende Frage. Wo steckt der Laptop des Physikers? Etwa noch in der Backskiste des toten Hehlers? Ich bin so müde, so unglaublich müde.

Fuffzehn Mann auf des toten Manns Kiste,
Ho ho ho und 'ne Buddel mit Rum!
Fuffzehn Mann schrieb der Teufel auf die Liste,
Schnaps und Teufel brachten alle um! Ja!

Laptop und Aluminiumkoffer haben ihren Besitzern bisher nur Tod und Verderben gebracht. Wie die Karte von der Schatzinsel. Am Ende beißen sie alle ins Gras.

Ich stelle die Dusche ab und angele nach einem flauschigen Badetuch. Wurde der Hehler ermordet, weil er den Laptop nicht rausrücken wollte? Der Mörder muss den Mann bereits an Deck verletzt haben, sonst hätte nicht eine Blutspur zur Kajüte geführt, wo er ihn grausam hinrichtete. Hat er dann den Laptop in der Kajüte gefunden? Und anschließend beobachtet, wie ich mit dem Koffer an Bord kam? Hat er mich deshalb zusammengeschlagen und eingesperrt, weil er genau wusste, dass eine Menge Geld in diesem Koffer war? Wollte er *beides* haben, Laptop *und* Geld?

»Krischaan, bin gleich fertig!«, rufe ich rüber, bekomme aber keine Antwort.

Der Laptop ist ganz bestimmt nicht mehr in der Backskiste des toten Hehlers, sondern im Besitz seines Mörders. Aber wer ist das?, überlege ich, während ich mir mit dem Föhn die Haare trockne. Mike Cardy kommt für das Verbrechen nicht in Frage. Schließlich konnte er nicht zur *LA PALOMA* fliegen, nachdem er wieder zu sich kam. Es sei denn, er ist mit dem Auto gefahren. Andererseits war er dazu viel zu besoffen. Wer außer Mike und mir wusste sonst noch von der geplanten Übergabe auf der *LA PALOMA*?

Mikes Auftraggeber, kombiniert der schlaue Edu.

Ja, Mikes Auftraggeber. Unfassbar, wenn ich den Gedanken zu Ende denke.

Der ist aber nicht unbedingt der Mörder. Denn ein Auftraggeber vergibt Aufträge, ein Auftraggeber begeht keine Morde.

Da ist was dran, und diese Erklärung hat etwas Tröstliches. Ich stelle den Föhn aus, stecke ihn in seine Halterung zurück und ziehe mir den Bademantel über, dem immer noch ein Hauch von Wilfrieds Aftershave anhängt. Möglicherweise hat der Mord von Kasper ja gar nichts mit Schäfers Laptop zu tun. Das Leben eines Hehlers ist nicht frei von Risiko. Es kann schon mal passieren, dass man bei Ausübung dunkler Geschäfte erschossen wird, oder etwa nicht? »Am Ende«, fluche ich vor mich hin, »stellt sich noch heraus, dass Aluminiumkoffer und Laptop längst keine Rolle mehr spielen in dieser vertrackten Geschichte.« Weil Schäfer seine Analyse nämlich anderweitig in Sicherheit gebracht hat. Vorstellbar ist auch, und bei diesem Gedanken muss ich bitter auflachen, dass Schäfer allen Verschwörungstheorien zum Trotz in diesem Moment im Büro von Forschungsdirektor Hermann Mann sitzt und ihm seine Verifikationsanalyse vorträgt. In dem Fall wäre die Jagd nach dem Koffer vollkommen sinnlos gewesen. Und mein Sonderauftrag hätte sich erledigt. Ade, DESY, ade, du schönes Hamburg. Dietmar Schäfer, du Hund, hilf mir doch ein bisschen.

Als ich aus dem Bad komme, sitzt Christian auf dem Bettrand und schält eine Apfelsine aus der Obstschale, die das Hotel als

Willkommensgruß auf den Tisch gestellt hat. Er pellt die Frucht mit einer Sorgfalt, die mir auf die Nerven geht.

»Du scheinst dich eingerichtet zu haben. Geht's dir gut?«

Christian schnauft durch die Nase. »Na hör mal, Nik! Du hast mir echt Angst eingejagt. Erst heißt es, du hättest einen Toten in deinem Zimmer. Und dann war alles nur Einbildung. Gut, dass heute mein freier Tag ist. Ich muss mich erst mal wieder entspannen.«

»Ich wollte, es wäre so einfach, ich wollte, das Ganze wäre nur einer meiner bizarren Träume«, erwidere ich ernst, »aber die *LA PALOMA* hat tatsächlich einen Toten an Bord.«

»Bist du sicher? Keine Einbildung?«

»Ganz sicher. Ich habe den Mann gesehen. Mausetot.«

»Das ist hart.« Christian kräuselt die Stirn. »Hast du mal darüber nachgedacht, was der Tote mit der Forschung am DESY zu tun haben könnte?« Er beißt in die saftige Apfelsine. »Da läuft doch so einiges: Energiewirtschaft, Photochemie, Geologie, Lebensmittelbestrahlung …«, schmatzend betrachtet er die Apfelsine, »Strahlensterilisation, Ressourcenknappheit und energiepolitische Folgen, Elektronenstrahlschweißen, Röntgenlithographie …«

Wo hat er das nur alles her? »Pass auf, du tropfst auf mein Bett.« Gerade habe ich wieder Wasser unterm Kiel, und da bringt Christian neue Untiefen ins Spiel.

»Seltene Erden, Elektronenstrahldiffraktion«, er beißt genussvoll in den letzten Rest der Frucht, »Nik, wo sind die Zusammenhänge? Wer verfolgt welche Interessen?«

In der Tat berechtigte Fragen. Was, wenn doch alles mit Schäfers Laptop und dem Aluminiumkoffer zusammenhängt? Aber welches machtpolitische Potenzial besitzt die Grundlagenforschung am DESY, das so groß ist, dass jemand dafür über Leichen geht?

Ich greife zum Telefon. Wilfried nimmt nicht ab. Ich spreche ihm eine kurze Nachricht auf die Mailbox, dass alles in Ordnung ist, sich die Sachlage aber dramatisch geändert hat. Er soll sich bei mir melden, entweder auf meinem Handy oder in meinem Büro.

»Wäre es nicht vernünftiger, zur Polizei zu gehen?«, fragt Christian und schmeißt die Apfelsinenschalen und Kerne in den Papierkorb neben dem Schreibtisch.

»Hab ich auch schon überlegt. Ich bin mir aber nicht sicher, ob das im Interesse meines Auftraggebers wäre. Heute kommen die Gutachter.« Aus meinem Rucksack ziehe ich eine knittrige weiße Hemdbluse und Jeans. Christian schaut höflich zur Seite, während ich mich ankleide. »Ein Mordfall am DESY ist das Letzte, was Forschungsdirektor Hermann Mann zurzeit gebrauchen kann. Die damit verbundene Presse wäre für das Labor nicht weniger tödlich als der Bolzenschuss für den armen Kasper. Und ich wäre meinen Job so schnell los, wie ich ihn bekommen habe. Das kann ich mir nicht leisten.«

Außerdem: Vielleicht ist es genau das, was sich der Mörder wünscht?, fragt Edu. *Warum sonst hat er dich leben lassen?*

»Nein. Keine Polizei«, sage ich abrupt, während ich mir die Turnschuhe zubinde.

Christian lächelt und nimmt Chauffeurshaltung an. »Wie die Dame befehlen, Frau Nikolaus!« Dann macht er eine bedächtige Pause. »Ich befürchte nur, dass du dich wieder in was verrennst.«

»Du triffst es auf den Punkt, Krischaan. Es ist wie beim Laufen auf zwei Beinen – ich muss weitermachen, sonst komm ich ins Stolpern. Lass uns los!«

Am Ende des Korridors steht das Zimmermädchen und ruft nach kurzem Anklopfen: »Zimmerservice!« Genau wie vorgestern Zero, denke ich düster. Die Frau lauscht kurz, öffnet mit ihrer Universalkarte die Tür und schiebt ihren schweren Wagen und den Staubsauger ins Zimmer.

Unten in der Empfangshalle tummeln sich Gruppen von Damen und Herren im einheitlichen Business-Dress und bevölkern die Sitzgruppen. Kongressgäste eines Hamburger Versicherungsunternehmens, wie wir dem Smalltalk im Vorübergehen entnehmen können.

»Was ist denn ein Sales-Seminar?«, fragt mich Christian, als wir in seine Stretch-Limousine steigen.

»Kundengewinnung, Verkaufsgespräche, Umsatzziele«, sage ich abwesend. Wie bekomme ich Mike Cardy zu packen? Auf einen zweiten Lockruf wird er nicht hereinfallen.

»Also geht's wieder mal ums Geld.« Christian nickt beeindruckt, startet den Motor, setzt den Blinker und fährt los.

Ich schüttle den Kopf. »Mehr darum, es besonders effektiv zu machen.«

»Wie in deiner Mordgeschichte?«, fragt er unbedarft und streckt mir sein bärtiges Kinn entgegen.

Ich überlege. »Keine Ahnung. Eigentlich nicht. Oder doch?«

Hör hin, ming Mädsche!, greift Edu Christians Frage auf. *Bei Mord geht's entweder um Liebe oder um Geld. Eigentlich um beides. Wissen ist Macht. Und Macht bedeutet Geld. Und mit Geld kauft man Liebe!*

Das stimmt. Letztlich geht es immer nur darum. Aber wo verstecken sich Macht, Geld und Liebe in meiner Geschichte? Trotz der mich überkommenden Müdigkeit zwinge ich mich, diesen Gedanken konsequent zu Ende zu spinnen:

Der Laptop eines verschrobenen Physikers, der spektakuläre Messungen einer konkurrierenden Arbeitsgruppe überprüfen will, na fein, hier geht es zweifellos um die Ehre der Wissenschaft, vielleicht sogar um die Entdeckung versteckt liegender Geheimnisse, um den Stein der Weisen, den Heiligen Gral.

Oder nur um die Aufdeckung banaler Irrtümer, räumt Edu ein.

Wie auch immer, unter Umständen geht es um so etwas wie Liebe zur wissenschaftlichen Wahrheit. Doch lässt einen diese Liebe zum Mörder werden?

Und was ist mit dem zweiten Motiv für ein Kapitalverbrechen, dem Geld?, fragt Edu.

Richtig, was haben der Laptop des Physikers, die Entdeckung versteckt liegender Geheimnisse, der Stein der Weisen, der Heilige Gral, was hat das alles mit Habgier zu tun? Für Geld könnte jemand, den weniger die Liebe zur Wissenschaft umtreibt, sondern der sich mehr fürs Geschäft interessiert, möglicherweise zum Mörder werden. Aber nur, wenn es um sehr viel Geld geht. Und wo steckt, bitte schön, *sehr viel Geld* in meiner Geschichte? Vielleicht sollte ich noch mal zum Ausgangspunkt zurückkehren und nach dem Grund für meinen Sonderauftrag fragen. Was steht auf dem Spiel?

Das Renommee eines Labors, okay, ganz sicher aber auch die Finanzierung des Weiterbetriebs von DORIS. Der Weiterbetrieb würde nämlich Geld kosten, sehr viel Geld. Auch die Investitionen für eine neue Anlage wie FLIX sind kein Pappenstiel. Aber persönlich bereichern kann man sich bei solchen Vorhaben normalerweise nicht. Weder das Direktorium noch sonst jemand. Das Geld fließt ins Salär des Personals, der Rest wird zur Deckung profaner Sachkosten verwendet. Da bleibt nichts übrig, woran man sich bereichern könnte. Worin liegt also das Motiv für *Habgier* in meiner Geschichte begründet? Oder denke ich einfach nicht groß genug? Schaue ich nicht über den Tellerrand? Sehe ich nicht das Offensichtliche? Was ist, wenn Liebe zur Wissenschaft auf Profitstreben stößt? Wenn sich aus einer grundlegenden Idee Geld machen lässt? *Sehr viel Geld sogar.* Wenn Schäfers Weltformel ungeahnte Innovationen hervorbringt? Aber wie, bitte schön, kann man mit Geisterteilchen *sehr viel Geld* machen? Weltformel hin oder her, ich verstehe das nicht. Mein Gedankenkarussell dreht sich und dreht sich, und ich merke mit einem Mal, wie ausgebrannt ich bin.

Nicht einschlafen, redet Edu auf mich ein. *Der Jedanke is jut!*

»Nicht einschlafen, nicht einschlafen!«, murmele ich vor mich hin, während mein Kopf langsam nach vorne sinkt.

Und dann, anstatt nach Arusha weiterzufliegen, drehten sie nach links – er musste wohl ausgerechnet haben, dass er genügend Brennstoff hatte –, und als er hinabsah, erblickte er eine treibende, rosa Wolke, die sich über den Boden bewegte und in der Luft so wie der erste Schnee in einem Schneetreiben, der von irgendwoher kommt, und er wusste, dass die Heuschrecken vom Süden heranzogen. Dann begannen sie zu steigen, und sie schienen nach Osten zu fliegen, und dann wurde es dunkel, und sie waren in einem Gewitter, und der Regen war so dicht, dass es schien, als ob man durch einen Wasserfall flog, und dann waren sie hindurch, und Compie wandte den Kopf und grinste und deutete vorwärts, und dort vor ihnen, so weit er sehen konnte, so weit wie die ganze Welt, groß, hoch und unvorstellbar weiß in der Sonne war der flache Gipfel des Kilimandscharo. Und dann wusste er, dorthin war es, wohin er ging.

Sondierungsgespräche

Mittwoch, der 12. August, 11:20 Uhr

»Aufwachen, Nik!«

»Was? Wie? Wo bin ich?«

»Wir sind da!« Christian rüttelt behutsam an meiner Schulter.

»Ja«, flüstere ich und bin noch ganz Hemingway-benommen.

»Wie geht's dir?«

»Ich fühle mich großartig.«

Wir stehen direkt vor dem DESY-Hauptgebäude. Aufs Neue weckt Christians Limousine das Interesse zahlreicher Mitarbeiter: Sie spähen verstohlen aus den Fenstern, bleiben am Straßenrand stehen oder gaffen ganz ungeniert.

»Dank der Ziehharmonika weiß nun jeder, dass ich erst jetzt zur Arbeit komme, danke sehr. Zwanzig nach elf, was sollen die über mich denken?«

»Dass die Berliner halt später anfangen zu arbeiten.«

»Na toll!«

»Besser einen schlechten Ruf als gar keinen«, sagt Christian. »Lässt du von dir hören?«

»Klar. Und danke für deine Hilfe, Krischaan«, sage ich und drücke ihn kurz. »Dafür, dass du im Moment größter Not da gewesen bist.«

Christian schaut gerührt.

»Und dass du die Aufgaben, die ich dir auferlege, stets erfüllst«, unterbreche ich meinen sentimentalen Schub. »Inzwischen hast du ja erfolgreich herausgefunden, was zwölf Millionen dreihundertfünfundvierzigtausend sechshundertneunundsiebzig multipliziert mit neun ergibt, sehr schön.«

Er guckt ahnungsvoll, neue Sorgenfalten bilden sich auf seiner Stirn.

»Was aber ist zwölf Millionen dreihundertfünfundvierzigtausend sechshundertneunundsiebzig mal achtzehn?«, sage ich und poche mit spitzem Finger gegen seine Brust. »Und weil wir brav in der Reihe bleiben wollen, Krischaan: Was ergibt bei dieser Gelegenheit zwölf Millionen dreihundertfünfundvierzigtausend sechshundertneunundsiebzig mal siebenundzwanzig?«

»Och, Nikola«, wehrt Christian ermattet ab.

»Bis heute Abend gebe ich dir Zeit, dann will ich die Ergebnisse«, sage ich und springe aus dem Auto.

Mittwoch, der 12. August, 11:27 Uhr

»Bis heute Abend gebe ich Ihnen Zeit, dann will ich endlich Ergebnisse!«, faucht Hermann Mann und verliert die Beherrschung über seine Stimme. Seine wächserne Haut läuft rot an und kontrastiert das sorgfältig gescheitelte kalkweiße Haar. »Und überhaupt, warum kommen Sie jetzt erst ins Büro?«

»Ich habe recherchiert. Im Freihafen.«

»Sie sollen keine Hafenrundfahrten machen«, er legt eine seiner gezielten Pausen ein, um das Zittern seiner Stimme einzufangen, »sondern Schäfers Analyse organisieren!«

»Herr Direktor, ich mache doch keine Hafenrundfahrten«, antworte ich, aber Hermann Mann unterbricht barsch:

»Ist Ihnen bewusst, dass morgen früh die Evaluation beginnt? Bis morgen früh brauche ich Schäfers Urteil über Sinn oder Unsinn der aktuellen ADONIS-Messungen, Frau Doktor Rührmann.« Unangenehm, wie er meinen Doktor dabei hervorhebt. »Verstanden?« Seine tiefliegenden Augen bleiben irritiert an der Handschelle hängen.

»Vollkommen«, sage ich schnell und schiebe die Hand hinter meinen Rücken.

Du knickst ein wie trockenes Gras, ruft Edu, *hau ihm doch deine vielen Zwischenergebnisse um die Ohren, den diebischen Azubi Zero, die Prügelei mit Mike auf deinem Zimmer, den toten Hehler auf dem Schiff. Sag ihm doch, warum du diesen Armreif trägst!*

Zu spät, Forschungsdirektor Hermann Mann steht schon an der Tür.

151

»Man erwartet von uns einen *Conscious Act of Decision*. Wir dürfen bei der Entscheidung zu DORIS nichts dem Zufall überlassen, Frau Doktor Rührmann. Es geht um die Zukunft des Labors. Um meine genauso wie um Ihre.« Mit diesen schneidenden Worten verlässt er mein Büro. Was für eine Ansage.

Erschöpft sinke ich auf den Stuhl. Die Papierstreifen am Ventilator klingen jetzt wie Herbstlaub im Sturm. Und plötzlich ist mir klar, woher Mike die Idee für diese Installation hat – aus Tarkowskis Verfilmung von Stanisław Lems *Solaris*:

Ich hatte keine Hoffnung. Aber in mir lebte noch die Erwartung, das Letzte, was mir von ihr geblieben war. Welche Erfüllung, welchen Spott, welche Qualen hatte ich noch zu gewärtigen? Ich wusste nichts, ich hegte nur den unerschütterlichen Glauben, dass die Zeit der grausamen Wunder noch nicht vorbei war.

Hinter der Glastür taucht Sibylle auf.

»Dicke Luft?«, fragt sie und guckt mich mit ihren großen runden Augen an.

»Kann man sagen. Aber du kannst nichts dafür. Mach mal die Türen zu.«

Sibylle schließt sie und setzt sich zu mir an den Tisch.

»Gleich vorweg: Hast du heute schon Professor Schäfer gesehen?«, frage ich.

Sie schüttelt energisch den Kopf, dass ihr Zopf hin und her fliegt.

»Das habe ich mir gedacht, verdammt, der Knabe macht es einem nicht gerade leicht.«

»Der Forschungsdirektor war vermutlich nervös, weil heute Morgen die Polizei auf dem Hof war.«

»Weswegen?«, frage ich schnell.

»Ein Mitarbeiter vom DESY ist gestern Nachmittag ums Leben gekommen.« Sibylle sieht mich ernst an. »Der Azubi, nach dem du dich gestern erkundigt hast.«

»Zero«, sage ich düster. »Er ist im Hafenbecken ertrunken.«

»Woher weißt du das?«, fragt sie erstaunt.

»Aus den Nachrichten. Was wollte die Polizei?«

»Bescheid geben.«

»Die Polizei taucht doch bei so was nicht auf, nur um Bescheid zu geben«, knurre ich.

»Du hast recht«, muss Sibylle zugeben und zieht nachdenklich die Stirn kraus. »Gibt es einen Zusammenhang zwischen dem Azubi und deinem Sonderauftrag?«

Ich lehne mich zurück, kreuze die Arme und schaue aus dem Fenster. Der Himmel hat sich bezogen. Es sieht nach Regen aus.

»Zero hat Montagnacht Dietmar Schäfer zusammengeschlagen und den Aluminiumkoffer mit dem Laptop geklaut. Ich wurde Zeugin des Überfalls.«

Sibylle reißt erschrocken die Augen auf. »Was? Warum hast du dem Forschungsdirektor nichts davon erzählt?«

»Der Junge spielt nur eine Nebenrolle in dieser verworrenen Geschichte.« Ich richte mich auf. »Übrigens hat Zero den Koffer an Mike Cardy übergeben. Später hatte ich ihn dann, aber leider nur ganz kurz.«

»Wer hat den Koffer jetzt?«

»Wenn ich das wüsste.«

Sibylle kräuselt die Nase. Sie denkt nach. »Mike und Zero kannten sich aus der ADONIS-Kollaboration. Zero hat mechanische Arbeiten am ADONIS-Experiment und speziell für Mike Cardy verrichtet.«

»Ihre Zusammenarbeit ging offensichtlich über das Wissenschaftliche hinaus«, sage ich und massiere mir die Schläfen. »Der Direktor hat recht. Die Zeit rast. Ich muss mir dringend Mike Cardy vorknöpfen. Ruf du ihn an, Helferlein! Von deinem Telefon aus. Wenn er meine Nummer im Display sieht, geht er gar nicht erst ran.«

»Okay!« Schon ist Sibylle wieder in ihrem Büro, und ich sehe durch die Glastür, wie sie zum Telefon greift.

Ich starte meinen Rechner. Mal schauen, ob sich Dietmar Schäfer gemeldet hat. Hat er nicht, wie ich bei Durchsicht meiner Mailbox feststelle, dafür entdecke ich aber Nachrichten von Erik Hässler

153

und Dorothea Weber, möglicherweise nicht weniger interessant. Als Erstes schaue ich in die E-Mail von Hässler.

-----Original Message-----
From: erik.haessler@desy.de
Sent: Tuesday, August 11, 2009 8:03 PM
To: DESY@desy.de
Subject: DORIS cooldown finished

Hallo,
diese Nacht wurde das Kaltfahren erfolgreich beendet und heute Morgen die Magnetstromtests abgeschlossen. Daher ist der Tunnel ab heute, 21 Uhr, wieder gesperrt.
Mit freundlichen Grüßen
Erik Hässler

Hello,
This night the cooldown has been completed and this morning the magnet current tests were done. Therefore the tunnel is closed again tonight from 9 pm.
Best regards
Erik Hässler

DORIS ist also seit gestern wieder in Betrieb. Dass ausgerechnet Hässler diese Information DESY-weit verkünden darf, zeugt von seiner hervorgehobenen Stellung. Ich klicke die nächste Mail auf. Diesmal keine Rundmail, sondern eine persönliche an mich.

-----Original Message-----
From: dorothea.weber@desy.de
Sent: Wednesday, August 12, 2009 10:24 AM
To: nikola.ruehrmann@desy.de
Subject: Consulting des Joint Programmings
Importance: High

Liebe Nikola,

anlässlich des Referententreffens Anfang August in Brüssel hat Herr Helms, MdB und deutsches Mitglied der CREST-High Level Group, erklärt, dass es Sinn macht, den Konsultationsprozess der Stakeholder bezüglich der Priorisierung des Joint Programmings zu starten. Wir sollten deshalb bis Ende August zu unserer Planung Stellung nehmen, im Einzelnen zu Mehrwert und Impact Factors unserer Joint Research Activities, zu den Scientific Indicators, zur Governance. Außerdem muss geklärt werden, wie hoch im Rahmen des International Science Networks unser Beitrag zur Implementierung von JP-Initiativen in der EU im FP7 sein sollte.

Vielleicht kannst du zeitnah den Katalog potenzieller Antworten zusammenstellen und das im Labor kommunizieren.

Viele Grüße

Dorothea

PS: Hast du inzwischen Dietmar Schäfer angetroffen? Der Verlust seines Laptops zum gegenwärtigen Zeitpunkt ist tragisch, aber vielleicht gibt es eine »Back-up«-Lösung. Er soll mich doch bitte kontaktieren.

Ich verstehe kein Wort. Bis auf das Postskriptum, das ist eindeutig.

Sibylle kommt ins Zimmer zurück. »Ich habe Mike nicht erreicht. Dafür Erik Hässler. Er vermutet, dass Mike Cardy im DORIS-Kontrollraum steckt.« Sie sieht Fragezeichen in meinen Augen. »Weil letzte Nacht die Maschine wieder angelaufen ist, wurde Mike der Morgenschicht zugeteilt.«

Ah ja. Mike Cardy dürfte heute beim Schichtbetrieb kaum zu gebrauchen sein.

»Wo ist der Kontrollraum?«

Sibylle zeigt mir seine Lage auf dem Geländeplan.

»Auf der Rückseite ist übrigens das Organigramm vom DESY abgebildet.«

»Das erinnert mich an deine restlichen Hausaufgaben, Helfer-lein«, mahne ich und schaue erwartungsvoll in ihre von flachs-blonden Wimpern umrahmten Augen. Sie nickt mit einem raschen, aber zurückhaltenden Lächeln, läuft wieder rüber in ihr Büro und kehrt mit einem Stapel Aktenordner zurück.

»Die Artikel zu den aktuellen ADONIS-Messungen«, sagt sie und schlägt den obersten Ordner auf. »Darunter auch die berühmte Veröffentlichung von Erik Hässler.«

»Den berühmten Artikel vom berühmten Erik Hässler hast du mir gestern schon gezeigt.«

Sibylle wird rot. »Hinten findest du die Veröffentlichung, in der die Ergebnisse des ARIADNE-Satelliten zur Erforschung der Dunk-len Materie mit denen von ADONIS verglichen werden«, lenkt sie schnell ab.

»Prima. Die kenne ich noch nicht. Und was steckt hier drin?« Ich ziehe den zweiten Ordner hervor.

»Das ist der Schriftwechsel des Direktoriums mit dem For-schungsministerium zur möglichen Laufzeitverlängerung von DORIS.« Sibylle schlägt die ersten Seiten auf. »Den hat mir Doro-thea Weber zur Verfügung gestellt.«

Hochinteressant. »Dorothea hat dir den gegeben?« Ganz be-stimmt nicht selbstlos. Was sie wohl damit bezweckt? »Und was ist das?«, frage ich weiter.

»Hier habe ich alles zur laufenden Planung von FLIX zusam-mengestellt«, fährt sie fort, »du weißt doch, das große Nachfolge-projekt vom DESY.«

Ich hebe anerkennend die Brauen. »Du bist mein bester Mann, Mädchen!«, sage ich wie Sam Spade und streiche ihr über die Wan-ge – die Frau ist besser als alle Männer zusammen. Ich schiele auf den letzten Aktenordner. »Was enthält der Spannendes?«

»Informationen über Dietmar Schäfer, seinen Lebenslauf, die Vorlesungen, die er an der Universität Hamburg im letzten Se-mester gehalten hat, seine Veröffentlichungsliste und ein Bild von seinem Haus aus Google Maps. Habe ich alles aus dem Netz ge-zogen.«

»Sehr gut!«, lobe ich und studiere kurz den Stadtplan. »Er wohnt in Marienthal? Gediegen.«

»Er lebt allein. Das Haus wird gerade saniert. Deshalb hat er für die Übergangsphase ein Zimmer im Hotel Royal bezogen.«

»Donnerwetter, diese Sonderbehandlung lässt Hermann Mann sicher nicht jedem seiner Mitarbeiter angedeihen«, spotte ich.

»Davon weiß so gut wie niemand. Es kennt auch kaum einer Schäfers Wohnsitz. Ich musste zur Personalabteilung, um das rauszubekommen.«

»Und was ist mit dieser Liste hier?«

»Darin habe ich Informationen über die Gutachter zusammengestellt. Alles, was sich übers Internet zusammenklauben lässt.«

»Prima, Helferlein, sogar die Porträtfotos der Freunde hast du organisiert, sehr gut!«, sage ich und bleibe unversehens an einem der Gutachter hängen. »Das ist doch …«, stottere ich.

»Signore Rossi, richtig«, ergänzt sie und lächelt sibyllinisch. »Er soll den Vorsitz der Beratungskommission übernehmen.«

Der Kontrollraum

Drei große Schaufenster trennen den Kontrollraum vom Korridor. Drinnen sieht es aus wie auf der Brücke eines futuristischen Raumschiffs. In Halbkreisen stehen sich die Konsolen der Computer gegenüber, auf den Bildschirmen sind Grafiken, Diagramme und Zahlenkolonnen zu sehen. Ein halbes Dutzend Wissenschaftler befindet sich im Raum, einige sitzen vor den Computerterminals an den Tastaturen, andere stehen diskutierend beieinander. Mike Cardy ist nicht darunter. An einem White Board hängen Artikel der internationalen Fachpresse zu den jüngsten spektakulären Messungen bei DORIS:

Spectral particles spook physicists
Teilchenphysik im Niemandsland zwischen Suchen und Finden
Unexplained ›ghost particles‹ are mysteriously appearing inside
a German based high-energy physics experiment
Neue Physik oder Irrtum?
Ghostly visitors appearing at the ADONIS detector at DORIS

Auf der gegenüberliegenden Seite des Kontrollraums erlauben schmale Fenster einen Blick ins Innere der DORIS-Halle. Die Laufkatze ist zu erkennen und die Galerie, die zum DORIS-Tunnel führt.

»Ein bisschen wie *Star Trek*, nicht wahr?« Es ist Erik Hässler, der sich – wieder mal – geräuschlos angeschlichen hat. Passend zu seinen Augen, die mich belustigt mustern, hat er sich einen grauen Kaschmir-Pullover um die Schultern geschlungen. »Sie sehen müde aus, Frau Rührmann.« Zur Begrüßung reicht er mir die Hand. Ich verstecke meine Linke hinter dem Rücken.

»Sie tragen keine Bandage mehr«, stelle ich fest.

»Dafür ein Pflaster.« Hässler tippt sich an den Kopf oberhalb seiner langen Narbe. »Eine Schürfwunde, die ich mir beim Sturz vom ADONIS-Detektor zugezogen habe.«

»Ich habe davon gehört. Was genau ist passiert?«

»Die Absperrung einer Kalorimeter-Sektion auf dem ADONIS-Experiment war fehlerhaft installiert. Gott sei Dank war ich angeschirrt, als ich durch das Geländer gebrochen bin, sonst wäre ich glatt die fünf Meter vom Detektor heruntergefallen.«

»Da hätten Sie um Haaresbreite einen schrecklichen Unfall gehabt!«

»Keinen Unfall, das war ein Anschlag«, korrigiert er mich entschieden. »Jedem in der Kollaboration war bekannt, dass ich exakt an dieser Stelle die Wasserkühlung der Hadron-Elektron-Separatoren überprüfen würde.«

Ich stelle mich erst mal naiv. »Ein Anschlag? Wer sollte Sie denn töten wollen?«

Er blickt durch das Fenster ins Innere des Kontrollraums. »Ich habe viele Feinde. Leider.«

»Feinde?«

Er lächelt grimmig. »Die einen missgönnen mir die jüngste Entdeckung am ADONIS-Experiment, weil sie gern selber darauf gekommen wären ...«

»Professor Schäfer zum Beispiel?«, frage ich provozierend.

Hässler fährt unbeirrt fort: »Die anderen befürchten, dass genau diese Entdeckung den Weiterbetrieb von DORIS evoziert.«

»Wie Dorothea Weber?«

Endlich bist du wieder beim Fliegenfischen, flüstert Edu mir ins Ohr. *Ich dachte schon, du hättest die Lust daran verloren.*

Erik hüllt sich in Schweigen, als sei das Antwort genug.

»Dorothea Weber hat übrigens mit Dietmar Schäfer Kontakt aufgenommen«, lasse ich nicht locker. »Ich glaube, sie hat eine Ahnung, wo sich Schäfers Laptop mit der Verifikationsanalyse der vielzitierten ADONIS-Messung befindet.«

Eriks Narbe flammt auf wie ein Blitz. »Dorothea Weber und Dietmar Schäfer bilden in der Tat eine unheilige Allianz.«

»Wie ist das zu verstehen?«, frage ich beiläufig.

Seine hellen Wolfsaugen werden dunkel und die Lippen verziehen sich verächtlich, als er mit harter Stimme erwidert: »Dorothea

Weber hat keine sehr starke Beziehung zur Grundlagenforschung. Was immer sie antreibt, die Liebe zur Wissenschaft ist es jedenfalls nicht.« Ein dumpfes Rot steigt ihm in die Wangen.

Die Liebe zur Wissenschaft, wiederholt Edu vielsagend.

»Bei Dietmar Schäfer ist der Fall anders gelagert.«

Abrupt wendet sich Hässler dem Schaufenster zu und beobachtet angespannt das Geschehen im Kontrollraum. Ich folge seinem ruhelosen Blick. Die Wissenschaftler scharen sich um einen Terminal. Einer von ihnen zeigt auf einen Monitor an der Wand, auf dem eine Kenngröße der Maschine grafisch angezeigt wird. Die Gesichter der Männer erhellen sich.

Hässler atmet erleichtert auf. »DORIS ist wieder im Nominalbetrieb. Wurde aber auch Zeit. Unschöne Vorstellung: Morgen die Gutachter im Haus, und die Maschine läuft nicht rund.«

»Was ist mit Dietmar Schäfer?«, erinnere ich an den vorangegangenen Gedanken.

Hässler schenkt mir ein herablassendes Lächeln. Mein abwartendes Schweigen zwingt ihn jedoch zu einer Äußerung. »Dietmar Schäfer ist Vollblutwissenschaftler. Er genießt größtes internationales Ansehen. Ein Mann mit hohen Idealen.«

»Das ist doch erfreulich.«

Er zieht die geschwungenen Brauen zusammen. »Gerade das macht ihn so gefährlich. Er ist verbohrt. Er glaubt nicht an eine Physik jenseits des Standardmodells, zumindest nicht innerhalb des Energiefensters von DORIS. Aber er irrt sich. Er irrt sich sogar gewaltig.« Er lacht bitter. »Leider kann man unmöglich mit ihm darüber sprechen. Kritik erträgt er nicht.«

»Womit irrt er sich?«, hake ich nach. War das vielleicht ein Trick von Schäfer? Die Messungen als komplett unbrauchbar zu bezeichnen, um die Gruppe von Bärbel Bolz zu diskreditieren?

»Das Fenster von DORIS eröffnet uns einen ganz neuen Blick auf das Universum.« Hässlers graue Augen beginnen zu leuchten. »Zum ersten Mal hat die Menschheit die Chance, elementare Mechanismen jenseits der uns bekannten Teilchenwelt im Labor zu beobachten.« Er schaut mir gerade ins Gesicht. Mein

Gott, ist der Mann schön. »Verstehen Sie, Frau Doktor Rührmann?«

Ich denke an mein Vorstellungsgespräch vor zwei Tagen und sage: »Vollkommen! Aber ist denn Professor Schäfer etwa nicht dieser Ansicht?«

»Ich fürchte nein. Schäfer ist in Gedanken längst beim Large Hadron Collider, dem weltgrößten Beschleuniger am europäischen Forschungszentrum CERN bei Genf.« Hässler zieht ärgerlich die Luft durch die zusammengebissenen Zähne. »Zwar sehen wir mit DORIS längst nicht alles, das ist vollkommen klar, wir müssen uns sogar auf die Zehenspitzen stellen, aber immerhin werfen wir einen klitzekleinen Blick auf unbekanntes Neuland.«

»Ein Blick, für den es sich zu sterben lohnt?«, frage ich.

Er lächelt milde. »Wenn es unser Leben über eine Farce hinaus erhebt – warum nicht?«

»Das klingt ziemlich idealistisch.«

»Ich glaube eben an das, was ich sehe«, sagt er und guckt mich durchdringend an.

»Weil Sie sehen wollen, woran Sie glauben?«

»Weil ich es sehen kann!« Ich erwidere darauf nichts, und Hässler fährt fort: »Eigentlich könnte alles so einfach sein. Schäfer und die anderen Kritiker müssten doch erfreut sein, dass die aktuelle Ausgabe von *Science* endlich mal wieder einen teilchenphysikalischen Artikel veröffentlicht, der sich mit einem Materiezustand aus dem frühesten Universum beschäftigt.«

»Gefreut haben dürfte sich insbesondere der Autor des Artikels, der den Sprung in diese renommierte Zeitschrift geschafft hat.«

Hässler überhört meine Spitze. »Schon seit einer ganzen Weile sind die Teilchenphysiker auf beiden Seiten des Atlantiks in der Lage, einen besonderen Materiezustand, der kurz nach dem Urknall geherrscht haben muss, im Labor zu erzeugen und schwere und extrem energiereiche Atomkerne aufeinanderzuschießen und den Quarks einige geheimnisvolle Eigenschaften zu entlocken. Am Teilchenbeschleuniger RHIC in Brookhaven bei New York, am TEVATRON am Fermilab bei Chicago und eben auch bei DORIS am DESY.« Plötzlich lächelt er spöttisch. »Bestimmt bald auch am LHC, wenn der endlich in die Hufe kommt. Aber uns allein ist es in der aktuellen Veröffentlichung gelungen, erstmals Messungen vorzustellen, die Phänomene jenseits des Standardmodells beschreiben. Ein schönes Ergebnis für die gesamte Forschergemeinde, finden Sie nicht auch?«

»Warum reagieren dann einige Teilchenphysiker so verschnupft?«

»Weil das DESY nun im Rampenlicht steht und der LHC in seinem Schatten. Das gefällt natürlich nicht allen. Genauso wenig wie denen, die bereits mit dem sogenannten Zukunftsprojekt FLIX beschäftigt sind.« Er zuckt mit den Achseln. »Wissenschaftler verhalten sich eben auch nur allzu menschlich.«

Frau Professor Bolz kommt mit kurzen, energischen Schritten über den Korridor gestampft. Der Boden knarrt unter ihren Füßen. »Erik, Sie sind nicht auf Schicht?« Das kurze Kopfnicken in meine Richtung darf ich als freundliche Begrüßung deuten.

»Ich hatte heute Nachtschicht«, erklärt Hässler, und seine Stimme bekommt einen leicht unterwürfigen Ton. »Aber ich war noch beim Commissioning.«

Noch einer, der die Nacht durchgemacht hat, flüstert Edu.

»Und? Gibt's was Neues?« Sie wischt sich mit einem Tuch übers Gesicht. Sie scheint von Natur aus stark zu schwitzen. Besonders, wenn sie sich aufregt, wie in diesem Moment.

»Es sieht gut aus«, beruhigt sie Hässler. »Seit ein paar Minuten haben wir Luminosität.« Er deutet auf den Monitor im Kontrollraum, der die Maschinenparameter anzeigt. »Das Kalorimeter haben wir schon in der Nacht mit Cosmic Rays kalibriert, die HES-Gaps machen keine Schwierigkeiten.«

»Sehr gut!«, lobt Bärbel Bolz. »Damit ist die Kuh vom Eis.« Der Vergleich klingt aus ihrem Mund komisch.

Hässler verzieht keine Miene. Während er kurz über die Arbeit der Nachtschicht berichtet, ruht der Blick der Professorin wohlgefällig auf ihm, und sie lächelt wie ein junges Mädchen.

»Wer ist der Schichtleiter, Erik?«, fragt sie und deutet mit ihrem Daumen auf die Männer hinter dem Schaufenster.

»Das Experiment koordiniert momentan Marcello Cavalieri.«

»Gut. Sehr gut.«

»Als Deputy ist Mike Cardy eingeteilt«, ergänzt Hässler beflissen, »aber den habe ihn noch nicht gesehen.«

Ich werde hellhörig und Bolz' Augen werden hart. »Wo treibt der sich wieder rum, der Schlawiner.«

Im Bett wird er liegen und seinen Rausch ausschlafen, ruft Edu, aber nur ich kann ihn hören.

»Na, das klären wir später. Gehen wir rein und schauen uns an, wie die Kollegen arbeiten«, sagt Bärbel Bolz und stürmt mit erstaunlicher Beweglichkeit voran. Die Schiebetür öffnet sich automatisch zu beiden Seiten und gewährt uns Einlass. Die Wissenschaftler an den Terminals nicken zur Begrüßung. Ich werde neugierig beäugt.

»Bitte entspannen Sie sich!«, ruft die Bolz in die Runde. »Auch wenn wir eine Frau unter uns haben!« Sie schreitet zur anderen Seite des Kontrollraums, wo die Konsolen des ADONIS-Experiments untergebracht sind.

Dort sitzt, über ein Logbuch gebeugt, ein gebräunter Mittfünfziger, der Italiener Cavalieri, wie ich vermute. Er steht von seinem Platz auf, als er Bärbel Bolz mit Hässler und mir im Gefolge erblickt. »Liebe Kollegin, ein wunderbarer Tag«, sagt er mit starkem Akzent und lächelt wie ein Autoverkäufer. »Wir haben ganz wunderbare – Lumi.« Er artikuliert sich auf typisch italienische Weise: Die ersten Worte kurz angeschoben, gegen Ende des Satzes langsamer gesprochen, bis die letzten Worte einsam an den Strand rollen. »Anfangs wir hatten ein wenig – Schwierigkeiten«, fährt er fort. »Ah, das typische Chaos von – DORIS. Aber dank der Mithilfe von Erik«, er nickt Hässler anerkennend zu, »nicht zu vergessen die andere Kollegen, ist es uns heute Nacht gelungen, den Nominalbetrieb wieder zu stellen her.« Zum Beweis und nicht ohne Stolz zeigt er auf einen der Bildschirme vor sich.

Cavalieris Bemerkung über das typische Chaos hat Bärbel Bolz' Stirn umwölkt, aber sie reißt sich zusammen und ringt sich ein kurzes Lob ab. Hässler flüstert ihr etwas zu. Ein unangenehmes Lächeln umspielt seinen Mund.

»Wo steckt Mike Cardy?«, fragt sie säuerlich.

Der Italiener zuckt die Achseln. »Ich nicht gesehen heute.«

»Ich könnte ihn vertreten«, bietet sich Hässler selbstlos an.

Das Gesicht von Professorin Bolz erhellt sich. »Danke, Erik.« Sie holt ihr Taschentuch aus der Hosentasche und fährt sich damit über die verschwitzte Stirn. »Dieses Labor scheint alle seine Wissenschaftler irgendwann zu verschlucken«, sagt sie asthmatisch. »Hat sich wenigstens der ehrenwerte Kollege Schäfer blicken lassen, Frau Rührmann?«

Ich zucke bei der Erwähnung seines Namens zusammen. »Schäfer? Leider nein.«

»Es ist doch sehr verdächtig, dass er sein Paper nicht rausrückt, finden Sie nicht auch, Frau Rührmann?«

»Er lässt sich auf jeden Fall viel Zeit damit.«

»Haben Sie mal darüber nachgedacht, dass er womöglich gar nichts vorzuweisen hat, was unsere Messungen in Frage stellt?«, fragt sie scharf. »Keine Antwort ist auch eine Antwort.« Ihr balkonartig vorspringender Busen wippt gefährlich nahe an mich heran.

»Wie auch immer. Es wäre besser, das von ihm selber zu hören.« Ich räuspere mich und sage in einem Ton, der keinen Zweifel aufkommen lässt: »Deshalb werde ich heute Abend Schäfer im Hotel auflauern, und wenn er nicht auftaucht, werde ich ihm einen Besuch in seinem Haus abstatten. An einem dieser beiden Orte wird er ja wohl übernachten.«

»Viel Glück dabei. Keinem ist mehr an seiner Arbeit gelegen als uns«, erwidert sie in einem trockenen, geschäftsmäßigen Ton.

Und Erik Hässler setzt selbstbewusst hinzu: »Wir wissen, dass wir richtig liegen mit unseren Vermutungen.«

Bärbel Bolz klopft ihm zur Bestätigung kurz auf die Schulter.

Als ich in mein Büro zurückkehre, sitzt Sibylle an ihrem Schreibtisch und hackt auf ihrer Tastatur herum. Sie blickt auf und kommt
zu mir rüber. »Hast du Mike Cardy gefunden?«

»Nein«, antworte ich deprimiert. »Und Professor Schäfer, ist der
zumindest eingetroffen?«

»Nein.« Sibylle hebt bedauernd die Achseln. »Aber Gernot
Schmidt war vorhin in Schäfers Büro.«

»Der hilft mir nicht weiter.« Oder doch? Unter Umständen weiß
Gernot mehr, als er zu wissen vorgibt. »Helferlein, ich sollte doch
noch mal versuchen, ihm ein paar Worte zu entreißen. Wo sitzt er
eigentlich?«

»Im selben Gebäude wie Hässler und Cardy.«

»Okay, aber erst einmal will ich wissen, wo dieser Jim Beam
abgeblieben ist.« Ich blicke zu den flatternden Papierstreifen im
Wind meines Ventilators. »Wahrscheinlich pennt er noch.«

»Nein, das tut er nicht.«

»Was soll das heißen? Liegt er etwa in deinem Bett?«

Sibylle feixt. »Nein, ich habe ein bisschen recherchiert. Weil ich
doch weiß, wie viel dir an dem Treffen liegt. Ich habe über das
International Office vom DESY seine Adresse und private Telefonnummer herausbekommen.« Sibylle reckt sich.

»Gut, sehr gut!«, lobe ich im gleichen Ton wie vorhin die Bolz.

»Na ja, und dann habe ich in Houston angerufen.«

»In Houston?« Ich zucke zusammen.

»So bezeichnet Mike laut Erik Hässler seine Wohngemeinschaft.«

Ich horche auf. Die US-amerikanische Kavallerie, die gestern aus
Mikes Handy zum Angriff blies, der Name Houston auf dem Display! War das also nicht Sönke, der da am frühen Morgen angerufen hat, sondern ein WG-Genosse von Mike?

»Und weiter?«, dränge ich ungeduldig.

»Ich habe seinen Mitbewohner gesprochen. Mike Cardy war seit
gestern Nachmittag nicht mehr zu Hause.«

»Hmm. Und du meinst, das stimmt.«

»Der Mitbewohner klang ehrlich.« Sie macht eine kurze Pause. »Und besorgt.«

Was hat das zu bedeuten? Ist Cardy doch in den Mord an dem Hehler verstrickt? Ist er inzwischen untergetaucht? Hat er sich mit Koffer, Laptop und Weltformel ins Ausland abgesetzt? »Also hat die Bolz recht. Hier verschwindet einer nach dem anderen auf höchst mysteriöse Weise.«

»Dafür hat sich Asphalt-Wilfried gemeldet.« Sibylle benutzt wie selbstverständlich den Spitznamen meines alten Freundes. »Charmanter Typ«, hängt sie noch dran.

»Halt dich von dem lieber fern«, warne ich. »Der frisst dich mit Haut und Haar – du bist voll sein Typ. Was hatte der Buffalo Bill der Großstadt denn zu erzählen?«

»Er will dich heute unbedingt im Hotel treffen. Er sagt, er hätte Neuigkeiten aus der autonomen Szene.«

Das hört sich endlich mal gut an.

»Außerdem fragt er nach seinen …«, Sibylle kichert verlegen, »Pumps.«

»Herrje, die Dinger hab ich ganz vergessen. Da muss ich mir noch eine versöhnliche Ausrede einfallen lassen. Sonst noch was?«

»Auch dein Freund Jan hat sich gemeldet. Ich soll dir bestellen, dass er dich gerne –«

Ich falle ihr ins Wort: »Heute Abend im Hotel treffen will, ist es so?«

Sibylle lächelt bestätigend. »Er hat auch Neuigkeiten. Aus dem Gängeviertel.«

»Das sind alles gute Nachrichten. Wenigstens auf meine Freunde ist Verlass.«

Eine neue E-Mail in meiner Box. Sie ist erst zehn Minuten alt. Und sie ist von Dietmar Schäfer.

From: dietmar.schaefer@desy.de
Sent: Wednesday, August 12, 2009 3:05 PM
To: nikola.ruehrmann@desy.de
Subject: Treffen im Hotel Royal heute Abend

Liebe Frau Rührmann,
besteht die Möglichkeit eines Treffens heute Abend im Hotel
Royal? Wie ich erfahren habe, sind Sie zurzeit ebenfalls dort
untergebracht. Ich würde gerne mit Ihnen über meine Rolle
bei der bevorstehenden DORIS-Evaluation sprechen, die meines Erachtens und sehr zu meinem Leidwesen maßlos überschätzt wird. Zweifellos gereicht mir das große Vertrauen zur
Ehre, das mir Forschungsdirektor Hermann Mann und die
kaufmännische Geschäftsführerin Petra Landau in der Sache
entgegenbringen, aber schlussendlich vermag ich beim der-
zeitigen Stand der Dinge kein abschließendes Urteil über die
jüngsten Messungen des ADONIS-Experiments zu fällen, das
bitte vorweg!
Wie allgemein bekannt ist, wurde mir mein Laptop entwendet. Das ist kein Kavaliersdelikt, das ist Diebstahl. Doch damit
nicht genug. Es wurde mir inzwischen vertraulich das Angebot gemacht, den Laptop zurückzukaufen. Ich bin geneigt,
auf diesen zweifelhaften Handel einzugehen, auch wenn die
Dokumente, die das Gerät enthält, in ihrer Bedeutung für die
Evaluation überschätzt werden. Auch hierüber würde ich Sie
gerne im Detail ins Vertrauen ziehen, da Sie mir, wiewohl un-
bekannterweise, am DESY die einzige Person zu sein scheinen,
die in dieser Angelegenheit als unbefangen gelten kann. Ich
würde mich freuen, wenn wir uns um 20:30 Uhr im Foyer des
Hotels treffen könnten.

Mit freundlichen Grüßen
Dietmar Schäfer
(sent via mobile phone)

Da soll mich doch … Ich lehne mich in meinem Bürostuhl zurück und massiere erschöpft meine Schläfen. Was für ein Tag. Voller Geheimnisse. Und der gute Professor Dietmar Schäfer gibt mir das größte Rätsel auf. Hat Frau Bolz recht, wenn sie ihm unterstellt, dass er zu den aktuellen Messungen von ADONIS gar nichts zu sagen hat? Alle Augen sind auf ihn gerichtet, aber er kann nur ratlos mit den Schultern zucken. Die Zukunft des Labors, um es mit den Worten des Forschungsdirektors zu sagen, steht auf Messers Schneide, das Direktorium und alle Mitarbeiter hängen an seinen Lippen, die ganze Welt wartet auf sein Urteil, und was kommt von ihm – nichts. Oder verhält es sich doch ganz anders? Will er als eingeschworener Gegner von Bärbel Bolz einfach nicht öffentlich bekennen müssen, dass die jüngsten Ergebnisse von ADONIS eine Weltsensation darstellen? Ein missgünstiger kleiner Mann, der seinen Kollegen den wohlverdienten Ruhm nicht gönnt? Oder ist auch dieser Gedanke zu kurz gedacht? Zu wenig radikal. Zu kleinteilig. Ist Schäfers Rolle in dem Spiel eine ungleich aktivere? Vielleicht ist es ihm gelungen, aus einer sensationellen Messung eine sensationelle Theorie abzuleiten, die Theory of Everything. Ihm allein. Und er hat nur noch auf den richtigen Zeitpunkt gewartet, sein epochales Ergebnis zu verkünden, als ihm seine Arbeit förmlich aus den Händen gerissen wurde. Schäfer, der tragische Held?

Was auch immer der Grund sein mag für seine Zurückhaltung, irgendwann muss er wieder auftauchen, der liebe Herr Professor, und das scheint auch ihm bewusst zu werden.

Hotelmenagerie

Mittwoch, der 12. August, 19:46 Uhr

Zielstrebig, als wäre sie inzwischen meine Stammkneipe, betrete ich die Hotelbar. Auf der kleinen Bühne klimpert der Pianist eine Improvisation, und mein Bassist zupft dazu an seinen Saiten. Als er mich sieht, bekommt er sein zusammengezogenes Lächeln und verbeugt sich dezent in meine Richtung. Karotten-Rambo am Tresen bedient die Zapfanlage nicht weniger künstlerisch. Es ist schon einiges los in der Bar, eine After-Work-Party: Hübsch anzusehende Damen in Abendkleidern und Herren im Business Casual Look plaudern und schäkern miteinander. Sie halten bunte Cocktails in den Händen. Die Finanzkrise scheint den Herrschaften wenig anzuhaben. Wohl bekomm's.

Ich halte nach Jan N Punkt und Asphalt-Wilfried Ausschau, kann sie aber nirgends entdecken. Verdammt, sie sollten längst hier sein. Was wäre, wenn *er* mir jetzt über den Weg laufen würde? Ich setze mich an den Tresen.

»Wieder Martini Spezial wie gestern Nacht?«, fragt Karotten-Rambo und grient verschmitzt.

»Ich kann kein Wasser mehr sehen. Heute bitte Wodka-Kirsch, aber in der richtigen Mischung.«

Hoffentlich hat Wilfried meine SMS gelesen und bringt Walther mit.

Über den Flachbildschirm an der Wand flimmert wie immer um diese Zeit das tonlose Programm des *Hamburg Journals*. Spektakuläre Luftaufnahmen von der Elbphilharmonie, dass einem ganz schwindelig wird. Karotten-Rambo serviert mir den Drink.

»Tagen drüben wieder die Investoren?«, frage ich ihn und deute auf die geschlossene Flügeltür des Konferenzraums.

»Ja, schon eine ganze Weile. Hören aber sicher gleich auf.«

Olala. Aufgepasst. Ich wechsle meinen ledergepolsterten Hocker, um im Spiegel der hohen Vitrine den Raum besser im Auge zu haben. Das Bild des blutigen Hehlers schiebt sich vor die bunt etikettierten

Flaschen auf den Glasregalen. Ich schlürfe meinen Wodka-Kirsch und zwinge mich, an etwas anderes zu denken, an die Dokumente zum Beispiel, die Sibylle für mich zusammengestellt hat.

Ich habe die Unterlagen zu FLIX vorhin sorgfältig durchgelesen. Sie sind äußerst aufschlussreich, so interessant wie der Briefwechsel zwischen Direktorium und Ministerium. Die Finanzsituation am DESY stellt sich recht kompliziert dar. Der Bau des neuen Linearbeschleunigers FLIX, das große Zukunftsprojekt des Labors, ist noch längst nicht ausfinanziert. Der Knackpunkt dabei ist der Kauf eines drei Hektar großen Geländes, das für die kilometerlange Anlage zur Verfügung gestellt werden müsste. Das Bauland ist derzeit im Besitz einer Investmentfirma, die dafür einen zweistelligen Millionenbetrag haben will. Eine Verzögerung des Baus – beispielsweise durch den Weiterbetrieb von DORIS um ein Jahr – würde das FLIX-Projekt zwar nicht unbedingt verteuern, im Gegenteil. Der Kauf des Grundstücks könnte sogar günstiger ausfallen, weil der Investmentfirma zwischenzeitlich die Insolvenz droht. Doch für DESY hieße das, wertvolle Zeit zu verlieren. Die Konkurrenz schläft schließlich nicht.

Andererseits drängt sich dem DESY durch die Panne des LHC am CERN der Weiterbetrieb von DORIS förmlich auf. Eine Riesenchance für das Hamburger Labor, vorausgesetzt, man könnte in diesem einen Jahr mit der alten DORIS wirklich noch etwas reißen. Die Meinungen der Wissenschaftler über die diesbezüglichen Aussichten gehen allerdings weit auseinander. Das Direktorium sitzt zwischen allen Stühlen. Die Bewertung der strategischen Gemengelage durch eine internationale externe Gutachtergruppe könnte den gordischen Knoten zerschlagen. Aber auf welcher Grundlage soll die Begutachtung durchgeführt werden? Die jüngsten Messungen des ADONIS-Experiments sind noch zu vorläufig. Wenn sich Dietmar Schäfer doch bloß dazu äußern würde. Seine Reputation und Expertise stehen außer Frage. Aber Dietmar Schäfer schweigt. Wie die Spinne in dem Kinderbuch von Eric Carle, die *spinnt und schweigt*. Bis ihr die Fliege endlich ins Netz geht. Auf welche Fliege Schäfer wohl wartet?

Jemand tippt an meine Schulter.

»Nikolaus. Ich bringe interessante Neuigkeiten«, sagt Jan N Punkt verheißungsvoll.

»Das hat Sibylle angedeutet.«

Er führt verschwörerisch den Finger zum Mund. »Muss mich erst mal versorgen.« Er bestellt einen Bourbon und setzt sich auf den freien Barhocker neben mich. Mir fällt auf, dass er eleganter angezogen ist als vorgestern – helles Sakko, roter Pulli und schwarzes Halstuch. Aber der Versuch, damit dem Dresscode des Hauses zu entsprechen, muss leider als gescheitert gelten.

Mecker nicht rum! Du passt hier in Jeans, Knitterhemd und Handschelle genauso wenig rein, ming Täubschen, mahnt Edu.

Wie auch immer, ich liebe ihn sowieso, wie er ist.

»Ist Sönke drüben?«, fragt er im Flüsterton, als Karotten-Rambo den Drink bringt. Jan zeigt mit der Nase Richtung Konferenzraum.

»Ich vermute, ja«, sage ich, »aber weshalb müssen wir so leise sprechen?«

»Gestern hat das Gängeviertel-Plenum getagt«, raunt Jan mit gleichbleibend gedämpfter Stimme, und seine Augen weiten sich hinter der Nickelbrille. »Halt dich fest: Wir haben eine völlig neue Ausgangssituation.«

»Was meinst du damit?«

Er beugt sich so dicht zu mir, dass sein Trotzki-Bart fast meine Schläfe kitzelt. »Hinter den Geschäften der IM-Invest-Coop steht als Kreditgeber die Norddeutsche Bank. Die Vermittlung ist seinerzeit durch den stadtbekannten Finanzberater Carl Scherer zustande gekommen. Von dem hast du gewiss schon gehört.«

»Klar!«, lüge ich.

»Sönke scheint den persönlich zu kennen, die beiden sollen Nachbarn auf Sylt sein.« Jan nimmt einen Schluck von seinem Bourbon und fährt aufgeregt fort. »Carl Scherer geriet vor ein paar Monaten in die Schlagzeilen, als pikante Details um Lustreisen, Falschberatungen und Bestechungsversuche an die Öffentlichkeit drangen und es zum Bruch mit der Norddeutschen Bank kam. Davon hast du sicherlich auch gelesen, oder?«

Ach, *der* Typ war das. »Natürlich! Und weiter?«

»Es wird gemutmaßt, dass Scherer aus dem Verwaltungsrat der Norddeutschen Bank vertrauliche Informationen erhalten hat, die er zu verbotenen Insider-Geschäften nutzte.« Jan betrachtet neugierig die Handschelle an meinem Handgelenk.

»Was hat das mit Sönke zu tun?«

»Mit Scherer fiel auch Sönke in Ungnade bei der Norddeutschen Bank, an der die Hansestadt Hamburg große Eigentümeranteile hält.« Jan rollt vielsagend mit den Augen. »Verstehst du, Nik, offensichtlich wurden der Politik die Aktivitäten von Carl Scherer und seinen Freunden zu anrüchig.«

»Woher weißt du das alles?«

»Zum Teil aus der Zeitung. Außerdem hat einer im Plenum eine Frau, die in der Wirtschaftsbehörde arbeitet.« Sein Blick fällt wieder auf die Handschelle.

In diesem Moment öffnet sich die Flügeltür des Konferenzraums. Eine Schar Geschäftsleute in vorwiegend dunkelblauen oder anthrazitfarbenen Anzügen tritt heraus, darunter der Hanseat im Fischgrät-Sakko, aber keine Spur von Sönke.

»Wo steckt unser Genosse bloß? Zu gerne würde ich ihn zur Rede stellen.« Jan nimmt die Brille ab und putzt die Gläser am Pulli blank.

»Das würde ich auch gern wissen«, sage ich und füge lakonisch hinzu: »Irgendwann scheinen sie hier alle zu verschwinden.«

»Was meinst du, Nikolaus?«

»Dass er nicht der Erste ist, der in dieser Geschichte plötzlich weg ist.« Wütend nage ich an meiner Unterlippe. »Jan, geh mal zu dem Herrn dort drüben und frag nach ihm.«

»Wie jetzt!« Jan setzt sich umständlich die Brille auf und blinzelt zur anderen Seite rüber. »Meinst du den Mann, der gerade die Rechnung begleicht?«

»Genau den meine ich. Erkundige dich bei ihm nach Sönkes Verbleib.«

»Ich? Warum ich? Ich meine, warum soll ich und nicht du, ich meine, wir können doch nicht …«

»Yes we can!«, sage ich nur.

Jan N Punkt schluckt und macht sich auf den Weg.

Clever, ming Täubschen, währenddessen behältst du auf dem Feld-herrnhügel den Überblick, lobt Edu.

Unsicher schiebt sich Jan an den tanzenden Paaren vorbei bis zur Kasse, wo sich Fischgrät-Sakko eine Spesenrechnung ausstellen lässt.

Jan tippt dem Herrn auf die Schulter. Ganz falsch, denke ich noch, und schon geschieht der kommunikative Auffahrunfall: Fischgrät-Sakko schaut konsterniert auf, Jan erklärt sich, der Herr schüttelt den Kopf, sagt etwas und wendet sich ab. Ratlos bleibt Jan stehen, guckt zu mir rüber und zuckt mit den Achseln. Ich winke zum Rückzug.

»Und?«, frage ich, als er sich zu mir zurückgekämpft hat. »Was hat er gesagt?«

»Nicht viel.«

»Mach dir nix draus, das Abrutschen an der kühlen Porzellan-fläche aus Höflichkeit ist typisch beim Umgang mit der feinen Ge-sellschaft.«

»Dass Sönke heute überraschend nicht aufgetaucht sei. Mehr nicht.«

»Überraschend?«

»Wörtlich.«

»Da hat er in der Tat wenig gesagt, aber verhältnismäßig viel preisgegeben. Das geht deutlich über das Understatement eines Hanseaten hinaus. Ausgezeichnet, Jan!«

»Findest du?«

»Wenn ich es recht bedenke, passt alles total ins Bild«, sage ich leise und male mir aus, wie Sönke gerade seine ganz eigene Grund-lagenforschung betreibt. Sönke ist Mikes ominöser Auftraggeber. Ich bin fast sicher. Gewaltsam hat er sich den Laptop angeeignet. Jetzt dürften Sönke und Mike auf dem Weg zur Grenze sein, wo sie die heiße Ware an irgendeine fremde Macht übergeben – gegen Geld, viel Geld.

»Ich verstehe nicht.«

»Sönke hat inzwischen Besseres zu tun, als sich hier mühsam mit seinen Geschäftspartnern herumzuschlagen. Der schwimmt in Geld.«

»Nee, das glaube ich nicht. Gestern wurde auf dem Plenum bekannt gegeben, dass die Norddeutsche Bank seiner IM-Invest-Coop keinen neuen Kredit gewährt.« Jan nippt an seinem Bourbon und schielt zur Zuckerdose am Nebentisch. Offensichtlich hat er sich von der Unart, den Whisky mit Süßstoff zu panschen, nicht ganz lösen können. »Sönke muss das Wasser bis zum Kinn stehen.«

»Bis zum Hals, meinst du wohl«, verbessere ich. »Egal, sprich weiter!«

»Sönke ist hochgradig verschuldet. Wenn du mich fragst, macht es seine Firma nicht mehr lange. Sofern nicht bald ein zweistelliger Millionenbetrag reinkommt, kann er Insolvenz beantragen.«

Wie zur Untermalung dieser Mitteilung kommen Bass und Piano auf der Bühne zu ihrem musikalischen Ende, die Gäste der Hotelbar, auch Jan und ich klatschen in die Hände. Sönke ist also pleite. Aber ist nicht genau das ein Motiv, den Laptop mit der Weltformel zu klauen und damit durchzubrennen?

»Der Clou ist«, sagt Jan in den abflauenden Applaus hinein, »wenn sich die Stadt aus den Geschäften der IM-Invest-Coop zurückzieht«, seine Augen hinter der Nickelbrille beginnen zu strahlen, »haben wir eine reelle Chance, die Häuser im Gängeviertel zu retten.«

»Großartig«, sage ich, aber in Gedanken bin ich längst bei dem viel größeren Projekt, an dem Sönke zu basteln scheint. Wissen ist Macht, Macht ist Geld, und offensichtlich weiß Sönke, wie er aus dem einen das andere machen kann. »Es passt alles ins Bild«, wiederhole ich und bin noch ganz versunken in meine Theorie, als der Bassist zu uns stößt.

»Ein Whiskey-Soda!«, ruft er Richtung Tresen. Ich stelle ihm Jan N Punkt vor.

»Der Freund meiner Freundin ist auch«, sagt der Bassist, reicht Jan lächelnd die Hand und kürzt mit »und so weiter« ab.

Der Freund meiner Freundin … Warum sollte sich Sönke sang- und klanglos absetzen? Er ist doch mit Dorothea Weber verbandelt. Die würde er nicht einfach in Hamburg zurücklassen. Ich glaube fast, dass meine Theorie auf Sand gebaut ist.

Ein leiser Schrei von Karotten-Rambo schreckt mich auf. »Nicht zu fassen«, entsetzt er sich und zeigt auf den Fernseher an der Wand. »Haben die etwa schon wieder einen Toten gefunden?«

Das *Hamburg Journal* zeigt Aufnahmen von einem Stückgutfrachter. Die Kamera zoomt auf das Heck des Schiffes. Mir schießt das Blut in den Kopf. *LA PALOMA* steht da. Und unter dem Namen, kaum leserlich, *Gdańsk*. Der Bericht ist untertitelt mit: Hamburger Seemann auf polnischem Frachter ermordet.

Tri-Tra-Trallala, der Kasperle ist wieder da!, ruft Edu triumphierend. *Am Ende tauchen sie alle wieder auf.*

Der tote Hehler. Das zentimetergroße Einschussloch in seiner Stirn. Im aufgerissen Maul die Geldscheine. Der blutgetränkte Pullover. Soll Sönke dafür verantwortlich sein? Das kann ich nicht glauben. »Mach mal den Ton an!«, krächze ich. »Schnell!«

Karotten-Rambo knipst an der Fernbedienung herum.

»… *wurde die Leiche eines Seemanns aus Hamburg gefunden*«, ertönt die Stimme des Nachrichtensprechers. »*Das Schiff liegt derzeit in Kiel fest. Ob es eine Verbindung zu dem zweiten Toten gibt, der heute Morgen im Hamburger Hafen gefunden wurde, ist noch unklar.*«

Von was faselt der, was denn für ein zweiter Toter?

Wir starren gebannt auf den Bildschirm: Totale auf den Hamburger Hafen, glitzerndes Elbwasser, Kräne, Barkassen, Containerschiffe, die Kamera schwenkt auf die Lagerhallen am Grevenhofkai.

»*Die männliche Leiche im Kuhwerder Hafen in Hamburg ist stark verstümmelt, wahrscheinlich ist sie in eine Schiffsschraube geraten, was die Identifikation des Toten erschwert.*«

»Eine verstümmelte Wasserleiche stelle ich mir nicht sehr ansehnlich vor«, murmelt Jan.

Ich kann nicht antworten, mein Mund ist staubtrocken.

»*Bei der Obduktion*«, der Nachrichtensprecher setzt ein pietät-volles Lächeln auf, »*wurde im Magen des Verstorbenen ein Schlüssel gefunden. Der Schlüssel zu einem Aktenkoffer. Sachdienliche Hinweise, die zur Klärung der Identität des Toten beitragen können, nimmt jede Polizeidienststelle entgegen.*«

Mittwoch, der 12. August, 20:03 Uhr

»Wo sind die Pumps, Sput-Nik?« Wilfried legt seine Leinenkappe auf den Tresen, gibt Karotten-Rambo ein Zeichen und boxt Jan freundschaftlich gegen die Schulter. Wegen der lautstarken Improvisation der Musiker rückt er mit seinem Barhocker nah an mich ran. »Du bist kreidebleich, Sput-Nik. Was ist los mit dir?«

»Heute Morgen war ich der felsenfesten Überzeugung«, sage ich benommen, »ich hätte gestern auf dem Hotelzimmer im Streit einen Arbeitskollegen erschlagen.«

»Das soll vorkommen«, witzelt Wilfried.

»Verdammt, das ist nicht zum Lachen«, fauche ich.

»Schon gut, schon gut«, lenkt Wilfried ein und steckt sich einen Zahnstocher zwischen die Zähne. »Was ist passiert?«

»Tatsächlich ist der Typ nur k.o. gegangen.«

»Bei den Frauen gehe ich regelmäßig in die Knie«, sagt Wilfried lachend, da entdeckt er den Rest seiner Handschelle an meinem Handgelenk. »Was ist das denn?«, stottert er ahnungsvoll. »Und überhaupt: Wo sind die Pumps?«

»Keine Witze. Bitte. Inzwischen ist der Kollege nämlich wirklich tot. Genau wie der Seemann, zu dem er heute Morgen wollte, bevor ich ihn k.o. geschlagen habe.«

Jans Augen hinter der Nickelbrille beginnen zu flattern. »Du warst auf diesem Schiff, das sie eben gezeigt haben?«

»Auf der *LA PALOMA*, ja. Ich hab den Seemann da liegen sehen. Ein schwarzes Einschussloch in der Stirn.« Meine Hand, die nach dem Glas greift, zittert. »Ich bin mir sicher, dass beide Morde mit meinem Sonderauftrag zusammenhängen.«

176

Wilfried legt den Arm um meine Schultern. »Wer ist der zweite Tote?«

»Mein Kollege Mike Cardy, mit dem ich mich gestern geprügelt habe. Die Polizei hat ihn heute im Elbwasser entdeckt.« Erschöpft setze ich das Glas ab und vergrabe das Gesicht in meinen Händen.

»Woher weißt du denn, dass es dein Kollege ist, den sie aus dem Hafenbecken gefischt haben?«, fragt Jan und zupft aufgeregt an seinem Spitzbart. »Es heißt doch, die Leiche sei bisher nicht iden-tifiziert worden.«

»Weil ich gestern Nacht dabei war, als er den Schlüssel ver-schluckt hat, von dem vorhin die Rede war.«

»Schlüssel?«, fragt Wilfried alarmiert.

»Der Schlüssel, der im Magen des Toten gefunden wurde«, mur-melt Jan erschüttert.

»Der Schlüssel vom Aluminiumkoffer!« Wilfried kaut nervös auf seinem Zahnstocher.

»Der Schlüssel vom Koffer des Professors«, ergänze ich und bin plötzlich ganz nüchtern. »Mike Cardy wurde ermordet. Vermutlich von derselben Person, die auch den Seemann umgebracht hat.«

»Vermutlich«, sagt Wilfried tonlos.

Drei Tote am Wegesrand: Zero, Kasper, Mike. Bin ich das nächs-te Opfer auf dieser Liste?

Noch biste quietschfidel, ming Mädsche, macht Edu mir Mut.

Ich blicke auf meine Armbanduhr. 20:12 Uhr. »Ich habe euch ins Hotel bestellt, weil ich eure Hilfe brauche.«

»Willst du zur Polizei?«

»Keine Zeit, in wenigen Minuten treffe ich mich im Foyer mit Professor Schäfer. Ihr müsst in meiner Nähe bleiben und mir zur Seite stehen!«

»Na klar«, sagt Wilfried kurzerhand.

Jan lächelt verzagt. »Klar, Nikolaus«, sagt aber auch er.

Das Einverständnis in ihren Augen gibt mir Kraft. »Alle für eine, eine für alle«, murmle ich.

In der Hotelhalle setze ich mich in einen der Sessel in Nähe der Drehtür. Der livrierte Portier am Stehpult sieht geflissentlich an mir vorbei. Seitdem er mich heute Morgen barfuß erlebt hat, bin ich ihm nicht mehr ganz geheuer. Jan bezieht Stellung auf einem Kanapee am anderen Ende der Lobby. Wilfried lehnt an einer der Säulen des Korridors, der zum Wintergarten führt. Beide linsen ab und zu hinter ausgebreiteten Tageszeitungen hervor, um die Lage zu checken. Ich krame das Bild von Schäfer aus der Tasche. Durch das unfreiwillige Bad in der Elbe hat es ganz schön gelitten. Der Mann auf der Freitreppe ist kaum noch zu erkennen. Egal. Gleich werde ich ihn persönlich kennenlernen. Vielleicht erübrigt sich damit sogar mein Sonderauftrag, und ich komme heil raus aus dieser unheimlichen Geschichte.

Der Auflauf an Gästen in der Hotellobby ist überschaubar. Eine Dame und ein Herr schreiten zur Rezeption. Während sie auf ihn einredet, droht sie ihm unverhohlen mit dem Zeigefinger. Er ist einen Kopf kleiner als sie, ein zartes Männlein mit einem markanten Gesicht, fast gutaussehend, wären da nicht die herabhängenden Mundwinkel und dieser Ausdruck bedingungsloser Unterwürfigkeit. Ein zweites Paar eilt zum Fahrstuhl. Trotz des Smokings gleicht er einer Kugel mit Bärtchen, sie hält ihr langes Kleid gerafft, als hätte sie Angst, auf dem roten Teppich ins Stolpern zu geraten. Auf einmal schauen alle hinauf zur geschwungenen Treppe, die Gäste und sogar das Personal, und ein Raunen geht durchs Foyer. Eine junge Frau mit azurblauen Haaren in silbrig glitzernder Abendrobe schwebt, flankiert von zwei breitschultrigen Bodyguards, anmutig die Stufen herunter. Ihre Schönheit überstrahlt alles. Selbstbewusst begegnet sie den Blicken ihrer Betrachter, und ein spöttisches Lächeln umspielt ihre Lippen, als wüsste sie wie alle um sie herum, dass sie für jeden Normalsterblichen einfach unerreichbar ist.

»Ist das nicht diese Carol Glady?«, höre ich jemanden flüstern, und von rechts meine ich ein andächtiges Pfeifen zu hören, wie ich es von Asphalt-Wilfried nur zu gut kenne. Der weiße Schwan schwebt – unverhohlen bestaunt vom Publikum – durch die Halle Richtung Ausgang. Der Portier bleckt die Zähne, öffnet die Seitenpforte neben der Drehtür und geleitet den Star nach draußen, wo bereits eine Nobelkarosse wartet.

In Gedanken beruhige ich mich damit, dass alle Menschen sterblich sind, aber ich bin mir plötzlich nicht mehr ganz sicher.

Dein Professor Schäfer ist immer noch nicht aufgetaucht, holt mich Edu in die Wirklichkeit zurück.

Die Drehtür bewegt sich und spült nacheinander vier Männer mittleren Alters in die Hotelhalle. Sie ziehen blaue, nahezu identische Rollkoffer hinter sich her. Immerhin unterscheiden sich die Herren in ihrer Kleidung. Einer trägt einen braunen Cordanzug, dazu weiße Turnschuhe, zwei haben ihre roten und blauen Pullover locker über die Schultern geworfen, der vierte hat als Einziger eine Krawatte umgebunden, als müsse er seinem breiten Gesicht, aus dem eine kolossale Nase hervorragt, etwas Zivilisiertes geben. Die Gruppe bleibt in der Mitte der Lobby stehen. Die Männer unterhalten sich angeregt. Englische Wortfetzen mit russischem, italienischem und französischem Akzent dringen zu mir. Die Drehtür setzt sich erneut in Bewegung, und ein kleiner Mann tritt ein: Monsignore Rossi und sein Aluminiumkoffer, der bei jedem seiner kurzen, schnellen Schritte hin und her schwingt. In Zivil. Ohne Kollar.

Ich schnappe nach Luft. Ist das der Koffer, um den ich mich mit Mike so erbittert geprügelt habe? Der Koffer, an den ich gekettet war und den mir der Mörder des Hehlers vom Handgelenk geschnitten hat? Der Koffer, dessen Schlüssel heute im Magen eines Toten gefunden wurde?

Rossi entdeckt seine vier Gutachterkollegen, seine runden Lippen ziehen sich freudig nach oben, und die internationale Karawane begibt sich weiter zum Empfangstresen. Frau Rackwitz lächelt zuvorkommend und reicht den frisch eingetroffenen Gästen die Unterlagen zum Einchecken.

»Signore Rossi!«, tönt es da aus dem Foyer, das zu den Tagungsräumen führt. Ich drehe mich um.

179

Bärbel Bolz in einem gelben Fünfmannzelt mit Brokatapplika-
tionen – fast übersehe ich meinen schmächtigen Hauswirt neben
ihr. Sie hebt zur Begrüßung die Arme und läuft geradezu behän-
de auf Monsignore Rossi zu. Der strahlt über sein ganzes feistes,
rotes Gesicht, während er zu ihr hochblickt und lange ihre Hand
schüttelt. Die babylonische Sprachverwirrung schwillt an, allgemeine Begrüßung, auch mein Hauswirt wird vorgestellt. Da trifft
der Blick von Bärbel Bolz auf meinen, ihre Augen funkeln und
signalisieren ein klares »Keep back!«.

Dieses Signal entgeht meinem Hauswirt. »Oh, die liebe Frau
Doktor Rührmann!«, ruft er und winkt mich heran. Zögerlich er-
hebe ich mich aus meinem Sessel. Wilfried und Jan lugen hinter
ihren Zeitungen hervor. Bärbel Bolz versucht mich zu ignorieren,
ich spüre ihre schlechte Laune.

»Frau Doktor Rührmann«, sagt mein Hauswirt erfreut, »darf
ich Ihnen Monsignore Rossi und seine Kollegen vorstellen?«

Monsignore Rossi ist sichtlich irritiert, bemüht sich aber, sein
gutherziges Lächeln zu wahren. »*Signore* Rossi, per favore«, korrigiert er meinen Hauswirt höflich. Ich lasse den linken Arm hinter
meinem Rücken und reiche ihm die rechte Hand. Rossis rundes
Gesicht hat nicht eine Falte. Es glänzt makellos wie der Aluminiumkoffer, den er nicht auf den Boden absetzt. Das ist unmöglich
Schäfers Koffer, denke ich.

»Monsignore Rossi wird im Rotary Club einen Vortrag über Johannes Kepler halten«, verkündet mein Hauswirt stolz. »*Von der
Hermetik zur Naturwissenschaft.*«

Rossi blickt fragend zu Bärbel Bolz, die legt ihre Hand sanft
auf den Arm meines Hauswirts. »Ich korrigiere Sie ungern, lieber
Freund, aber …«

In diesem Moment tritt der Page in Grau an mich heran. »Frau
Doktor Rührmann? Ein Anruf für Sie«, raunt er mir mit verbindli-
chem Lächeln zu und weist auf die andere Seite der Lobby. »Wenn
ich Sie bitten dürfte?«

»Sie entschuldigen mich«, sage ich in die Runde und lasse mich
von dem Pagen quer durch die Halle zu einer Telefonkabine führen.

Der Junge hält mir höflich die Tür auf. Ich bedanke mich, schließe die Tür und hebe einen altertümlich wirkenden Hörer aus Bakelit von der Gabel.

»Rührmann am Apparat.«

»Wie schön, dass ich Sie endlich erwische.«

Die Stimme kommt mir bekannt vor. »Wer ist da bitte?«, frage ich freundlich.

»Professor Schäfer!«

Ein Blitz durchfährt mich.

Schäfer räuspert sich, wie er es schon bei dem Telefonat in seinem Zimmer am Montagabend gemacht hat, und sagt: »Ich bin nicht im Hotel. Ich rufe von unterwegs an. Ich muss mich bei Ihnen entschuldigen, ich werde zu unserer Verabredung nicht kommen können.«

»Das ist sehr bedauerlich«, sage ich sofort, und meine Enttäuschung über das verpatzte Treffen ist bestimmt herauszuhören. »Soeben sind die Gutachter eingetroffen. Ihre Anwesenheit, Herr Schäfer, könnte für das DESY äußerst hilfreich –«

»Frau Rührmann«, fällt er mir ins Wort, »ich habe vor ein paar Minuten erfahren, dass die Rückgabe meines gestohlenen Laptops noch heute Abend erfolgen soll.«

»Wer steckt dahinter?«, frage ich schnell.

»Das möchte ich … das kann ich nicht sagen. Aber das Angebot klang, wie soll ich mich ausdrücken, verlockend.« Schweigen in der Leitung, Schäfer wartet wohl, was ich dazu zu sagen habe. »Wie Sie wissen«, fährt er schließlich fort, »hänge ich an dem Gerät.« Er räuspert sich und sagt in seinem Bariton: »Das Treffen findet um Viertel nach zehn statt. Am Leuchtturm auf der Elbinsel Wilhelmsburg. Ich werde unverzüglich mit dem Taxi hinfahren und mir den Laptop zurückholen. Zu niemandem ein Wort, Frau Rührmann, zu keinem Menschen!«

»Herr Professor Schäfer, bitte warten Sie! Fahren Sie nicht allein! Es ist sicher besser, wenn ich …«

Die Antwort ist eintöniges Tuten. Schäfer hat eingehängt. Dieser Idiot. Er rennt ins offene Messer, verdammt.

181

Du hättest ihn warnen müssen, mahnt Edu sorgenvoll. *Er wird der Nächste auf der Totenliste sein.*

Als ich aus der Kabine trete, ist die Gutachtergruppe um Monsignore Rossi verschwunden. Auch Frau Bolz ist von der Bühne abgetreten, ich sehe gerade noch, wie sie durch die Seitenpforte entschwindet – die Drehtür war wohl zu klein für sie. Einzig mein Hauswirt wartet in der Mitte der Hotelhalle auf mich.

»Ich wollte mich doch noch von Ihnen verabschieden.« Er sieht mich besorgt an. »Alles in Ordnung mit Ihnen? Sie sind ja schneeweiß!«

»Das kommt vom Schlafmangel. Die letzten Tage waren etwas hart«, sage ich mit einem Seitenblick auf Wilfried und Jan, die gerade dabei sind, ihre papierenen Verschanzungen zusammenzufalten.

»Vielleicht sollte ich Ihnen von meinen Vitaminpillen geben. Es würde Ihr Schaden nicht sein.«

Seine Fürsorge rührt mich, aber ich winke dankend ab, denn wir müssen jetzt handeln, ehe es zu spät ist.

»Sehen wir uns denn am Wochenende, liebe Frau Doktor Rührmann?« Er bemerkt die Handschelle an meinem Gelenk.

»Ich verstehe nicht ganz?«, sage ich und verschränke flugs die Hände hinterm Rücken.

»Zu dem Vortrag von Monsignore Rossi im Rotary Club. Ich besorge Ihnen gerne eine Einladungskarte.«

Wenn mich Herr Rossi am Leben lässt, denke ich. »Eine prima Idee!«

»Das freut mich. Dann hinterlege ich die Karte an der Rezeption, wenn es Ihnen recht ist.«

»Sehr recht sogar.«

»Das Alter stürzt, es ändert sich die Zeit«, sagt er unvermittelt, als hätten wir gerade über den Sinn des Lebens gesprochen. »Nur der Augenblick ist zeitlos. Das Wunder des Infinitesimalen.« Er beugt seinen ohnehin gekrümmten Nacken, murmelt »Tschüs, meine liebe Frau Doktor Rührmann« und schreitet von dannen. Ich blicke ihm nach, bis auch er hinter der Drehtür verschwunden ist.

»War das nicht dein Hauswirt?«, fragt Wilfried neben mir.

»Ja, das war mein Hauswirt. Und irgendwie ist er das immer noch.«

»Was hast du vor?«, fragt Jan, der nun auch bei uns steht. Er sieht sich suchend um, weil er nicht weiß, wo er seine Zeitung ablegen kann.

»Genau!«, drängt Wilfried. »Wie ist der Plan?«

Ich spüre meine alte Tatkraft zurückkehren. »Wir knöpfen uns diese Datendiebe vor«, sage ich bestimmt. »Und dazu brauchen wir Verstärkung.«

Der Leuchtturm

Illuminiert wie ein Weihnachtsbaum fährt die Stretch-Limousine von Taxi-Christian auf dem Hotelgelände vor.

»So etwas kannte ich bisher nur von außen«, bemerkt Wilfried sichtlich beeindruckt. Ich dagegen bin alles andere als amüsiert.

»Verdammt, geht es nicht noch auffälliger?«, rufe ich ärgerlich.

»Sorry, Nikolaus, mein Fuhrpark ist komplett ausgebucht, ehrlich«, entschuldigt sich Christian aus dem offenen Wagenfenster. »Für die Tour steht nur Nelly zur Verfügung.«

»Stell wenigstens die Beleuchtung des Interieurs aus!«

Der livrierte Portier ist vors Hotel getreten und beobachtet aufmerksam, wie wir in den geräumigen Fond einsteigen.

»Das Auto heißt Nessie?«, fragt Jan. »Nach dem Ungeheuer von Loch Ness?«

»N-e-l-l-y!« Christian blickt sich vom Vordersitz aus um. »Seid ihr alle drin?«

Wilfried verstaut seine Leinenkappe und eine weiße Plastiktüte in der Ablage des Sofasessels. Neugierig betrachtet er die Acrylglas-Kugel neben drei mundgeblasenen Flakons auf dem Bord. »Da bekommt man eine ganz neue Perspektive auf die Welt«, sinniert er und pfeift durch die Zähne.

Christian beobachtet im Rückspiegel, wie Wilfried und Jan bewundernd über das beigefarbene Lederpolster und die chromblitzenden Griffe streichen. Er schaltet das Radio ein, dessen Gedudel das leise Surren des Motors und das weiche Rauschen der Reifen übertönt. »Nelly ist mein ganzer Stolz.«

»Der Zigarrenkasten ist leer«, bemerkt Wilfried enttäuscht.

»Havannas gibt es nur gegen Aufpreis«, sagt Christian im höflichen Ton eines Feinkostverkäufers. »Ebenso den Champagner.« Er dreht sich zu mir. »Wohin soll die Reise gehen, Nik? Dem Notruf zufolge muss es wieder mal schneller gehen, als die Polizei erlaubt.«

»Zum Leuchtturm auf der Elbinsel Wilhelmsburg. Wo immer das ist.«

»Aha.« Er wendet sich wieder nach vorne. »Gut, dass ihr mich habt, einen Fuhrmann von Welt.« Er späht nach rechts und links, setzt den Blinker und lässt die 250 PS seines ELV aufheulen.

»Sag schon, Charon, wo steht der Leuchtturm?«, fragt Wilfried, während er an der automatischen Sitzregulierung seines Sofasessels herumspielt.

»Leuchtfeuer Bunthaus, so heißt es korrekt. Der kleine Leuchtturm steht an der südöstlichen Spitze der Elbinsel Wilhelmsburg. Dort, wo sich die Elbe in Norder- und Süderelbe aufteilt.«

»Und sich Hase und Igel gute Nacht sagen«, fügt Wilfried hinzu und bringt den Sessel in eine fast horizontale Position.

»Wie lange fahren wir?«, frage ich. Wir müssen unbedingt vor Schäfer dort sein, ich will nicht über weitere Leichen stolpern.

»Eine knappe Dreiviertelstunde«, sagt Christian, und weil sich am Dammtor-Bahnhof gerade der Verkehr staut, schränkt er ein: »Je nachdem, wie wir durchkommen.«

Sollte ich nicht doch lieber die Polizei einschalten? Wenn jetzt etwas passiert, werde ich die volle Verantwortung tragen.

Das tust du nicht, ming Mädsche, beruhigt mich Edu. *Schäfer ist alt genug, um selber auf sich aufzupassen.*

»Was hat es denn mit dieser Fahrt auf sich?«, erkundigt sich Christian, während er den Wagen professionell durch den Lavastrom des innerstädtischen Verkehrs manövriert. Auch Jan schaut mich fragend an, und selbst Wilfried hebt den Kopf von seinem Sofakissen.

»Professor Schäfer wurde der Laptop entwendet, auf dem sich eine sehr wichtige physikalische Analyse von aktuellen DESY-Messungen befindet. Am besagten Treffpunkt will der Professor den gestohlenen Computer zurückkaufen.«

»Und wir werden dort –«

»Aufpassen, dass er dabei nicht ums Leben kommt«, vollende ich den Satz.

Schweigend fahren wir weiter. Die Stimmung ist mit einem Mal gedrückt.

Die Stretch-Limousine gleitet über die Lombardsbrücke. Der Blick auf die Binnenalster erscheint im Licht der angestrahlten Kontor- und Geschäftshäuser traumhaft verklärt. Am Ufer stehen Spaziergänger, die einem festlich geschmückten Alsterdampfer nachschauen. Dunkle Wolken überziehen den Abendhimmel.

»Aber wird das nicht zu gefährlich?« Jans Stimme ist ein piepsiges Kratzen. Militante Begegnungen hat er immer schon tunlichst vermieden.

»Nein«, sage ich ruhig, »wenn wir aufpassen, nicht«, und zu Wilfried gewandt: »Hast du Walther mitgebracht?«

»Wie in alten Antifa-Tagen«, grinst Wilfried und überreicht mir die Plastiktüte. Ich besehe mir diskret ihren Inhalt: eine Walther PP, Kaliber 7,65 Millimeter Browning, 680 Gramm, 8 Schuss Munition. Eine feine Waffe. So was macht Eindruck. Setzt Wortwechseln ein Ende. Ein echter Freund, wenn's hart auf hart kommt. Ich stecke die geladene Pistole zurück in die Tüte.

Unsere Limousine surrt durch den Ringwalltunnel und weiter über die sechsspurige Amsinckstraße an den Hochhäusern der City Süd vorbei. Brooklyn-Feeling. Im weiten Bogen geht es auf die Elbbrücken. In der Mitte des breiten Flusses liegen zwei Frachtschiffe, beidseits festgemacht an Dalben, die aus dem Wasser ragen. Die Schiffe führen weiße Rundumlichter.

Ob die Matrosen gerade beim Essen in der Messe sitzen?, fragt Edu. Sofort schiebt sich mir das Bild des toten Hehlers vor die Augen. Danke, Edu.

Auf der Veddel hinter den Elbbrücken scheren wir in einer Schleife aus dem Strom des Pendlerverkehrs aus, der sich weiter Richtung Niedersachsen ergießt, und fahren nach Osten. Auf die Peute, schnurstracks durch ein einsames Industriegebiet, das zu den Kupferwerken der Norddeutschen Affinerie gehört.

»Sieht unheimlich aus hier«, murmelt Jan.

Hohe Schornsteine, deren Umrisse rote Signalleuchten markieren, grell erleuchtete Rohrleitungssysteme der Fabriken und jahrzehntealte hochgeschossige Lagerhallen aus rotem Klinker.

»Unsere Schwerindustrie«, sagt Christian andächtig in die Stille hinein. Wir unterqueren eine mächtige Autobahnbrücke aus Beton, die über die Norderelbe führt, und biegen am Ende eines Hafenkanals scharf ab.

Obergeorgswerder Hauptdeich steht auf einem Straßenschild. Und plötzlich sind wir auf dem Land. Links der Deich, hinter dem die Norderelbe liegt, rechts kleine Bauernhöfe, Stallungen und eingezäunte Kuhwiesen. Die schwarz-weißen Plastikpfosten der Landstraße ziehen gleichmäßig an uns vorüber.

»Das reinste Paradies«, ruft Christian. »Wir sind bald am südöstlichen Zipfel der Elbinsel. Dort führt die Landstraße in einer Spitzkehre wieder zurück in die Stadt.«

»Gut«, sage ich, »lass uns die Ziehharmonika hier irgendwo abstellen und zu Fuß weiter. Da drüben zum Beispiel.« Ich zeige auf ein Gutshaus in der Mitte einer großen Wiese, von der Süderelbe nur durch einen Deich getrennt. Der Lichteinfall einer windschiefen Straßenlaterne umgibt das Gebäude mit einem hellen Schein und verleiht ihm etwas Bedeutungsvolles. Zwei hohe Kamine und die Dachgaube geben einen vagen Eindruck der ehemaligen Pracht dieses Hauses. Doch blättert die Farbe von der Fassade, und die verriegelten Fensterläden hängen schief in ihren Angeln.

»Es wirkt unbewohnt. Okay, parken wir hier«, sagt Christian und hebt zustimmend den Daumen. Er biegt ab und fährt die Stretch-Limousine einen schmalen Kiesweg zu dem Haus hinunter. Der Wagen kommt zum Stehen, und Christian stellt den Motor aus. »Alles aussteigen!«

Zikaden zirpen, eine leichte Brise weht über den Deich herüber, und durch die aufgerissene Wolkendecke bricht sich der Sternenhimmel Bahn.

»Drüben auf der anderen Seite stehen die Pavillons der Hafenmeisterei.« Christian zeigt über die Wiese. »Um diese Zeit wird aber niemand mehr da sein.«

»Vielleicht ein Nachtwächter?«, überlegt Jan, während Wilfried und ich fast gleichzeitig fragen: »Wo ist der Leuchtturm?«

»Ein Wanderweg führt drum herum. Am südöstlichen Zipfel steht das Bunthaus.«

»Mensch, Krischaan, wie gut, dass du aus dieser Gegend kommst.«

»Ich bin Harburger«, entgegnet er leicht gekränkt, »aber so was weiß man eben.«

»Gut, Jungs. Wir teilen uns auf. Jan und Christian, ihr bleibt in der Etappe. Wilfried und ich machen die Tour zum Leuchtturm.« Herausfordernd gucke ich mich um im Kreis meiner Freunde. Zustimmende Blicke, vor allem von Jan N Punkt.

Wilfried hebt fragend die Hand. »Darf man noch mal austreten, bevor es an die Front geht? Mit voller Blase stirbt es sich schlecht.«

»Na mach schon. Aber pinkle nicht gegen einen Elektrozaun.«

Wilfried läuft los.

»Christian, du musst dein Handy anstellen.«

Christian zückt es, dann sagt er hastig: »Herrje, ich müsste auch mal.«

»Gib Jan das Handy und mach dein Geschäft, aber schnell, verdammt!«

Christian läuft zu seinem Baum.

Sextanerblase, spöttelt Edu.

»Ruf Wilfried mal testweise an«, fordere ich Jan auf und gebe ihm die Nummer. Ich spähe ins Dickicht. »Wo bleibt der überhaupt?«

Das Licht des Displays spiegelt sich in Jans Brillengläsern.

Je t'aime ... moi non plus stöhnt Serge Gainsbourg von der anderen Seite der Wiese.

»Christian, alter Haudegen«, meldet sich Wilfried, und ich höre seine Stimme sowohl aus dem Handy als auch von der Wiese drüben.

»Nee, ich bin's, Jan.«

»Jan, alter Haudegen«, ruft Wilfried im gleichen Tonfall.

»Könnt ihr noch lauter brüllen«, sage ich mit gedämpfter Stimme, als die Mannschaft einen Moment später wieder versammelt vor mir steht, »reißt euch doch zusammen, verdammte Hacke! Das ist kein Schulausflug!«

Betretenes Schweigen. Nur die Zikaden zirpen.

»Schaltet die Telefone auf Vibration. Und sonst keinen Mucks. Verstanden?«

Kein Einspruch. Wilfried und Christian fummeln an ihren Geräten.

»Ab jetzt absolute Ruhe. Christian, Jan, nicht einschlafen! Wir sind hoffentlich gleich zurück. Bei Auffälligkeiten sofort Meldung machen.« Ich drehe mich um. »Wilfried, hast du Walther?«

»In der Hosentasche.«

Ich blicke auf die Uhr. 21:44 Uhr. Perfekt. »Also los!«

Wir marschieren den Kiesweg hinunter zur Landstraße, dann ein paar hundert Meter am Deich entlang, bis wir zu dem leerstehenden Parkplatz der Hafenmeisterei kommen.

»Professor Schäfer ist augenscheinlich noch nicht eingetroffen«, raune ich. »Und die Kidnapper des Laptops auch nicht.«

»Wir werden sehen«, flüstert Wilfried.

»Oder eben nicht«, sage ich, denn rundherum liegt alles im Dämmerlicht. Zwischen zwei hohen Hecken führt uns ein schmaler Pfad im Zickzack um die Hafenmeisterei herum. Ein Binnenschiff tuckert die Elbe entlang. Die Zikaden zirpen unermüdlich. Der Pfad mündet in eine gepflasterte Allee aus Lindenbäumen, links und rechts fließen Norder- und Süderelbe, und am Ende der Landzunge steht der Leuchtturm.

»Der leuchtet ja gar nicht«, wundert sich Wilfried.

»Dafür ist im Osten der Mond aufgegangen. Haben wir ein Glück, dass sich die Wolken verziehen.«

»Mensch, Sput-Nik, ist das romantisch!«

»Was ist das da auf dem Boden?« Ich beuge mich runter.

»Eine Grabplatte?«, fragt Wilfried.

»Gib mal dein Handy«, sage ich.

»Wieso, willst du die Toten anrufen?«

»Quatsch nicht und gib her!« Ich drücke auf die Tastatur und halte das leuchtende Display gegen die Platte.

»Erbaut 1870/71«, lese ich. »Der Grundstein dieser Anlage. Ganz schön alt.«

»Gründung des Kaiserreichs«, sagt Wilfried betont feierlich. »Aber mach lieber aus. Das Licht könnte uns verraten.«

»Verdammt, du hast recht, ich glaube, ich höre etwas.«

Wilfried entsichert die Pistole. Aber es ist nur das leise Plätschern des Flusses und das Zirpen der Zikaden.

Schließlich erreichen wir den knapp sieben Meter hohen, sechseckigen Leuchtturm aus Holz und erklimmen auf leisen Sohlen die eiserne Außentreppe, die zur Aussichtsplattform führt. Wilfried mit gezücktem Walther voran, ich hinterher.

»Hier ist niemand«, stellt Wilfried oben fest und lehnt sich an das weiße Geländer. Vor uns teilt sich die Elbe und trennt die Vierlande vom südlichen Niedersachsen.

»Ruf Jan an und mach kurz Meldung. Sie sollen unbedingt Bescheid geben, wenn sie etwas Auffälliges bemerken.«

Verdammt merkwürdiger Ort für eine Lösegeldübergabe, ming Mädsche, irgendwat is da faul.

»Christian sagte vorhin, der Leuchtturm sei ausschließlich von dem Weg aus erreichbar, den wir gekommen sind. Wir können Schäfer also nicht verpasst haben.«

»Es sei denn, man macht die Tour mit dem Boot«, sagt Wilfried und blickt auf die Elbe, das Handy am Ohr. Jan N Punkt meldet sich, Wilfried erklärt kurz die Lage, dann berichtet Jan, dass sich auf der Landstraße nichts getan hat.

»Machen wir uns in die Büsche am Ufer und warten«, schlage ich vor und schaue auf meine Armbanduhr: 22:09 Uhr. Was genau hat Professor Schäfer zu mir gesagt? »Das Treffen findet um Viertel nach zehn statt. Am Leuchtturm auf der Elbinsel Wilhelmsburg. Ich werde unverzüglich mit einem Taxi hinfahren und mir den Laptop zurückholen.«

Verdammt und zugenäht, so allmählich sollte er doch eintrudeln. Selbst Edu ist wütend.

Wir klettern die kurze Treppe wieder runter, setzen uns hinter einen Ginsterbusch und harren der Dinge, die da kommen.

Aber er kommt nicht. Niemand da außer uns, dem Fluss und den Zikaden.

»Im Westen nichts Neues«, meldet Jan, als wir ihn um 22:25 Uhr anrufen.

»Im Osten auch nichts«, antwortet Wilfried gelangweilt.

Um 22:30 Uhr erreicht uns ein hektischer Anruf von Jan N Punkt: »Da kommt ein Lastwagen ... und fährt weiter.«

Erinnert ein bisschen an Nina Hagen und ihren Spinner – *Ich wusste nichts von deinen Ufern!*

Fünfzehn Minuten später wird Wilfried nörgelig. »Verflucht, Sput-Nik, dein Professor scheint heute nicht mehr einzutreffen.«

»Das glaube ich langsam auch. Lass uns zur Sicherheit noch eine Viertelstunde warten, dann brechen wir das Manöver ab.«

»Schade«, seufzt Wilfried, »als wir uns vorhin auf den Weg gemacht haben, war ich der festen Überzeugung, ich hätte eine spannende Geschichte am Haken.«

»Meinen Sonderauftrag werde ich heute jedenfalls nicht mehr ausführen«, stimme ich leise ins Klagelied ein und lehne den Kopf gegen seine Schulter.

Kurz nach elf sind wir wieder bei Jan und Christian. Sie gucken mich an und scheinen die gleiche Frage zu haben: Warum ist Professor Schäfer nicht zur Übergabe erschienen?

»Abbruch«, verkünde ich. »Zurück in die Stadt. Zur Übergabe des Laptops taucht niemand mehr auf.« Ist das frustrierend. Professor Schäfer scheint mir immer einen Schritt voraus zu sein.

Als wir schließlich wieder im Wagen sitzen und stadteinwärts fahren, seufzt Christian trübsinnig vor sich hin. »Esthie hat übrigens ihre Koffer gepackt.«

Jan beugt sich höflich vor. »Sie verreist?«

Christian gibt Gas, die Stretch-Limousine beschleunigt, und die Straße, die Leitplanke und der Deich verschwimmen zu einem grünweißgrauen Streifen. »Morgen früh um acht.«

»Na, da wurde es doch höchste Zeit, dass sie packt«, sagt Jan und meint es ganz praktisch.

Christian zieht die knochigen Schultern hoch. »Ich spüre, dass ich sie verliere.«

»Ach, das siehst du zu schwarz«, höre ich mich sagen. Hoffentlich versinkt er jetzt nicht in Selbstmitleid. Am Ende verfährt er sich noch. Ich muss dringend ins Hotel und fragen, ob Schäfer eingetroffen ist.

Warum ist Professor Schäfer nicht am Leuchtturm aufgetaucht? Das ist wirklich seltsam.

»Nik, ich habe übrigens die Lösung!«, schreit Christian plötzlich von vorne.

Wieso sollte ausgerechnet Christian wissen, warum niemand zur Laptop-Übergabe erschienen ist? »Da bin ich ja gespannt.«

»Zweihundertzweiundzwanzig Millionen zweihundertzweiundzwanzigtausend zweihundertzweiundzwanzig«, ruft Christian und platzt fast vor Stolz. »Und die Lösung der nächsten Aufgabe ist dreihundertdreiunddreißig Millionen dreihundertdreiunddreißigtausend dreihundertdreiunddreißig!«

»Sonst geht's ihm aber gut?«, fragt Wilfried leise und lässt den Finger über dem Kopf kreisen.

»Großartig, Krischaan«, sage ich genervt, »ganz toll! Dann kannst du mir sicherlich auch sagen, womit du zwölf Millionen dreihundertfünfundvierzigtausend sechshundertneunundsiebzig multiplizieren musst, um vierhundertvierundvierzig Millionen vierhundertvierundvierzigtausend vierhundertvierundvierzig zu erhalten.«

Der verkrampften Haltung seines Rückens ist anzusehen, wie verbissen er auf die Straße guckt, sich ärgert und zu rechnen beginnt. »Das ist gemein«, meckert er kurz darauf.

»Ach Quatsch, gemein ist bloß, dass Schäfer nicht aufgetaucht ist. Wenn ich meinen Sonderauftrag nicht bald ausführe, verliere ich meinen Job und sehe verdammt alt aus.«

»Das mit dem Älterwerden ist in der Tat so eine Sache«, greift Jan den Gedanken auf. »Die ersten dreißig Lebensjahre merkt man es gar nicht. Dann stellt man staunend fest, dass die Filmstars aus der Kinderzeit auf einmal alt geworden sind. Mit vierzig nimmt man erschrocken zur Kenntnis, dass sogar die Kinderstars der eigenen Generation alt geworden sind und die Filmstars aus der Kinderzeit schon längst nicht mehr leben. Zu welcher Einsicht gelangt man wohl ab fünfzig?«

»Lasst uns diese unangenehme Frage mal beiseitelegen«, kommt es träge aus der Halbhorizontalen, in die sich der Älteste von uns wieder begeben hat, »und lieber folgendes Resümee ziehen: In einer lauen Sommernacht beglückte uns der zuverlässige Fahrer einer Traumlimousine mit einem wunderbaren Ausflug zu einem geheimnisvollen Leuchtturm am Ende der Welt.«

»Am Ende der Welt«, wiederhole ich und plötzlich kommt mir ein Gedanke. Was, wenn ich genau dorthin gelockt werden sollte – ans Ende der Welt? Ich beiße mir auf die Lippe. »Ich habe den starken Eindruck, dass das mit dem Leuchtturm eine Finte war.«

»Eine Finte?«, fragt Jan.

»Um mich aus der Stadt rauszulocken.«

»Aber warum?«

»Genau das, Freunde, ist die Frage, auf die wir eine Antwort finden müssen.«

Die Evaluation

Donnerstag, der 13. August, 6:59 Uhr

Ein Klingeln reißt mich aus dem Schlaf. Wo ist das Telefon? Ich taste nach dem Hörer. »Ja«, flüstere ich kraftlos und wälze mich auf den Rücken.

»Frau Rührmann. Hermann Mann am Apparat.«

Schlagartig sitze ich aufrecht im Bett. »Guten Morgen, Herr Direktor«, sage ich brav und hasse mich dafür.

Wünsch ihm doch gleich ein Wohlgeruhtzuhaben, tritt Edu biestig nach.

Hermann Mann fährt dazwischen: »Hab ich Sie etwa geweckt?«

»Nein, nein«, stottere ich. »Ich komme gerade aus der Dusche.«

»Und ich komme gleich zur Sache: Frau Rührmann, ich benötige dringend, ich wiederhole, *dringend* die Ergebnisse von Dietmar Schäfer.« Er macht eine Pause, aus der ich seine Verzweiflung heraushören kann. »Haben Sie inzwischen Kontakt zu ihm aufgenommen? Oder noch besser, haben Sie seine Analyse der ADONIS-Messungen …«, wieder eine beklemmende Pause, »organisiert?«

Hau endlich auf den Tisch!, ruft Edu. *Zeig ihm, was für ein Kerl du bist, ming Mädsche!*

Ich hüstele, um das Belegte aus der Stimme zu kriegen. »Ja, ich stehe mit Schäfer in Kontakt.«

Dat klingt jetzt aber so, als würde er bei dir im Bett liegen, raunt Edu. *Da liegt doch nur Walther.*

Um Gottes willen, die Pistole. Geladen und entsichert im Bett.

»Der Laptop, auf dem sich seine Analyse befindet«, sage ich und drehe mich weg von Walther, um mich auf das Gespräch zu konzentrieren, »wurde gestohlen.«

»Was?«, schreit Mann mit kippender Stimme.

»Von Zero. Dem Azubi, der vorgestern ums Leben gekommen ist.«

»Woher wissen Sie das?«

»Zero hat im Auftrag von Mike Cardy gehandelt.«

»Mike Cardy?«

»Der Doktorand von Erik Hässler und Bärbel Bolz.«

»Wollen Sie etwa sagen, dass die werte Frau Kollegin ...«, stammelt Hermann Mann.

»Ich will gar nichts sagen. Ich glaube aber nicht, dass Bolz oder Hässler hinter dem Diebstahl stecken, nur leider können wir Mike Cardy in der Sache nicht mehr befragen.«

»Warum nicht?«

»Weil er tot ist.«

Am anderen Ende bleibt es still.

»Cardy wurde gestern im Hamburger Hafen gefunden«, fahre ich mit meiner Gruselgeschichte fort, »aber die Polizei hat ihn noch nicht identifizieren können.«

»Woher wissen Sie dann ...« Ein furchtbarer Verdacht scheint sich bei ihm zusammenzubrauen.

»Es ist nicht so, wie Sie gerade denken, Herr Direktor. Ich habe Mike Cardy nicht umgebracht.« Zwischenzeitlich war ich anderer Meinung, aber das muss ich ihm ja nicht auf die Nase binden.

Hermann Mann atmet tief durch.

»Vergessen wir für den Augenblick Mike Cardy. Wir haben später noch Zeit genug, Trauerarbeit zu leisten«, sage ich.

»Was schlagen Sie vor?«, fragt er, und ich spüre eine gewisse Anerkennung in der Frage. »Wie Sie wissen, beginnt heute die Evaluation.«

»Ich weiß, die Gutachter sind gestern im Hotel eingetroffen«, sage ich und sehe sie vor mir, die vier Gutachter und Monsignore Rossi an ihrer Spitze. »Professor Schäfer hat mir mitgeteilt, dass er seinen Laptop gestern Abend zurückkaufen wollte. Womöglich ist er längst wieder im Besitz seiner Datenanalyse.«

»Dann schnappen Sie sich den Mann!«, sagt Hermann Mann, und neue Zuversicht schwingt in seiner Stimme.

Der Hörsaal ist bis zum letzten Platz gefüllt. Unzählige über die Schultern geworfene Pullover weisen die Mehrzahl der Träger als Teilchenphysiker aus. Die Atmosphäre wirkt festlich-gespannt, alle wissen, dass wesentliche Weichenstellungen des Labors vom Ablauf der nächsten anderthalb Tage abhängen. Unter den Zuhörern sitzen in vorderster Reihe auch einige Wissenschaftsjournalisten, zu erkennen an ihren Aufnahmegeräten. Ist das hinten rechts nicht sogar Ole von FSK? Unglaublich. Muss ich später klären.

Am Pult steht Forschungsdirektor Hermann Mann und wartet konzentriert, bis auch der letzte Zuhörer Platz genommen hat und Ruhe eingekehrt ist. Bräunliche Ringe umschatten seine klugen Augen. In der ersten Reihe links außen sitzen die fünf Gutachter, Monsignore Rossi in ihrer Mitte. Daneben Petra Landau. Sibylle wartet mit einem Funkmikrofon für die Zuschauerfragen am Rand des Podiums. Hermann Mann hat kurzfristig um ihre Hilfe gebeten, weil Dorothea, sehr überraschend, wie er in meinem Büro kurz anmerkte, nicht am Arbeitsplatz erschienen ist.

Überraschend, wiederholt Edu das entscheidende Element in diesem Satz und grübelt wie ich über ihr unvermutetes Fernbleiben. *So überraschend wie das Verschwinden von Sönke?* Sollten sich Sönke und Dorothea mit dem Laptop und Schäfers Datenanalyse abgesetzt haben?

Hermann Mann pocht gegen das Mikrofon, dass es aus den Lautsprechern hallt, hüstelt leise und beginnt: »A great welcome to our colleagues from all over the world, who will try to evaluate the complex question whether DORIS should run further on or not.« Das Auditorium applaudiert. Hermann Mann begrüßt namentlich der Reihe nach die fünf Gutachter, die mir dank Sibylles sorgfältiger Zusammenstellung bestens vertraut sind. Die Gutachter lächeln verhalten.

Dann stellt Hermann Mann die Agenda vor. Demzufolge werden im Laufe des heutigen Tages die aktuellen ADONIS-Ergebnisse präsentiert. Unter den Sprechern tritt neben Bärbel Bolz auch Erik

Hässler auf. Auch der Name von Professor Dietmar Schäfer findet sich auf der Agenda, allerdings steht in Klammern daneben »represented by G. Schmidt«. Schäfers Fernbleiben von der Veranstaltung ist sicher ein schlimmer Affront, sehr viel problematischer als das *überraschende* Fehlen von Dorothea Weber. Für heute Nachmittag ist eine erste Diskussionsrunde mit den Wissenschaftlern und Gutachtern vorgesehen. Morgen früh soll im Anschluss an eine Closed Session eine Laborbesichtigung stattfinden. Der Ablaufplan dafür wird kurz an die Leinwand geworfen. *Preliminary* steht darüber.

Den Einleitungsvortrag hält Forschungsdirektor Hermann Mann höchstpersönlich. In der zielstrebigen, couragierten Art des Dozenten höre ich ihn Sätze formulieren, die man fast sehen kann und die niemand in Frage stellen würde: »DORIS has been a solid player in particle business«, leitet er ein, »it made, so far, no big, unexpected discoveries, but it's played an important role within the high-energy physics community.« Er macht eine seiner bedeutungsvollen Pausen und lässt den Blick durch den Raum schweifen. »But recent discoveries could lead to some fundamental changes.«

Zustimmendes Raunen geht durch den Hörsaal. »Die Geisterteilchen sind gute Kandidaten für einen Nobelpreis«, tuschelt jemand hinter mir. »Aber die ADONIS-Kollaboration ist ziemlich groß. Wer könnte den Preis denn bekommen?«

Der allgemeinverständlichen Einleitung Hermann Manns folgen die Vorträge der Experten und Gruppenmitglieder von ADONIS. Danach hat Bärbel Bolz ihren Auftritt. In ihrem roten, mit goldenen Pailletten besetzten Kleid ist sie völlig overdressed, doch da sie es zur Feier des Tages trägt, sieht man es ihr nach. Sie beginnt ihren Vortrag mit asthmatischen Hustenstößen, spricht dann von Up-, Down-, Anti-Bottom-Quarks, Neutrinos, B-Mesonen und anderen exotischen Teilchen. Und schließlich vom Higgs-Boson. Immer wieder vom Higgs-Boson. Ihr Englisch hat einen starken deutschen Akzent. Ich komme inhaltlich kaum mit. Eigentlich gar nicht.

Dat beruhigt mich, ming Mädsche, dat ich nich der Einzige bin, der nix kapiert, flüstert Edu.

Am Ende ihres Vortrages erklärt Bärbel Bolz, dass es noch zusätzliche Raumdimensionen geben müsse, dass die Gesamtenergie des Universums am Ende vielleicht nicht null sei wie bisher angenommen und alles Sein der Welt nur eine Schwankung im eigentlichen Nichtseienden. Mit dem Satz: »This is what fascinates students and researchers about physics and drives them to go into this field«, schließt sie ihre Ausführungen. Das Auditorium spendet ihr den verdienten Beifall. Zwei, drei Fragen aus dem Publikum, die Frau Bolz souverän beantwortet, woraufhin sie sich auf ihren Stuhl setzt und zufrieden seufzt. Der Stuhl seufzt auch. Sie zieht ihr Taschentuch heraus und wischt sich damit den Nacken.

Nun tritt Erik Hässler auf. Er trägt einen dunklen Anzug mit grauen Streifen, dazu ein blütenweißes Hemd und einen grauen Seidenschlips und unterscheidet sich nicht nur durch sein elegantes Aussehen von seinen Kollegen. Sibylle hilft ihm beim Aufsetzen des Headsets. Oder ist es umgekehrt? Sie wirkt auffällig nervös.

»Physics at the smallest scales and at the largest scales are intimately connected with each other«, leitet er seinen Vortrag, noch während Sibylle an ihm rumzupft, in Anspielung auf die Experimente ADONIS und ARIADNE ein. Er dankt ihr mit einem charmanten Lächeln und blickt verzaubernd ins Publikum. Was für ein verdammt hübscher Kerl, denke ich, diese ebenmäßige Nase, die klare Stirn, dazu die rauchgrauen Augen und das dichte, kastanienbraune Haar. Erik beginnt seinen Talk zunächst mit der Beschreibung der Grundlagen des Standardmodells, er charakterisiert die zwölf bekannten Elementarteilchen, also die sechs Quarks und sechs Leptonen, referiert »briefly«, wie er ankündigt, die bekannten Wechselwirkungen: die starke, die schwache und die elektromagnetische, die in Form von Quantenfeldtheorien mit dem Standardmodell in sich konsistent beschrieben werden können, und erwähnt der Form halber auch die vergleichsweise sehr schwache Gravitation. Seine Ausführungen untermalt er mit knappen, eleganten Gesten und versäumt es nicht, seinen andächtig lauschenden Zuhörern hin und wieder ein gewinnendes Lächeln zu schenken. Mit der wohldosierten Mischung aus weltmännischer Gelassenheit und selbstverständlicher Bescheidenheit blickt Hässler ins Publikum und fragt, wie sich die Masse der Elementarteilchen erklären lässt, ohne dass fundamentale Symmetrien der Natur gebrochen werden, schließlich, was Masse als physikalisches Phänomen überhaupt darstellt. Das Publikum ist zu diesem Zeitpunkt bereits fest davon überzeugt, dass Hässler die Antworten auf diese Fragen längst weiß, so klug und fesselnd versteht er zu reden. Er umfasst sein Rednerpult mit beiden Händen, lehnt sich lässig nach vorn und macht eine bedeutsame Pause, bevor er die aus seiner Sicht entscheidenden Fragen stellt, die seine Forschung motivieren: »Is there a Higgs boson? Or more than one? What is dark matter? Can it be produced in the laboratory? And last but not least, did we already measure the corresponding phenomena at DORIS?«

Anschließend beschreibt Hässler das ADONIS-Experiment und die aktuellen sensationellen Messungen im Detail. Zur Untermauerung zeigt er Grafiken und Diagramme, garniert mit Formeln und mathematischen Herleitungen. Ich muss daran denken, dass Ludwig Wittgenstein mal gesagt hat, die Grenzen der Sprache setzen die Grenzen der Welt. Die Teilchenphysiker benutzen zur Beschreibung der Realität die Sprache der Mathematik. Die Teilchen verstecken sich hinter den Buckeln von Statistiken und Wechselwirkungsquerschnitten. Diese Formelsprache agiert außerhalb der Grenzen der normalen Sprache, was es Fachfremden ziemlich schwer macht, Diskussionen unter Wissenschaftlern zu folgen, geschweige denn mitsprechen zu können.

Stimmt, ich bin längst draußen, mault Edu.

Zum Abschluss zitiert Hässler einen Brief des berühmten Wolfgang Pauli an den nicht weniger bekannten Robert Oppenheimer: »*I got an invitation to a physics meeting in Rochester*«, liest Hässler theatralisch die Sätze vor, die Pauli in den 1950ern an seinen Kollegen schrieb. »*It may be a nice occasion to see the colleagues and to hear the last news on experiments, although I am rather sceptical regarding the theory.*«

Pauli bezog sich in seinem Brief auf eine Konferenz in Rochester, mit der unter Physikern die Geburtsstunde der Hochenergiephysik verbunden wird. Damals trafen sich Wissenschaftler aus der Feldtheorie, der Höhenstrahlenphysik und aus Experimenten an großen Teilchenbeschleunigern. Die Konferenz sollte sich als so überaus erfolgreich erweisen, dass man nachfolgende Konferenzen der Hochenergiephysik als Rochester-Konferenzen bezeichnete, auch wenn sie längst nicht mehr am ursprünglichen Tagungsort stattfanden.

»Let us make a new Rochester!«, ruft Erik Hässler strahlend ins Publikum und breitet die Arme aus wie ein Messias. »Sixty years later. Let's organize at DESY a *New Rochester Conference 2010!*«

»Auf diese Idee konnten nur Sie kommen, Erik«, höre ich Bärbel Bolz begeistert rufen. Einzelne Physiker im Hörsaal stehen auf und applaudieren. Beeindruckt nickt Monsignore Rossi seinen Gutachterkollegen zu und blickt dann nach hinten in Hässlers lautstark jubelnde Zuhörerschaft. Mehr und mehr Gäste erheben sich von ihren Sitzen und klatschen. Der Kerl bekommt tatsächlich Standing Ovations.

Hermann Mann wartet taktvoll das Abklingen des stürmischen Applauses ab und betritt dann das Podium. Unter seinen klugen Augen liegen nach wie vor tiefe Schatten. Er entschuldigt Dietmar Schäfers Abwesenheit mit »exceptional circumstances«, und Petra Landau, die ganz in meiner Nähe sitzt, bringt es trotz ihres festgefrorenen Dauerlächelns fertig, bekümmert dreinzuschauen. Der Professor bittet Gernot Schmidt in Vertretung für Dietmar Schäfer ans Rednerpult.

Schmidts Vortrag ist ein Totalausfall. »In principle …«, nuschelt er im schauerlichsten Englisch. Während er sich vor Verlegenheit windet, hat sein Vortrag weder Höhen noch Tiefen, selbst die Andeutung einer Bewertung der jüngsten Messungen der Geisterteilchen bleibt letztlich aus. So abrupt, wie Schmidt seinen Vortrag begonnen hat, beendet er ihn. Das Publikum klatscht verhalten, als sei es dankbar, nur so kurz malträtiert worden zu sein.

»I assume that we need a break, right?«, kündigt Hermann Mann die Kaffeepause im Hörsaalfoyer an.

Die Zuhörer stehen von ihren Sitzen auf und drängen zu den Ausgängen. Mein Blick fällt wieder auf Petra Landau, die mich energisch zu sich heranwinkt.

»Frau Rührmann«, fragt sie, nachdem sie mich hintergründig lächelnd begrüßt hat, »haben Sie Neuigkeiten von Dietmar Schäfer?« Ihr schwarzrotes Kleid erinnert mich in Form und Farbe an die Fahrwassertonnen auf der Elbe.

»Keine Neuigkeiten seit gestern Abend«, sage ich reserviert.

»Wir brauchen unbedingt Schäfers Ergebnisse!«, zischt Petra Landau kaum hörbar, aber eindringlich. »Wo ist er bloß?«

»Er war heute Morgen nicht im Hotel.«

»Wenn er nicht im Hotel war und jetzt nicht am DESY ist, dann kann er nur bei sich zu Hause sein«, entfährt es ihr voll Ungeduld. »Sie fahren unverzüglich hin und zerren ihn hierher.« Sie schaut in mein versteinertes Gesicht und knipst schnell ihr Lächeln wieder an. »Tot oder lebendig, Frau Rührmann, haben Sie das verstanden?«

Die Villa

Am Wandsbeker Markt steige ich aus der U-Bahn. Die Keramik-verkleidung der Wände in dieser Station besteht aus einer Komposition verschiedenartiger Vierecke, die sich zu einem gleichmäßigen Muster verbinden. Ob sich die Mosaiksteine in meiner Geschichte am Ende genauso schön zusammenfügen? Welches Bild ergeben die Puzzleteile bei meinem Sonderauftrag, wenn sie richtig verbunden sind?

Eine Rolltreppe bringt mich an die Oberfläche eines rechteckigen Platzes, groß wie ein Fußballfeld, der von einem dichten Straßengeflecht umgeben ist. Auf seiner Südseite steht das Wandsbeker Rathaus, ein schwerfälliger Putzbau in straffer Pfeilerordnung aus der Zwischenkriegszeit, schräg gegenüber eine evangelische Nachkriegskirche, deren Stahlbetonturm den auffälligsten Orientierungspunkt bietet. Ich laufe die angrenzende Schlossstraße runter und an einem parkähnlichen Gelände entlang, das von einer Bahnlinie durchquert wird und Wandsbek von Marienthal trennt. Im Sandwich der Arbeiterviertel Wandsbek, Horn und Hamm gehört Marienthal zur gehobenen Wohngegend im sonst vom roten Nachkriegsklinker dominierten Hamburger Osten.

In der Behrensstraße finde ich meine Villa. Ich meine natürlich die von Professor Schäfer. Sie steht inmitten eines reizvollen Ensembles von landhausartigen, freistehenden Einfamilienhäusern der späten Kaiserzeit. Eingeschossige Gebäude mit ausgebauten Mansardendächern und gepflegten Gärten. Der Vorgarten von Schäfers Haus ist völlig verkrautet. Rosenstöcke mit welken Blüten ersticken unter wild rankenden Schlingpflanzen, zwischen den Gehplatten schießt das Gras empor.

Dat müsste dein Hauswirt sehen, wat würd der weinen, flüstert Edu.

Eine kurze Treppe führt zur Eingangstür, das Holzgeländer ist stark verwittert. Vor den Fenstern hängen graue Gardinen. Vorsichtig steige ich über einen Amselflügel, der auf dem Treppenabsatz liegt wie ein Stofffetzen.

Auf dem Namensschild der Messingklingel steht in verblichenen Lettern *Professor Schäfer*. Die Klingel gibt einen scheppernden Ton von sich, als ich auf den Knopf drücke. Nichts passiert. Keiner rührt sich. Es bleibt still hinter der Eingangstür.

Wenn Katelbach kommt, lacht Edu. *Aber er kommt nicht.*

Der Professor ist also nicht zu Hause, was am frühen Nachmittag eines Werktags ganz normal ist. Aber am DESY ist er auch nicht. Und im Hotel ebenso wenig, da habe ich vorhin zur Sicherheit angerufen. Wo mag er sich aufhalten?

Die Haustür ist natürlich abgeschlossen. Bleibt mir nur der Rückzug? Dass ich nicht lache. Dieser Schäfer geht mir dermaßen auf die Nerven mit seiner Geheimnistuerei.

Ich springe von den Treppenstufen runter in den Vorgarten. Kein Mensch weit und breit, keine neugierigen Nachbarn, niemand da. Ein schmaler, gepflasterter Weg führt um das Haus herum in den verwilderten Garten. Die rückwärtige Fassade ist eingerüstet. Unter dem Baugerüst stehen Farbtöpfe, Eimer, Farbroller und Pinsel. Eine Leiter lehnt an dem Mauervorsprung. Die Sanierungsarbeiten scheinen aber noch nicht richtig begonnen zu haben. Oder sie wurden abrupt abgebrochen. Fast sieht es so aus, als hätten die Maler übereilt alles stehen und liegen lassen und das Weite gesucht. Ich schirme meine Augen mit den Händen ab und spähe durch das Fenster der Gartentür.

»Was meinst du, Edu, das Haus hat bestimmt keine Alarmanlage, oder?«, frage ich, winkle den Arm an und schlage mit dem Ellenbogen die Scheibe ein. Das Klirren schreckt nicht mal die Vögel auf. Ich greife durch die zerbrochene Scheibe, ertaste einen Riegel und öffne die Tür.

Muffiger Geruch schlägt mir entgegen. Ich brauche ein paar Sekunden, um mich in der dämmrigen Umgebung zurechtzufinden.

Auf dem gefliesten Boden stapeln sich Dokumente, Pappschachteln und Kisten. Und unzählige Bücher, in der Mehrzahl offenbar naturwissenschaftliche Werke: *Advanced Technology and Particle Physics. Microwave Engineering. Feynman-Graphen und Eichtheorien für Experimentalphysiker. Physics of High Energy Accelerators.*

Von der vergilbten Raufasertapete grinst mich die Maske eines Dämons an. Mit einem unbehaglichen Gefühl wende ich mich von dem mit Goldlack bemalten japanischen Kunstwerk ab.

Ein leichter Durchzug weht durch den Raum. Irgendwo muss ein weiteres Fenster offen stehen. Die verstaubten Spinnennetze voller Insektenleichen wiegen sich im Windhauch.

Ich betrete Schäfers Wohnraum, der wie eingemottet wirkt im fahlen Tageslicht, das durch die staubigen Gardinen nur schwach eindringt. Es herrscht das gleiche Chaos wie in seinem DESY-Büro. Auf dem Wohnzimmertisch, in den Regalen und auf dem Holzfußboden türmen sich Bücher, Zeitschriften und Manuskripte. Der Mann hat augenscheinlich das Messie-Syndrom. Das Zimmer im Hotel Royal muss in seiner Kargheit und Aufgeräumtheit ein Albtraum für ihn sein.

Im Flur steige ich über weitere Bücherstapel. Ich werfe einen Blick in sein Schlafzimmer. Die Hälfte des Doppelbetts ist belagert von Pappkartons, Obstkisten, Schubladen, Papierstapeln, Folien, Zeitungen und Büchern, womit die Frage nach Schäfers etwaigen partnerschaftlichen Beziehungen beantwortet wäre. Auf der freien Seite des Bettes ist die Decke nachlässig zurückgeschlagen, als wäre der Professor gerade erst aufgestanden. Ich horche mit angehaltenem Atem. Nicht, dass er gleich von der Toilette zurückkommt. Aber alles nur Einbildung. Ich bin alleine in dieser Rumpelkammer.

Hilflos blicke ich mich um. Ob ich in diesem Chaos einen Hinweis auf seine jüngste Arbeit finde? An der Wand hängt eine kleine Tontafel, wie ich sie aus der Grundschule kenne. Schäfer hat ein paar Formeln darauf geschrieben. Griechische Buchstabenkombinationen, Integrale und Differenziale. Ich verstehe kein Wort, genauso gut könnten dort Hieroglyphen stehen, aber nach der Weltformel sieht das nicht aus.

Irgendwie lässt mich Schäfer ein ums andere Mal frustriert zurück. »Du wirst nicht verhindern können, dass wir uns noch begegnen. Ich komme wieder«, läute ich lautstark mein Rückzugsmanöver ein. Keine Antwort. Friedhofsruhe. Die Stille des Hauses verschluckt alles.

Im Korridor hängt ein Bild des surrealistischen Malers René Magritte. Es zeigt das Profil einer Pfeife und darunter den Schriftzug »Ceci n'est pas une pipe«. Im ersten Moment denke ich, dass es ein Original ist, und im zweiten, dass ich es mitnehmen könnte, und im dritten, dass Schäfer es echt verdient hätte, wenn ich ihm seinen Magritte stehlen würde. Dann sehe ich zu meinem Bedauern, dass es nur eine Kopie ist. Schade, denke ich und will mich schon abwenden, da fällt mir die Schaufel auf, die an der Wand lehnt. Es ist nicht so, dass sie angesichts des allgemeinen Durcheinanders an dieser Stelle deplatziert wirkt. Auch überrascht mich nicht, dass Schäfer Gartenwerkzeug besitzt. Was mir an der Schaufel auffällt, ist der rotbraune Lehm, der an ihr klebt. Der wirkt sozusagen frisch. Ich reibe etwas davon zwischen meinen Fingern. Tatsächlich. Feucht und klebrig. Die Schaufel lehnt direkt neben einer schmalen Holztür. Dahinter führt eine Treppe in den Keller. Ein spröder Bakelit-Schalter lässt die Deckenleuchte angehen. Ich steige die unebenen Steinstufen runter und komme in eine Waschküche.

Angenehm kühl hier unten. Außerdem wirkt es aufgeräumter als oben. Vor einer Waschmaschine und einem Trockner steht ein Wäschekorb. Alles normal so weit. Oder nicht?

Irgendwas zieht mich in den zweiten Kellerraum hinter der Brandschutztür. Das Herz klopft mir bis zum Hals. Ich ziehe Walther aus der Innentasche meiner Jeansjacke. »Hallo, Herr Professor?«, rufe ich – als würde Schäfer sich im Keller verstecken, wie albern.

Die Brandschutztür ist nur angelehnt, dahinter liegt der Heizungsraum. Es riecht nach Öl. Ich taste nach dem Lichtschalter. Eine nackte Glühbirne leuchtet auf. In der Mitte des Raumes steht ein großer schwarzer Tank in einer Betonwanne. Die Heizungsanlage. Daneben hat sich jemand am Estrich zu schaffen gemacht und eine Grube gegraben.

Feuchtbrauner Lehm, der sich in der dunklen Ecke des Raumes zu einem kleinen Berg auftürmt. Vorsichtig nähere ich mich der Grube, zu der der Aushub gehört. Walther voran, ich hinterher. Da liegt der Aluminiumkoffer. Und darunter: Dorothea Weber.

Der Tunnel

Der Cursor auf meinem Monitor blinkt mich an. Ich starre auf den Entwurf der E-Mail, ringe mit jedem Wort, weil ich über das Unfassbare, das mir durch den Kopf geht, nicht schreiben darf.

Dorothea ist tot. Erschlagen, erstochen, keine Ahnung, was genau passiert ist. Ich war nicht in der Lage, sie mir näher anzugucken. Jedenfalls ist sie tot. So tot wie Zero, Kasper und Mike Cardy. Ein ganzer Fuhrpark an Leichen ist inzwischen bei meinem Sonderauftrag zusammengekommen. Ich habe niemanden, mit dem ich darüber sprechen kann.

Der Ventilator pustet mir sanft in den Nacken. Die rauschende Berührung hat etwas Tröstliches. Die Flure auf meinem Stockwerk sind menschenleer, alle sind drüben im Hörsaal, wo die Evaluation auf Hochtouren läuft. Sibylle ist auch noch nicht zurück. Die Wissenschaftler diskutieren über Gott und die Welt. Über das Universum. Besser gesagt, über seine ersten Sekundenbruchteile, ganz, ganz, ganz kurz nach dem Urknall. Und sie stellen sich die Frage, ob die DORIS-Anlage zum Ablauf dieser ersten Sekundenbruchteile nach dem Urknall noch ein paar spannende Einsichten liefern könnte. Mich dagegen beschäftigt, wer vierzehn Milliarden Jahre nach dem Big Bang für diese ungeheuerlichen Verbrechen verantwortlich ist.

Unter dem Schreibtisch steht der Aluminiumkoffer. Angedengelt, zerbeult und zerkratzt. Am Haltegriff hängt das Gegenstück zu meiner Handschelle. Der Koffer und ich, wir gehören inzwischen zusammen, denke ich mit einem Schuss Galgenhumor und blicke auf meine Fessel am Handgelenk.

Es war ein herrliches und überaus kostbares Stück. Als er ihn herausnahm, hatte er vorgehabt, ihn an die heißeste Stelle des Feuers zu werfen. Doch jetzt stellte er fest, dass er es nicht vermochte, nicht ohne großen Kampf. Zögernd wog er den Ring

in der Hand und zwang sich, an alles zu denken, was Gan-
dalf ihm gesagt hatte; und dann machte er mit einer Willens-
anstrengung eine Bewegung, als wollte er ihn wegschleudern –
aber dann merkte er, dass er ihn wieder in die Tasche gesteckt
hatte.

Warum habe ich in die Grube nach dem Koffer gegriffen wie nach einem herrlichen und überaus kostbaren Stück? Wie Frodo nach dem Ring. Der Koffer war übrigens leer. Jemand hat die Schnapp-verschlüsse aufgebrochen. Sehr wahrscheinlich der Mörder des Hehlers. Oder war es erst Dorothea Weber? Vielleicht ganz am Schluss des Dramas Dietmar Schäfer, weil er seinen Schlüssel nicht mehr hatte?

Das Genie Dietmar Schäfer, mit der Weltformel unterm Arm auf dem Weg ins Ausland? Ich habe eine furchtbare Ahnung. Wenn sich das Schreckliche überhaupt noch steigern lässt. Ich überwin-de mich und schreibe ihm schließlich folgende Nachricht:

-----Original Message-----
From: nikola.ruehrmann@desy.de
Sent: Thursday, August 13, 2009 5:55 PM
To: dietmar.schaefer@desy.de
Subject: Dringend!

Lieber Herr Schäfer,
ich habe eine entsetzliche Entdeckung gemacht, die gravieren-de Auswirkungen haben könnte auf den Verlauf der DORIS-Evaluation. Ich glaube, wir sollten schnellstmöglich mitein-ander reden.
Nikola Rührmann

Warum so höflich, ming Liebschen?, fragt Edu. *Geh endlich zur Po-*
lizei, die machen eine Ringfahndung. Hinter schwedische Gardinen
mit dem Verbrecher.

»Nein«, flüstere ich. »Mein Eindruck ist, dass Schäfer in dieser

Geschichte eine ganz besondere Rolle spielt. Ich muss erst heraus-finden, was das für eine ist.«

»Nikola!«, ruft Sibylle erleichtert an der Tür. »Du bist zurück!«

Ich stehe vom Stuhl auf und umarme sie, als wäre ich von einer sehr langen Reise heimgekehrt.

»Alles in Ordnung?«, fragt Sibylle, als ich sie endlich wieder los-lasse.

»Ja, jetzt geht's wieder. Sorry, Helferlein, ich brauchte das gera-de.«

»Du bist schneeweiß im Gesicht.« Sie blickt mich besorgt an.

»Dorothea Weber ist tot«, komme ich ohne Umschweife zur Sa-che.

»Was?«

»Kein Wort! Zu niemandem! Verstanden?«

Sibylle fährt sich über die trockenen Lippen. »Verstanden!«

»Dorothea liegt im Keller von Schäfers Stadthausvilla in Marien-thal.«

»Meinst du, dass Schäfer ...?« Auch Sibylles Gesichtsfarbe wech-selt ins Weiße.

»Sieht so aus. Ich wette, er hat sich bei der Evaluation bisher nicht blicken lassen.«

Sibylle schüttelt bestätigend den Kopf.

»Das habe ich mir gedacht.«

Da geht das Telefon. Das charakteristisch-lange Ringeln eines laborinternen Anrufs. 5426 steht auf der Anzeige. Sibylle und ich wechseln Blicke.

»Wer könnte das sein?«, frage ich.

»Der Anruf kommt auf jeden Fall vom Laborgelände. Soll ich abheben?«

»Ich mach schon.« Ich stelle das Gerät auf laut, nehme ab und melde mich mit einem knappen »Ja?«.

»Frau Rührmann!« Es ist Schäfers Bariton. Mein Herz beginnt wie verrückt zu pumpen.

»Ja?«, wiederhole ich und versuche mich zu fassen.

»Von welcher entsetzlichen Entdeckung sprechen Sie?«

»Dorothea Weber«, sage ich tonlos.

»Frau Rührmann! Bitte glauben Sie mir«, bricht es aus Schäfer heraus, »ich bin unschuldig!« Er klingt gehetzt und verzweifelt. »Das gilt erst recht für die Mitarbeiter des Labors. Das Forschungszentrum hat nichts mit dem Tod von …«, er stockt, »nichts damit zu tun.« Es scheint, als würde er gleich in Tränen ausbrechen. Ich warte beklommen ab. Dann fasst sich Schäfer und sagt: »Bitte tun Sie nichts Unüberlegtes!«

»Was meinen Sie?«

»Wenn Sie jetzt zur Polizei gehen oder zum Forschungsdirektor, steht die Zukunft des DESY auf dem Spiel. Glauben Sie mir, es ist alles ganz anders, als Sie denken.«

»Was glauben Sie denn, was ich denke, Herr Schäfer?«

»Warten Sie das Evaluationsergebnis ab. Anschließend werde ich mich stellen«, sagt er, ohne auf meine Frage einzugehen.

»Warum sollte ich das tun?«, frage ich noch, aber da hat er schon aufgelegt.

Sibylle und ich starren uns atemlos an.

»Was sagst du dazu, Sibylle?«

»Die Stimme hörte sich komisch gepresst an.«

»Nur allzu verständlich. Es dürfte selbst Schäfer schwerfallen, angesichts des Todes von Dorothea Weber die Contenance zu wahren.«

»Angesichts des Todes von Dorothea …« Sibylle zittert wie Espenlaub. Ich nehme sie in die Arme.

»Das Ganze geht weit über deine Kräfte, mein Helferlein. Über meine übrigens auch. Aber wir müssen das Zittern auf später verschieben und jetzt einen klaren Kopf behalten. Der Anruf kam aus dem Labor. Können wir herausbekommen, von wo genau er angerufen hat?«

»Sekunde!« Sibylle läuft mit fliegendem Zopf rüber in ihr Büro, einen Moment später kommt sie mit einem DESY-Telefonbuch zurück. Es dauert nicht lange, und wir haben die 5426 und die dazugehörige Gebäude- und Raumnummer gefunden.

Name	Gruppe	Geb/Raum	Durchwahl	Mobil	Fax
---	M	03/U3	5426	---	---

»03/U3 steht für Gebäude 3, Untergeschoss, dritter Gang.«

»Woher weißt du das?«

»Das haben sie uns so bei der DESY-Führung erklärt. Hier ist der Gang.« Sie zeigt ihn mir auf dem Lageplan. »Und etwa da an der Wand hängt das Telefon, von dem aus dich Schäfer angerufen hat.«

»Ein öffentlich zugängliches Telefon im Untergeschoss der DORIS-Experimentierhalle?«, frage ich hellwach.

»Wahrscheinlich. Davon gibt es bei DESY viele. Dieses hier dürfte sich in der Nähe der Zugangstüren vom DORIS-Beschleuniger-tunnel befinden.«

»Okay, dann mach ich mich jetzt auf zum Gebäude 3. Schäfer kann noch nicht weit sein. Du hältst an meinem Telefon die Stellung, damit ich dich zur Not jederzeit vom Handy aus anrufen kann«, sage ich und greife zur Jeansjacke. Sibylle reißt erschrocken die Augen auf. »Nur keine Panik, wenn ich mich nicht gleich melde. Walther beschützt mich.« Ich klopfe gegen die Innentasche meiner Jacke.

»Walther? Ein Talisman?«

»Hmm, ja, so kann man sagen. Solltest du in einer Stunde noch nichts von mir gehört haben, dann informierst du Hermann Mann oder Petra Landau.« Ich schaue auf die Uhr. »Jetzt haben wir 18:04 Uhr. Erst ab 19 Uhr Alarm schlagen, verstanden?«

»Verstanden!«, wiederholt sie tapfer.

»Also bis gleich«, sage ich und sprinte mit dem Plan in der Hand los.

Atemlos erreiche ich die DORIS-Experimentierhalle. Ein Surren hängt im Raum, als würden Schwärme von Bienen umherfliegen, angestachelt von dem kurzen Hämmern der Klystron-Module. Aber kein Lebewesen weit und breit, das Einzige, was sich bewegt, sind die Umluftventilatoren an der Decke. Neonlampen tauchen die Halle in ein steriles Licht. Angesichts der öden Betonwand vor mir ist kaum vorstellbar, dass ganz im Verborgenen, hinter unzähligen Stapelsteinen versteckt, Protonen und Antiprotonen im DORIS-Tunnel mit nahezu Lichtgeschwindigkeit durch ein Strahlrohr fliegen und im ADONIS-Experiment im Milliardstelsekundentakt aufeinanderknallen.

Auf der anderen Hallenseite befindet sich das Treppenhaus. Von dort geht es in das unterirdische Gangsystem von DORIS. Vor dem Eingang steht eine Telefonbox. Der Apparat hat die Anschlussnummer 5413. Auch das Treppenhaus ist in das keimfreie Licht der Neonleuchten getaucht. Hier wirkt das eigenartig verdüsternd. Dagegen ist eine Tiefgarage ein Ort pittoresker architektonischer Verspieltheit. Ich steige die Betonstufen runter und horche, aber ein panischer Schäfer kommt mir nicht entgegen.

Vom Untergeschoss gehen vier dunkle Gänge ab, in jede Himmelsrichtung einer. Ich fühle mich ein bisschen wie auf der Reise ins Innerste der Welt. Welcher der Gänge führt mich nun zum Telefonanschluss 5426, ich habe die Orientierung verloren. Eine beklemmende Atmosphäre geht von den Räumen aus. Es riecht nach Beton, Staub und Maschinenöl. Ich studiere ausgiebig den Lageplan, schließlich entscheide ich mich willkürlich für einen der Gänge, und tatsächlich, auf einem kleinen Plastikschild an der Wand steht U3. Bingo!

Ich horche wieder in die Stille hinein. War da was? Nein, nichts, also gehe ich weiter. Parallel zu dem schmalen, rechtwinkligen Gang verlaufen Kabeltrassen und Rohrleitungen, im Abstand von zehn Metern hängen Neonleuchten an der niedrigen Decke. Es sieht aus wie im Maschinenraum eines alten U-Boots, nur dass die

Wände hier aus grauem Beton sind. Ich passiere eine gelbe Gittertür, die nach rechts führt, vermutlich einer der vielen Zugänge zum DORIS-Tunnel. Das Interlock-Schild leuchtet grellgelb und abschreckend. Nach ein paar Metern bleibe ich abrupt stehen. War da nicht ein Geräusch? Diesmal hab ich es mir bestimmt nicht eingebildet. Ich öffne die Jeansjacke. Ich will Walther nicht sofort hervorholen, aber wenn's drauf ankommt, muss es schnell gehen. Ich halte den Atem an. Aber es ist nichts zu hören außer dem fernen Surren und Hämmern aus der DORIS-Experimentierhalle. Vielleicht ist das eine Falle, denke ich plötzlich. Was ist, wenn mich Schäfer in eine Falle locken will?

Ich krame nach meinem Handy. Wie auch immer, ich sollte ein Lebenszeichen von mir geben, damit Sibylle sich nicht zu sehr ängstigt. Und ich mich auch nicht. Zwecklos, wie ich schnell merken muss. Hier unten bekomme ich keinen Empfang. Das Labyrinth ist zu gut abgeschirmt. Wenn das Teil ist von Schäfers Plan? Ich laufe weiter neben den Kabeltrassen entlang. Walther steckt griffbereit. Nach fünfzig Metern macht der Gang einen Knick. Und nach weiteren fünfzig Metern wieder einen. Und auch hier rechts in der Wand eine gelbe Gittertür, die über ein Labyrinth mit dem DORIS-Tunnel verbunden ist. Himmel, wo in aller Welt führt mich dieser Weg hin? Der Gang verläuft wahrscheinlich mehr oder weniger parallel zum DORIS-Tunnel. Ein paar Schritte weiter hängt eine Telefonbox an der Wand. Genau wie Sibylle gesagt hat. Ich schaue auf die altertümliche Wählscheibe und lese 5426. Bingo zwo! Von hier aus hat mich Schäfer also eben angerufen. Wo aber ist er abgeblieben?, frage ich mich. Er hätte mir im Tunnel doch entgegenkommen müssen. Oder zumindest in der Halle oben. Habe ich ihn etwa verpasst? Ich greife nach dem Telefonhörer und wähle meine Büronummer.

»Reinold am Apparat«, meldet sich Sibylle aufgeregt.

»Ich bin's, Nikolaus.«

»Ach, da bin ich ja erleichtert. Alles in Ordnung? Hast du ihn getroffen?«

»El condor pasa. Kein Schäfer unter dieser Nummer.«

»Im Büro hat er sich auch nicht wieder gemeldet.«

Verdammt, er ist mir wieder einen Schritt voraus. »Was soll's, Helferlein. Halt die Stellung, ich kehre zurück!«, sage ich und lege verärgert den Hörer auf die Gabel. Schon will ich den Rückweg antreten, da stocke ich. Was macht mich eigentlich so sicher, dass Schäfer nach seinem Anruf das Untergeschoss über das Treppenhaus der DORIS-Experimentierhalle verlassen hat? Kann doch genauso gut sein, dass er stattdessen den Gang weiter runtergelaufen ist. Wo führt der Weg überhaupt hin?

Dat is wieder ein clever Ideeschen, ming Mädsche, stimmt mir Edu zu.

Ich laufe also weiter. Schon nach ein paar Metern macht der Gang einen kleinen Bogen und endet vor einer grauen Stahltür. Die Kabeltrasse und die Rohrleitungen verschwinden unspektakulär in einer kleinen quadratischen Öffnung in der Decke. Schicht im Schacht.

An der Wand neben der Tür steht eine Aluminiumkiste, davor auf Stützen aufgebockt eine illuminierte dreieckige Warnschildleuchte, die mit schwarzem Symbol auf gelbem Grund vor radioaktiven Stoffen oder ionisierenden Strahlen warnt. Sie dimmt langsam an und aus. Und als wäre das nicht abschreckend genug, hängt an der Tür ein Schild: *Sperrgebiet – Betreten verboten! – Lebensgefahr!*

Closed Session at High Noon

Freitag, der 14. August, 11:50 Uhr

Frenetischer Beifall des Auditoriums für den letzten Redner des Vormittags, Marcello Cavalieri, der sich höflich verneigt und still in sich hineinlächelt. Bärbel Bolz, die die Open Session moderiert hat, drückt ihm herzlich die Hände. »Let's thank the speaker again!«, ruft sie begeistert.

Cavalieri hat im Anschluss an seinen Vortrag, ein glühendes Plädoyer für die Fortsetzung der Messungen des ADONIS-Experiments bei DORIS, alle kritischen Fragen der Gutachter bravourös beantwortet. Selbst auf die Frage seines Landsmanns Monsignore Rossi, was er zu tun gedenke, wenn sich herausstellen sollte, dass die unlängst gemessenen Geisterteilchen schlichte Fehlinterpretationen seien, antwortete Cavalieri mit italienischer Grandezza: »Dear colleague, you know as well as I do that making steps into new science is an obsession for us. I simply do not have any choice.«

Ich nutze den Nachhall des Applauses, um mich von hinten an Forschungsdirektor Hermann Mann heranzupirschen, der im Hörsaal etwas abseits sitzt und seine Unterlagen sortiert.

»Der Sonderauftrag, Herr Direktor!«, flüstere ich in sein Ohr.

Er dreht wie unter Strom den Kopf. »Gibt es Neuigkeiten?«

»Der Sonderauftrag ist gewissermaßen ausgeführt.«

»Das ist ja großartig«, wispert er. »Aber fast zu spät, finden Sie nicht? Cavalieri hat gerade den letzten Vortrag der Open Session gehalten.«

»Für die Wahrheit ist es nie zu spät.«

»Dann rücken Sie schnell mit allem raus!«, zischt er und dreht sich mit einem Ruck zu mir nach hinten.

Ich schüttle langsam den Kopf. »Glauben Sie mir, Herr Direktor, die ganze Wahrheit werden Sie nicht wissen wollen. Zumindest nicht zum gegenwärtigen Zeitpunkt.«

»Was wollen Sie damit sagen?«, flüstert er, peinlich darauf bedacht, dass uns niemand zuhört.

»Vielleicht erst mal nur so viel: Schäfer bittet mich um die Verlesung seiner schriftlichen Stellungnahme zu den aktuellen ADONIS-Messungen.«

»Aber das ist doch …«, ruft Hermann Mann, räuspert sich und wiederholt leise: »… großartig!«

»Bei der Verlesung sollen Sie und Petra Landau sowie der Vorsitzende des Gutachtergremiums Monsignore Rossi zugegen sein, darüber hinaus noch Bärbel Bolz, Erik Hässler und Gernot Schmidt.«

Hermann Mann schaut auf die Uhr. »Ich wollte jetzt ohnehin die Mittagspause ankündigen. Die Closed Session ist für dreizehn Uhr angesetzt.«

»Gut, dann treffen wir uns um zwölf im Sitzungsraum des Direktoriums?«

»Einverstanden, Frau Rührmann!«

Freitag, der 14. August, 11:58 Uhr

Der Aluminiumkoffer wiegt schwer in meiner Hand. Obwohl er fast leer ist. Liegt es an dem Blut, das an ihm klebt? Vier Menschen mussten seinetwegen dran glauben: Zero, der arabische Dieb, Mike Cardy, der Jim Beam der ADONIS-Kollaboration, der weder schnell genug war für meine Schläge noch für die seines Auftraggebers, dann Kasper, der Hehler, der seine schmutzigen Geschäfte nicht sauber zu Ende führen konnte, und schließlich Dorothea Weber, die blöde Kuh, die tatsächlich geglaubt hat, bei der Sache groß mitmischen zu können. Jetzt liegen sie alle tot auf dem Schlachtfeld.

Warum mache ich das, warum renne ich nicht zur Polizei, oder warum habe ich vorhin Hermann Mann nicht einfach die ganze Wahrheit gesagt? Dass sein Physiker-Genie Dietmar Schäfer Dorothea Weber im Keller seines Hauses erschlagen hat? Soll doch der Herr Direktor darüber befinden, wie man mit einer solchen Nachricht umzugehen hat. Klar weiß ich, dass ein Skandal das Letzte ist, was DESY zum jetzigen Zeitpunkt gebrauchen kann. Aber muss *ich* entscheiden, ob man verantworten kann, diesen Skandal ein paar Tage zurückzuhalten? Ein paar klitzekleine Tage nur. Das ist es nämlich, worum mich Dietmar Schäfer in seiner E-Mail gebeten hat. Regelrecht bekniet hat er mich.

»Bitte, sehr geehrte Frau Doktor Rührmann, ich habe furchtbare Schuld auf mich geladen«, hat er geschrieben. »Eine Schuld, für die ich die Verantwortung übernehme. Eine Schuld, für die ich zu sühnen bereit bin, das verspreche ich Ihnen. Aber ich bitte Sie von ganzem Herzen, verhindern Sie, dass andere, unschuldige Kollegen für meinen furchtbaren Fehler büßen müssen. Verhindern Sie einen Skandal, der das Votum der Gutachter in der einen oder anderen Weise beeinträchtigt! Ein Skandal, der die Reputation des DESY beschädigt. Behalten Sie Ihre traurige Erkenntnis bis zum Ende der Evaluation für sich. Verhelfen Sie der Gerechtigkeit zum Sieg!«

Das hat er geschrieben, der gute Professor Dietmar Schäfer. Und ich Idiotin habe mich daran gehalten. Weil ich der Gerechtigkeit zum Sieg verhelfen will? Oder an meine lieben Kollegen denke? Nein. Nicht wirklich.

Neulich hat Hermann Mann gesagt, dass er Mitarbeiter schätzt, die loyal sind. Mein Stillhalten wird der Beweis dafür sein, dass ich genau das bin, loyal, absolut loyal, die Loyalität in Person sozusagen. Damit habe ich bewiesen, dass ich zuverlässig bin bis in den Tod, ach verdammte Hacke, über den Tod hinaus sogar. Und warum? Weil ich die Referentenstelle brauche. So einfach ist das.

Ohne anzuklopfen trete ich ein. Die anderen sitzen bereits am großen Konferenztisch. Bärbel Bolz, Erik Hässler, Petra Landau und Hermann Mann, Monsignore Rossi und Gernot Schmidt. Sie blicken mich erwartungsvoll an. Und zugleich skeptisch. Besonders der verbeulte Aluminiumkoffer weckt ihre Aufmerksamkeit.

Seid ihr gespannt, Freunde? Ich schaue düster in die Runde. Auf Bolz' erhitztem Gesicht stehen kleine Schweißperlen. Hässler sitzt da wie ein Messdiener vor der Predigt. Petra Landau lächelt mich ausdruckslos an. Hermann Manns Oberkörper ist nach vorne geneigt. Er runzelt die Stirn und grübelt. Monsignore Rossi schaut dagegen eher belustigt, als hätte er eine bestimmte Vorstellung davon, was ihn erwartet. Nur Gernot Schmidt blickt zu Boden.

»Meine Damen und Herren«, sage ich zur Begrüßung. »Danke, dass Sie zusammengekommen sind. Ich glaube, ich darf Deutsch sprechen, denn es heißt, dass Herr Rossi der deutschen Sprache überaus mächtig ist.«

Monsignore Rossi wehrt bescheiden ab. »Bene, Signora Rührmann, sprechen wir Deutsch«, fügt er großmütig und fast akzentfrei an.

»Gut, Sie wissen vermutlich, warum wir uns hier versammelt haben«, sage ich und fahre ohne Umschweife fort: »Professor Dietmar Schäfer steckt in einer, wie soll ich sagen, dramatischen Lebenssituation. Nichtsdestotrotz weiß er, welche Bedeutung das heutige Evaluationsergebnis für die Zukunft des Forschungszentrums hat. Aus diesem Grunde bat er mich um die Verlesung seiner persönlichen Stellungnahme zu den aktuellen ADONIS-Messungen.«

Alle Blicke wandern erwartungsvoll zu dem verschrammten Aluminiumkoffer, den ich behutsam auf den langen Holztisch lege.

Es ist der illustren Runde anzusehen, dass sie fieberhaft rätselt, was wohl im Koffer verborgen ist. Langsam, sehr langsam öffne ich ihn, so langsam, dass ich dem metallischen Gehäuse ein zartes Knarren entlocke. Doch springt kein Federteufel heraus, der Koffer enthält nur einen blauen Briefumschlag. Ich ziehe einen gefalteten Papierbogen aus dem Kuvert. Es ist der Ausdruck der E-Mail, die Schäfer mir gestern Abend noch per Mobile Phone zugeschickt hat. Ich falte das Papier auseinander und schaue in die Gesichter der Anwesenden – mit tödlichem Ernst, wie es die Situation gebietet.

»Sie sind bereit?«, frage ich, und es soll ein bisschen frech klingen.

Fiebriges Nicken.

»Gut, dann verlese ich nun die Erklärung von Dietmar Schäfer.« Ich hole tief Luft und beginne:

»Sehr geehrter Herr Professore Rossi, sehr geehrte Frau Landau, sehr geehrter Herr Professor Mann, sehr geehrte Frau Professor Bolz, sehr geehrter Herr Doktor Hässler, lieber Herr Doktor Schmidt,

wenn Sie diese Zeilen vernehmen, wird Sie Frau Doktor Rührmann dankenswerterweise zur Verkündigung meiner Stellungnahme zu den jüngsten ADONIS-Ergebnissen einberufen haben. Aus Gründen, die mir großen Kummer bereiten, ist ein persönliches Erscheinen für mich unmöglich geworden. Ich bitte um Ihr Verständnis und um Entschuldigung. Ich möchte betonen, dass ich mir über die immense Bedeutung der aktuellen Evaluation für das Forschungslabor völlig im Klaren bin. Deshalb möchte ich zumindest schriftlich dazu beitragen, dass die Begutachtung positiv verläuft, und sei es, um Ihnen unmissverständlich zu signalisieren, dass ich die Begutachtung im Grundsatz gutheiße und keinesfalls boykottieren möchte. Nichtsdestoweniger bitte ich darum, diese Verlautbarung außerhalb des offiziellen Begutachtungsrahmens zu stellen, das gebieten Fairness und Respekt gegenüber den am Verfahren beteiligten Personen. Ich richte meine Stellungnahme deshalb nicht nur an den von mir hochgeschätzten Professore Rossi, sondern auch an diejenigen Kolleginnen und Kollegen am DESY, die mit ihrer täglichen Arbeit für das große Ansehen sorgen, das das Labor in der Welt genießt.«

Ich blicke kurz hoch, die wachsamen Gesichter sind mir Ansporn, schnell fortzufahren. Was über die nächsten Seiten folgt, ist eine detaillierte Schilderung des hochauflösenden ADONIS-Kalorimeters und seiner Subkomponenten, der Aufbau, die Funktionsweise und der Betrieb des Detektors, dann ein langatmiger Bericht des laufenden Experimentierprogramms. Anschließend setzt Dietmar Schäfer die Messergebnisse in den Kontext der Forschung zur Dunklen Materie des ARIADNE-Satelliten und leitet daraus mögliche Konsequenzen für Vorhersagen verschiedener physikalischer Theorien ab, insbesondere hinsichtlich der Entdeckung des Higgs-

Bosons und der Formulierung einer *Theory of Everything*. Der Bericht ist sachlich und deskriptiv und enthält keine grundsätzliche Bewertung in die eine oder andere Richtung.

»Ich schließe meinen Bericht mit der Feststellung, dass die jüngsten Messergebnisse an DORIS zwar unerwartet, aber nicht unvorstellbar sind und sich bisher nicht auf technische Unzulänglichkeiten des Detektors bzw. der Analyseverfahren zurückführen lassen. Aus diesem Grunde erscheint mir die Fortsetzung des DORIS-Betriebs als einfachste und kostengünstigste Lösung, um die bisherigen Ergebnisse auf Konsistenz und Reproduzierbarkeit zu überprüfen.
Mit freundlichen Grüßen
Dietmar Schäfer

PS: DORIS ist derzeit die einzige 500 GeV-Maschine im Betrieb und sollte deshalb so viele Ergebnisse wie möglich einfahren. Das TEVATRON am Fermilab ist und wird für mindestens weitere sechs Monate außer Betrieb sein. Das LHC am CERN ist noch nicht fertiggestellt, wird aber in einem Jahr ein weiterer Wettbewerber sein. Schöpft so viel Rahm ab, wie ihr könnt!«

Ich falte den Brief zusammen, stecke ihn in den Umschlag zurück und schaue in die verklärten Augen der Kollegen, darunter die sorgenumschatteten des Direktors, die zum ersten Mal wohlwollend auf mir ruhen.

Monsignore Rossi ist der Erste, der die Sprache wiederfindet. »Grazie, Frau Rührmann. Ich bin mir zwar nicht sicher, inwieweit uns diese Erklärung hilft«, er schaut fragend von Hermann Mann zu Petra Landau, »aber sie schadet auch nicht. Es ist wichtig, liebe Kollegen, dass sich Dietmar Schäfer, ein Mann der ersten Stunde des ADONIS-Experiments, in dieser Sache endlich geäußert hat.«

Er nickt mit rosigem Gesicht vor sich hin und nimmt ein Bonbon aus seinem Papier.

»Wenn ich etwas dazu bemerken darf?«, meldet sich Bärbel Bolz zu Wort.

»Ich bitte darum, werte Kollegin«, sagt Hermann Mann und macht eine einladende Geste.

»Wie Sie wissen, waren Schäfer und ich niemals das Dream-Team der ADONIS-Kollaboration, das wir unter anderen Vorzeichen vielleicht hätten sein können ...«, sie schnauft durch die Nase, »sein *müssen* mit Blick auf Expertise und Reputation. Oft genug hat mich der Kollege Schäfer auf die akademische Palme gebracht. Die jüngsten Entdeckungen bildeten nicht den Anlass für unsere erste lautstarke Konfrontation.« Sie hustet verächtlich, während sie sich mit dem Taschentuch über die Stirn fährt. »Aber ich will nicht Bärbel Bolz heißen, wenn ich nicht zugeben kann, dass Dietmar Schäfer mit dieser Aussage hier und jetzt Größe zeigt. Eine Größe, vor der ich mich respektvoll verneige.«

»Wir sind alle beeindruckt, liebe Bärbel«, sagt Hermann Mann. Er wendet sich wieder mir zu. »Wann hat er Ihnen den Brief geschickt?«

»Gestern Abend«, antworte ich. »Per E-Mail.«

»Nun«, Hermann Mann blickt auf die Uhr, »kurz vor halb eins. Professore Rossi, wir könnten Ihnen noch ein Essen anbieten, bevor Sie und Ihre Gutachterkollegen sich zur Beratung zurückziehen.«

»Bene«, antwortet Rossi und schiebt erfreut sein Bonbon von der linken in die rechte Backe. Die Runde erhebt sich zum Aufbruch. Stühle werden gerückt. Man tuschelt und murmelt.

Das soll es gewesen sein, ming Mädsche?, ruft Edu ungläubig. *Dein Sonderauftrag – erfüllt?*

Ich kann genauso wenig glauben, dass das alles gewesen sein soll. Und tatsächlich, das war es auch nicht. Auf einmal ein Poltern und Schreien auf dem Korridor. Irritiert blicken wir uns an, im nächsten Moment wird die Tür ruckartig aufgerissen und Sibylle brutal in den Raum gestoßen. Sie rumst gegen die Tischkante, fällt auf die Knie, rollt ab und bleibt vor Gernot Schmidts Füßen liegen. In der Tür steht Sönke. Rot vor Wut. In der Hand eine Pistole.

Schlussakkord

»Wo ist sie?«

Wie paralysiert starren wir in die Mündung seiner Pistole. Eine Browning 9 mm Halbautomatik. So was macht nicht nur Eindruck, sondern auch Löcher. Wie das in der Stirn des Hehlers auf der *LA PALOMA*. Walther ist ein kleiner Junge dagegen.

»Was wollen Sie von uns?«, ruft Hermann Mann. Er ist der Einzige, der keinen Fußbreit zurückgewichen ist.

»Wo ist Dorothea?«, kreischt Sönke. »Wo ist sie?«

»Das möchte ich selbst gerne wissen. Seit Mittwoch ist sie nicht mehr am DESY aufgetaucht«, sagt Mann mit erstaunlich fester Stimme. Er hilft Sibylle auf die Beine und stellt sich schützend vor sie. »Also nehmen Sie um Himmels willen die Pistole herunter!«

»Nein, so lasse ich mich nicht abspeisen!«

Sönke ist nicht wiederzuerkennen. Nichts übrig vom eloquenten Business-Mann, der seine Geschäftspartner zum Essen ausführt. Die Radikalität des Autonomen ist in ihn zurückgekehrt. In Verbindung mit einer Leidenschaft, die mir fast Respekt einflößt. Denn es geht ihm um Liebe. Zweifellos tut es das. Sönke liebt Dorothea. Er liebt sie leidenschaftlich.

»Ich will wissen, wo Dorothea ist, sonst knallt's!«

Ich denke an Walther. Er steckt in meiner Jeansjacke. Verdammt, es kostet mich mindestens zwei Sekunden, ihn da herauszuziehen.

Keine Heldentaten jetzt! Kopf einziehen und warten, bis wieder Ruhe ist im Karton, mahnt Edu.

Sönke entdeckt den Aluminiumkoffer auf dem Tisch. Sein flackernder Blick wandert vom Koffer zu mir, und sein Gesichtsausdruck verrät mir, dass er ahnt, dass Dorothea etwas zugestoßen sein muss. »Was hast du mit ihr gemacht?«

»Ich weiß gar nicht, was mit dir los ist!«, rufe ich entrüstet. Wenn Sönke erfährt, dass sie tot ist, läuft er Amok.

»Wo ist sie? Raus damit!« Sönke streckt den Arm aus und zielt auf mich. Alle anderen im Raum sind zu Salzsäulen erstarrt.

»Nikola«, zischt Sönke, »der Beweis liegt doch vor mir: Du weißt genau, wo sie sich aufhält.« Er blickt zwischen mir und dem Aluminiumkoffer wie irre geworden hin und her. Wie jetzt reagieren? Verdammt, mir fällt nichts ein.

Sibylle und Petra Landau klammern sich an Hermann Mann. Bärbel Bolz reißt in einer Mischung aus Hysterie und wütender Hilflosigkeit die Hände an den Kopf. Nur Rossi hat ein kindliches Staunen im Gesicht, als wäre er selbst bloß unbeteiligter Zeuge eines äußerst interessanten Schauspiels.

»Ruhig, Sönke, ruhig. Du hast recht. Ich weiß tatsächlich, wo deine Dorothea ist«, sage ich endlich.

Alle halten die Luft an vor Angst. Die plötzliche Stille im Raum ist unerträglich. Gleich knallt es wirklich.

Sönke macht mit ausgestreckter Pistole einen Satz auf mich zu, dass mir heiß und kalt wird. »Wo ist Dorothea? Mach endlich das Maul auf!«

»Sie wird von Dietmar Schäfer festgehalten«, flüstere ich.

Ein Aufschrei der anderen, wie aus einem Mund.

»Was behaupten Sie denn da?«, ruft Hermann Mann mit kippender Stimme.

»Ich bin mir ganz sicher, Herr Direktor. Ich habe sogar eine Ahnung, an welchem Ort sie sich befindet.«

»Wo? Wo denn? An welchem Ort?« Alle reden durcheinander.

»Wo?«, wiederholt auch Sönke. Er fragt knapp und kalt und müde und lässt die Pistole sinken. Er ist auf einmal erschreckend ruhig.

»In einem Raum am Ende eines Versorgungsschachts des DORIS-Tunnels. Der Raum hat die Nummer 25«, sage ich mit fester Stimme.

Zeit jewinnen, so heißt die Losung, ruft Edu. *Sehr gut, ming Mädsche.*

»Wie kommen Sie denn bloß darauf?«, fragt Hermann Mann. Er setzt die Brille ab, und ich sehe ein heftiges Zucken in seinem linken Augenlid.

»Eine ungeheuerliche Behauptung!«, faucht Petra Landau. Ihr Lächeln ist zur Grimasse gefroren.

»Sind Sie sich ganz sicher, Frau Rührmann?«, fragt Hässler behutsam, als wäre ich nicht ganz bei Verstand. Seine geheimnisvollen Augen sehen mich offen an. Seine Narbe glüht. »Weshalb sollte sich Dorothea Weber ausgerechnet im Untergeschoss der DORIS-Experimentierhalle befinden? Gernot, ihr habt dort gar keine Laborräume, oder doch?«

Über das fahle Gesicht von Gernot Schmidt huscht ein zaghaftes Lächeln, während er seinen Blick auf den Boden geheftet hält. »Im Prinzip nicht.«

»Sehen Sie, Frau Rührmann, diese Spur sollten wir nicht weiterverfolgen.« Hässlers entschlossenem Gesichtsausdruck ist anzusehen, dass er die Sache in die Hand nehmen will. »Wo könnte sich Dorothea denn sonst aufhalten? Wenn die Vermutung zutrifft, dass sie von Professor Schäfer festgehalten wird, was ich gelinde gesagt für eine absurde Idee halte«, ein amüsiertes Lächeln umspielt seine Lippen, »wäre es dann nicht naheliegender, sie in seinem Hotelzimmer zu suchen oder bei ihm zu Hause in Marienthal?« Zustimmung heischend blickt er in die Runde.

»Im Hotel ist Dorothea nicht«, bellt Sönke. Er hebt die Pistole wieder. »Ich will endlich wissen, wo sie ist, kapiert?« Der Lauf der Waffe in seiner ausgestreckten Hand wandert gefährlich von einem zum anderen.

»Dorothea ist im besagten Raum am Ende des Versorgungsschachtsystems von DORIS«, sage ich mit einer Gewissheit, die keinen Zweifel zulässt. »Schäfer hat mich gestern Abend von dort angerufen. Kurz zuvor muss er Dorothea getroffen haben. Wegen seiner Analyse der jüngsten ADONIS-Messungen.«

»Pronto, gehen wir hin und überprüfen das«, schlägt Rossi mit entwaffnender Direktheit vor.

Wie ein Stein, den man in einen See wirft, fällt seine Aufforderung ins Bewusstsein meiner Kollegen. Hermann Mann reagiert als Erster und ruft: »Los! Gehen wir!« Als wäre ihm plötzlich klar geworden, dass der Schlüssel zu dem Fall in jenem Raum liegen muss.

Dat Beste, wat ihr machen könnt. Dat nimmt dem Spatenjesicht die Explosionskraft, flüstert Edu.

Tatsächlich lässt Sönke die Pistole wieder sinken und schließt sich dem allgemeinen Aufbruch an. Monsignore Rossi, Hermann Mann, Sibylle, Petra Landau, selbst Gernot Schmidt und Bärbel Bolz marschieren los, anscheinend getrieben von dem leidenschaftlichen Wunsch, diesen ominösen Raum 25 am Ende des dritten Versorgungsschachts im Untergeschoss von Gebäude 3 aufzusuchen. Sönke mitten unter uns, als sei sein mörderischer Auftritt Sekunden zuvor kollektiv vergessen worden. Nur Erik Hässler stockt.

»Keiner bricht aus!«, warnt Sönke im Tonfall des Geiselnehmers, der keinen Zweifel aufkommen lässt, wer hier das Sagen hat.

Bärbel Bolz winkt ihren Zögling heran. »Tun wir ihm den Gefallen, Erik.«

»Der Kerl trägt seine Pistole herum wie andere ihren Regenschirm«, flüstert Hässler wütend. »Stört das denn niemanden?«

»Eben wegen der Pistole«, knurrt sie leise zurück. »Stören können wir uns später daran.«

Auf dem Korridor bleiben die DESY-Mitarbeiter verdutzt stehen, andere gucken verwundert aus ihren Büros, als unsere Karawane vorüberzieht. Hinter uns auf einmal ein Scheppern und Klirren. Ich fahre herum. Hässler ist gegen einen mobilen Messtisch gelaufen, der im Gang steht. Elektronikbauteile rollen über den Boden.

»Entschuldigung. Ich sollte vielleicht ...«

»Wir bleiben zusammen!«, befiehlt Sönke barsch.

Im Gänsemarsch geht es die metallische Wendeltreppe des Notausgangs hinunter. Unser durch das DESY defilierender Zug hat fast etwas Friedliches, Entspannt-Possierliches. Der Himmel ist wolkenlos und ein leichter Sommerwind weht über das Gelände. Da blockieren zwei Arbeiter, die ein langes Plastikrohr tragen, unseren Weg.

»Weg da, Herrgott noch mal!«, fährt Hermann Mann sie an. Offenbar liegen auch seine Nerven blank. Der vordere Rohrträger will zurücktreten, sein Hintermann dagegen vorwärts, ein hilfloses

Geruckel hin und her, im Ergebnis bleiben sie ratlos vor uns stehen. Gleich dreht Sönke durch.

»Beiseite!«, raunzt Hermann Mann. Er zeigt an den Männern vorbei auf den Eingang der DORIS-Experimentierhalle auf der anderen Straßenseite. »In das Versorgungsschachtsystem kommen wir von dort drüben rein.«

Just in diesem Augenblick biegt ein Stickstoff-Transporter um die Ecke. Der Fahrer sieht uns im letzten Moment, reißt das Steuer zur Seite und bringt sein Gefährt mit quietschenden Bremsen mitten auf der Straße zum Stehen. Auch das noch.

»Keiner verlässt die Truppe, verstanden!«, ruft Sönke und hält uns mit Argusaugen in Schach, die Pistole in der Jackentasche fest im Griff.

Die Gruppe drängelt sich an dem Transporter vorbei zur DORIS-Experimentierhalle. Warum nur bleiben alle so ruhig? Weshalb verhalten wir uns wie eine sanftmütige Herde gefälliger Schafe? Aus Instinkt oder ist es die Ohnmacht notorischer Schreibtischtäter im Angesicht einer echten Waffe? Ich spüre meine in meiner Tasche, aber es ist zu früh, um Walther rauszuholen.

In der Halle rotieren wie schon am Vortag die Deckenventilatoren, die Hochfrequenzmodule geben den Takt an und es hängt das immer gleiche, monotone Surren der elektrischen Aggregate im Raum. Ein paar Kollegen in Blaumännern schauen neugierig zu uns rüber.

»Zum Treppenhaus!«, rufe ich und laufe zum Hallenende, die anderen mir nach. Hastig steigen wir die Betonstufen runter in den Keller von DORIS.

»Da lang«, weise ich uns weiter den Weg. Genau wie gestern brennen die Neonlampen an der Decke und tauchen den Schacht in schrilles Licht. Ob es draußen Tag ist oder Nacht, hier drinnen ist es immer gleich düster. Unser dumpfes Fußgetrappel hallt von den Betonwänden wider. Wir passieren die erste gelbe Gittertür und das leuchtende Interlock-Schild.

»Weiter«, dränge ich, »wir sind gleich da!«

Nach knapp fünfundsiebzig Metern kommen wir am zweiten

vergitterten DORIS-Zugang vorbei. Da hängt die Telefonbox, von der aus Schäfer mich gestern angerufen hat.

»Hässler, wo bleiben Sie!«, rufe ich nach hinten. »Aufschließen, bitte.«

»Auf welcher Seite stehen Sie eigentlich?«, schnauft mir Bärbel Bolz gereizt zu.

»Zurzeit außerhalb des Raumes, den wir inspizieren wollen«, rutscht es mir raus. Das war schlagfertig. Aber vielleicht auch etwas übermütig. Wie stehe ich da, wenn wir im Raum 25 keine Spur von Schäfer finden?

Der Gang macht abermals einen Knick, und wir sind am Ziel. Hermann Mann, an dessen Arm sich Petra Landau erschöpft festhält, hebt angesichts der illuminierten dreieckigen Warnleuchte vor der grauen Stahltür irritiert die Brauen.

Modern Art, schnauft Edu ironisch. *Fast eine Installation, wie das im Kunstdeutsch heißt.*

Sönkes Spatengesicht wirkt derart angespannt, dass Sibylle sich angstvoll an mich drängt. Schmidt und Hässler sind sich plötzlich merkwürdig ähnlich geworden. Mit dem Aufblinken und Erlöschen der Warnschildleuchte wechseln ihre Gesichter die Farbe von Aschfahl zu brennend Rot, Aschfahl, brennend Rot. Rossi tritt neugierig einen Schritt vor, als erwarte ihn eine bühnenreife Überraschung.

»Und nun?«, fragt Bärbel Bolz. Der Schweiß rinnt ihr von der Stirn in die zusammengekniffenen Augen. Sie muss sich ducken, um nirgendwo anzustoßen. »Erzählen Sie mir bloß nicht, dass Sie den Schlüssel vergessen haben und dieser scheußliche Marathonlauf völlig umsonst war.«

»Dorothea!«, schreit Sönke. »Dorothea, kannst du mich hören?« Seine rechte Hand umklammert die Pistole, mit der linken wischt er sich über die Stirn.

»Selbst wenn sie in dem Raum sein sollte, wird sie Sie hinter der feuerfesten Tür nicht hören«, bemerkt Hermann Mann.

»Haben Sie eigentlich einen Generalschlüssel?«, frage ich ihn.

»Diese Frage hätten Sie unserem Forschungsdirektor stellen sollen, bevor wir wie eine Hammelherde losgerannt sind«, nörgelt Frau Bolz hinter mir.

»Ja, ich habe einen Generalschlüssel«, sagt Hermann Mann, »und ich habe ihn, liebe Bärbel, selbstverständlich dabei.«

»Der Generalschlüssel passt in alle Schlösser, bis auf die des Interlock-Systems«, gibt Gernot Schmidt leise zu bedenken. »Außerdem: Wenn der Raum als Sperrgebiet ausgewiesen ist, dann dürfen wir auf keinen Fall hinein. So oder so.«

»Der Raum ist kein Sperrgebiet«, widerspreche ich. »Der ist nicht mal Kontrollbereich, das wette ich beim Leben meines Großvaters.«

Dat müsste ich jetzt eigentlich kommentieren, Liebschen, meint Edu.

»An der Tür steht aber was anderes«, hält Gernot stur dagegen.

»Das Warnschild wurde erst vor kurzem angebracht, sehen Sie? Es soll unliebsame Besucher abhalten.« Ich deute auf die blinkende Leuchte. »Es bezieht seinen Strom aus dieser Aluminiumbox. Da steckt eine einfache Autobatterie drin. Außerdem habe ich mir heute Morgen von Sibylle die Schaltpläne für das Interlock-System geben lassen. Dieser Raum«, sage ich und zeige auf die graue Stahltür, »ist nur ein bedeutungsloser Abstellraum im weitverzweigten Labyrinth von DORIS. Er ist nicht Teil des Interlocks, ganz bestimmt nicht. Hierher verirrt sich höchstens alle paar Jahre mal der Nachtwächter.«

»Und der Entführer von Dorothea?«, bricht es aus Sönke hervor. »Quatscht nicht lang rum. Los, schließt endlich die Tür auf.«

»Der Raum ist aber als Sperrgebiet ausgewiesen«, insistiert Gernot in erstaunlich penetranter Weise. »Im Prinzip dürfen wir ihn nicht betreten.«

»Wir müssen da rein«, rufe ich. »Das Geheimnis um Dietmar Schäfer befindet sich in diesem Raum!«

»Und wir gehen da auch rein«, bekräftigt Hermann Mann meine Worte. »Petra, telefonieren Sie mit dem DORIS-Kontrollraum und sagen Sie der Schichtbesatzung, dass das Interlock gebrochen und die Maschine ausgestellt werden soll. Zur Sicherheit.«

Petra Landau nickt und zückt ihr Handy.

»Stecken Sie es weg«, sage ich. »Hier unten haben Sie keinen Funkempfang. Sibylle, begleite Frau Landau zur Telefonbox.«

Sibylle nickt tapfer.

»Wir warten hier«, sagt Hermann Mann knapp. »Wir müssen die Genehmigung vom Kontrollraum abwarten.« Und zu Sönke gewandt, der ohne Einspruch unsere Anweisungen akzeptiert hat: »Das ist auch in Ihrem Interesse.«

Schweigend blicken wir den beiden Frauen nach.

»Bei meinem gestrigen Ausflug ins Untergeschoss fiel mir sofort die aufwendige Verbarrikadierung des Raums auf«, sage ich in die gespannte Stille hinein.

»Sieht ganz so aus, als würde da was zwischengelagert, was entsorgt werden soll«, bemerkt Bärbel Bolz. »Sobald der richtige Zeitpunkt gekommen ist. Was meinen Sie denn dazu, Erik?«

»Im Prinzip dürfen wir in diesen Raum nicht rein«, gibt Gernot Schmidt ein weiteres Mal zu bedenken, »ob nun DORIS ausgestellt ist oder nicht, denn Sperrgebiet ist Sperrgebiet.«

»Das Herunterfahren von DORIS ist eine reine Vorsichtsmaßnahme«, wendet Hermann Mann ein und schüttelt entschieden den Kopf. »Ich bin derselben Auffassung wie Frau Rührmann. Es handelt sich bei diesem Warnschild um simple Mimikry.«

»Sobald der richtige Zeitpunkt gekommen ist«, wiederholt Monsignore Rossi leise den Satz von Frau Bolz und lächelt verstohlen in sich hinein. Er strahlt eine eigenartige Ruhe und Souveränität aus.

Sönke hört uns argwöhnisch und verloren zu. Als wüsste er, dass er aus diesem Spiel nicht mehr heil herauskommt.

»Die Damen kehren zurück«, ruft Hermann Mann. »Petra, ist DORIS inzwischen abgestellt?«

Petra Landau nickt. »Die Maschine wurde soeben runtergefahren. Die Kollegen oben haben uns zwar mit Flüchen belegt, aber das Interlock ist gebrochen. DORIS ist ausgestellt.«

»Dann gehen wir jetzt rein.«

»Das können wir nicht machen«, schreit Hässler auf einmal von hinten. »Das ist doch eine … feuerfeste Tür.«

»Das ist ja wohl kein ernst gemeintes Argument, Kollege Häss-ler.« Hermann Mann nestelt am Schloss rum. »Verdammt, irgend-was klemmt da.«

»Dorothea! Dorothea!«, brüllt Sönke augenblicklich und neues Leben scheint in ihn zu fahren.

»Könnten Sie das bitte unterlassen, wir sind doch gleich drin.«

Hermann Mann öffnet die Tür. Er betätigt den Lichtschalter, zwei Neonleuchten flackern auf, und wir betreten nacheinander einen etwa zwanzig Quadratmeter großen bunkerartigen Raum, in dessen Mitte ein schmaler Tisch steht und obendrauf ein auf-geklappter Laptop. Ein Kabelbaum läuft zu einer Steckdose an der Wand.

»Ist das da nicht der Laptop von Schäfer?«, fragt Hässler mit hei-serer Stimme.

»Im Prinzip ja«, flüstert Gernot Schmidt.

»Dann ist das also wirklich der geheime Raum von Professor Schäfer?«

»Es scheint so«, sagt Hermann Mann, während er sich vorsichtig umsieht.

»Dorothea!«, schluchzt Sönke. Er tut mir fast leid in seiner Ver-zweiflung. »Sie ist nicht hier!«

Im hinteren Teil des Raums steht eine gelbe Tonne von der Art, wie sie typischerweise für radioaktive Abfälle verwendet wird. Sie steht auf einer Holzpalette und ist mit einem weißen Laken halb abgedeckt. Daneben ist ein fahrbarer Stickstoffbehälter montiert, der sich nach oben hin konisch verengt. Eine flexible Gasleitung läuft aus einem Ventil des Stickstoffbehälters rüber zur Tonne und verschwindet unter dem Laken.

Die gelbe Tonne hat erst mal nichts an sich, was besondere Auf-merksamkeit oder gar Furcht oder Sorge hervorrufen könnte, aber zugleich geht etwas Undefinierbares, etwas Sonderbares von ihr aus, was vielleicht an der Stickstoffleitung liegt, die zu ihr herüber-führt. Jedenfalls, je länger ich sie ansehe, desto stärker empfinde ich, dass ihr Anblick äußerst rätselhaft ist. Den anderen scheint es ähnlich zu gehen, denn alle stieren sie gebannt an.

»Dorothea?«, ruft Sönke ahnungsvoll. Er läuft um den Tisch, reißt das Laken von der Tonne und fährt im nächsten Moment entsetzt zurück.

In dem Behälter sitzt ein Mensch. Ein Mann. Zusammengekauert wie ein Springteufel. Sein braunes Haar, seine Wimpern und der Schnurrbart sind von weißgrauen Eiskristallen durchsetzt. An der Nase und am Kinn hängen Eiszäpfchen. Er starrt uns mit glasigen Augen unter halb geöffneten Lidern an.

»O mein Gott!«, entfährt es Hermann Mann.

»Dietmar Schäfer!«, schreit Petra Landau auf, und ihre Fingernägel krallen sich in den Arm des Direktors.

»In flüssigem Stickstoff tiefgekühlt«, diagnostiziert Bärbel Bolz sachlich, und bei aller Erschütterung, die sie bei diesem grauenhaften Anblick zweifellos empfindet, klingt die Physikerin durch.

»Das ist ja furchtbar«, flüstert Hässler. »Selbstmord?«

»Dorothea!«, schreit Sönke panisch. »Was ist mit Dorothea!« Er richtet die Pistole, wie vorhin schon im Konferenzzimmer, auf mich und sagt mit eisiger Stimme: »Sag mir auf der Stelle, wo Dorothea ist, Nikola! Sonst erschieße ich dich.«

Wird Zeit, dass du ihm die Wahrheit sagst, flüstert Edu merkwürdig gelassen. *Erzähl ihm, bei wem er sich zu bedanken hat!*

»Es ist schlimmer gekommen, als ich es mir in meinen Albträumen vorstellen könnte«, sage ich heiser. »Dietmar Schäfer ist tot. Und er ist nicht der einzige Tote in dieser Geschichte, nicht wahr, Sönke?«

Der scheint mich aber gar nicht zu hören. »Dorothea! Dorothea!«, schreit er wie in Trance.

»Auch Mike Cardy, Zero und der Hehler mussten dran glauben.«

Jeder einzelne Name müsste wie ein Hammerschlag auf ihn wirken, er aber kennt nur einen: »Dorothea!«

»Sie starben, weil sie dir im Weg standen, Sönke.«

»Wo ist Dorothea, will ich wissen!«

»Für den Tod von Schäfer bist du allerdings nicht verantwortlich. Für den von Dorothea in gewisser Weise schon. Du hast sie vorgestern zu Schäfer geschickt und damit direkt in die Arme ihres Mörders.«

»Dorothea ist …?« Sönke stockt, sein Kinn beginnt zu zittern. »Sie ist tot?«

»Ja, sie ist tot. Sie liegt im Keller von Schäfers Villa.«

Sönke starrt ins Leere. »Sie ist tot«, wiederholt er tonlos. »Sie ist tot.« Sein Gesicht wird ganz weich. Schließlich hebt er die Waffe, richtet sie wieder mit gestrecktem Arm auf mich und sagt wie zum Abschluss: »Du hast nie geliebt, Nikola!«

»Sönke, warte noch, verdammt, ich bin für Dorotheas Tod nicht verantwortlich.«

»Wer sonst?«, fragt er sanft.

»Herr Hässler, wollen Sie es ihm nicht erklären?«

Ein erschrockenes Raunen geht durch den Raum.

»Ich? Warum ich denn?«, stottert Erik Hässler. Seine Narbe glüht blutrot auf.

Bärbel Bolz, das alte Schlachtross, schnauft wutentbrannt: »Frau Rührmann, Sie scheinen selber ja tief in diese Geschichte verstrickt zu sein, aber halten Sie uns da bitte schön raus!«

»Hässler, das scheußliche Spiel ist aus«, sage ich eisenhart. »Sie haben sich für Dietmar Schäfer ausgegeben. Sie wurden von Zero im Hotelzimmer überfallen und mussten anderntags einen Unfall am DESY vortäuschen, um Ihre Kopfverletzung zu erklären. Sie haben mich zur Bunthäuser Spitze in Wilhelmsburg gelockt, um Dorothea in aller Ruhe in Marienthal empfangen zu können. Und dort haben Sie sie umgebracht, um den Laptop mit Schäfers Analyse verschwinden zu lassen. Dietmar Schäfer, und das wussten Sie, war Ihnen längst auf die Schliche gekommen: Die Geisterteilchen waren nichts als der Wunschtraum eines Besessenen!«

»Das ist nicht wahr!«, schreit Erik Hässler mit funkelnden Augen. »Die Dinge sind nicht so banal, wie Sie glauben!«

Da fällt ein Schuss und reißt ihn von den Füßen. Pulverdampf füllt den Raum. Für den Bruchteil einer Sekunde herrscht Stille. Dann wirft sich Hermann Mann auf Sönke.

Ich ziehe Walther aus der Tasche, stürze mich auf die beiden

Männer, die sich am Boden wälzen. Gernot greift nach Sönkes rauchender Pistole, fixiert sie erstaunlich kaltblütig am Boden, ich halte Sönke Walther direkt ins Gesicht und schreie: »Keine Bewegung, sonst knallt's!«

Sönkes Körper bäumt sich auf, wehrt sich mit allen Kräften. Doch schließlich fällt er in sich zusammen. »Dorothea«, jammert er leise.

In den Armen der schluchzenden Bärbel Bolz liegt der blutende Erik Hässler. Sibylle steht wie ein Engel vor den beiden, ihr Gesicht ganz weiß, mit leuchtendem Haar und vor Angst gefalteten Händen. Monsignore Rossi, auch er sichtlich beeindruckt, wiegt nachdenklich den Kopf und sagt, als müsse er diesem ungewöhnlichen Vorfall einen Namen geben: »Teilchenbeschleunigung.«

Epilog

Wellen plätschern sanft gegen den Steg. Die ersten Segelboote kreuzen auf der Alster. Am Horizont verdichten sich Schleierwolken und künden von einer heraufziehenden Warmfront. Die Blätter rascheln im Wind und erinnern mich an die flatternden Papierstreifen der Ventilatoren am DESY.

»Was für eine Idylle!« Wilfried lehnt sich an das weiße Metallgeländer, das runter zum Anleger führt. »Die Sonne, das Leben, das Licht!«

»Und der Tod«, sage ich und reiße ein Blatt von einem der Birkenzweige, die über das Geländer ragen.

Wilfried zückt ein Notizbuch und kratzt sich mit dem Bleistift am Kinn. »Richtig, den dürfen wir nicht vergessen.«

»Dabei brauchen wir an ihn eigentlich nicht extra zu erinnern. Der Tod kommt von allein.«

»Eine prima düsteres Intro für meinen Artikel! Klasse, Sput-Nik. Dank dir bekomme ich übrigens die Titelseite. Das wird eine Riesenstory. Wie vor zehn Jahren.«

»Alte Rabenstraße«, lese ich auf dem Emaille-Schild. Ich bin mir nicht sicher, ob ich diesen Presserummel wirklich will. Der hat mir damals schon nichts genutzt und wird mir auch heute nichts bringen. Außerdem gibt es da noch etwas anderes, worüber ich mit Wilfried dringend reden muss.

»Der Name passt zu dir, Sput-Nik«, sagt Wilfried, der meinem Blick gefolgt ist.

»Wovon sprichst du?«

»Von dem Raben auf deinem Arm.«

»Der gehört schon so lange zu mir, dass ich ihn kaum noch bemerke.« Ich schaue über das Wasser hinüber auf die andere Alsterseite. Fast auf den Tag genau vor zwanzig Jahren habe ich dort drüben gestanden und zu dieser Seite herübergesehen. Weit scheine ich irgendwie nicht gekommen zu sein.

»Wie konnte es nur so weit kommen?«, fragt Wilfried wie aufs Stichwort. Er kritzelt etwas in sein Notizbuch und fährt sich dabei langsam mit der Zunge über die Lippen, als würde ihm das handschriftliche Arbeiten Mühe bereiten. »Serienmorde gibt es doch normalerweise nur im Fernsehen.«

»Die Verbrechen in dieser Geschichte haben sich eher ungewollt ergeben.«

Wilfried lacht ungläubig auf.

»Am DESY kam es zu einer explosiven Mischung aus Habgier, Leidenschaft und sich widersprechenden wissenschaftlichen Überzeugungen.«

»Den Beteiligten blieb also gar nichts anderes übrig, als sich gegenseitig umzubringen?«, fragt Wilfried mit leisem Spott.

»Unsinn, aber die Ausgangslage war hochbrisant. Zwei unterschiedliche Interessengruppen: Die eine wünscht sich den Weiterbetrieb des Teilchenbeschleunigers DORIS, weil sie davon ausgeht, dass die Anlage eine spektakuläre Entdeckung zu Tage fördert, die andere ist längst mit der Planung des neuen Beschleunigers FLIX beschäftigt. Das Direktorium reagierte angesichts dieser komplexen Gemengelage eher verhalten.«

Wilfried schreibt emsig mit. Die Segelboote auf der Alster wenden wie auf ein Kommando. Vielleicht eine Regatta.

»Forschungsdirektor Hermann Mann wollte die Entscheidung letztlich von der Empfehlung einer internationalen Gutachtergruppe abhängig machen.« Ich werfe das Birkenblatt ins Wasser. Eine Ente schwimmt schnatternd heran.

»Ein vernünftiger Ansatz, wenn man sich selbst nicht ganz sicher ist«, sagt Wilfried, als er mit dem Schreiben nachgekommen ist.

»Die lautstärksten Befürworter des Weiterbetriebs der Anlage waren Professorin Bärbel Bolz und ihr Zögling, der Nachwuchswissenschaftler Doktor Erik Hässler. Die jüngsten wissenschaftlichen Veröffentlichungen von Hässler sagten eine sensationelle Entdeckung am Beschleuniger voraus.«

»Und der größte Kritiker war Professor Dietmar Schäfer?«, wirft Wilfried ein.

»Die graue Eminenz des Labors, richtig, ein international renommierter Teilchenphysiker, der schon am Aufbau des ADONIS-Experiments mitgewirkt hat. Er glaubte aber nicht, dass den jüngsten Messungen von ADONIS ein neues physikalisches Phänomen zugrunde lag.«

»Ich habe gelesen, dass er ein langjähriger Gegner von Bärbel Bolz war«, hakt Wilfried nach. »Es heißt, der wissenschaftliche Schlagabtausch mit seiner Widersacherin sei legendär.«

»Schäfer und Bolz waren hart im Austeilen und Einstecken. Der arme Erik Hässler leider weniger.«

»Habe ich richtig gehört? Der *arme* Hässler?«

»Der *arme* Hässler, ja. Von außen betrachtet ein Sternenkind, ein aufstrebender junger Physiker.«

»Ein hübscher Kerl, wenn ich den Fotos in den Zeitungen glauben darf.« Wilfried macht eine übertrieben andächtige Miene.

»Ein unglaublich hübscher Mann, der auf den letzten Metern des DORIS-Betriebs eine nicht weniger eindrucksvolle Entdeckung gemacht ...«, ich stocke, »zu haben schien.«

»Pah!« Wilfried winkt ab. »Für die meisten ist dein armer Hässler einfach nur Dietmar Schäfers Mörder, der schwerverletzt einen Bauchschuss überlebt hat.«

»Was willst du, Wilfried? Nur an der Oberfläche dieser Story kratzen«, ich boxe freundschaftlich gegen seine Schulter, »oder in ihr seelenkundliches Magma eintauchen?«

Wilfried schnauft auf.

»Hässler stand unter erheblichem Erfolgsdruck«, fahre ich fort. »Als befristet angestellter Nachwuchswissenschaftler muss man heutzutage publizieren und wissenschaftlich auf internationaler Bühne in Erscheinung treten: Impact-Faktoren, Zitationshäufigkeit und Hirsch-Index, das sind die Kennzahlen, die über den beruflichen Werdegang entscheiden.«

»Hirsch-Index?«, fragt Wilfried. »Die Geweihgröße von Platzhirschen?«

Ich übergehe seine Albernheit. »Von der einen Koryphäe der Teilchenphysik protegiert, wurde Hässler von der anderen öffentlich geschmäht. Der exzentrische Schäfer soll seine Launen gnadenlos an ihm ausgelassen haben. Vielleicht sah Schäfer in ihm eine gefährliche aufstrebende Konkurrenz. Das brachte mich dazu anzunehmen, dass Schäfer die Messergebnisse von Hässler heimlich für eigene Zwecke gebrauchen wollte.«

»Zur Erstellung der Weltformel? Der *Theory of Everything*?«

»So was in der Art. Zuzutrauen wäre es ihm gewesen. Schäfer war ein heller Kopf.«

»Das klassische Klischee eines Genies? Naturwissenschaftlich genial, aber unerträglich in seiner Selbstherrlichkeit?«

»Auf jeden Fall hat er mit seiner Geringschätzung für Erik Hässler als Naturwissenschaftler nicht hinterm Berg gehalten. Vielleicht machte es ihn auch einfach nur aggressiv, wie Bärbel Bolz ihren Sprössling verhätschelte. Schäfers Umgang mit Gernot Schmidt war da ein ganz anderer.«

Wilfried macht eine weitere Eintragung in sein Notizbuch. »Was glaubst du, was sich am vergangenen Sonntag am DESY abgespielt hat?«

»Schäfer und Hässler müssen sich in der DORIS-Experimentierhalle begegnet sein.« Ich reiße ein neues Blatt vom Birkenzweig. »Aus Schäfers Stellungnahme zu den ADONIS-Messungen geht hervor –«

»Du meinst, aus der echten, die ihr gestern auf dem Laptop in dem ominösen Raum gefunden habt?«, unterbricht Wilfried.

»Genau. Aus der geht hervor, dass Schäfer der Auffassung war, Hässler habe seine Analyse manipuliert.«

»Schäfer wird Hässler also gedroht haben, ihn auffliegen zu lassen.«

»Das ist anzunehmen. Es kam wohl zu einer Rangelei, in deren Verlauf Schäfer unter einem offenen Stickstoffbehälter begraben wurde und bei minus hundertsechsundneunzig Grad Celsius quasi schockgefror. Dabei hat sich auch Hässler schwer verletzt: eine Erfrierung dritten Grades an der rechten Hand.«

»Gab es keine Zeugen?«

»Nein, aber bei dem Kampf wurde das Interlock der DORIS-Beschleunigeranlage gebrochen. Hässler gelang es dennoch, den toten Schäfer unbemerkt in das Versorgungsschachtsystem zu schleppen.«

»Und nachdem er ihn wie das Phantom der Oper in sein Nest gezerrt hatte, schlüpfte Erik Hässler die Rolle seines Opfers«, kombiniert Wilfried messerscharf.

»So ungefähr. Er eignete sich Schäfers Handy an. Und den Zimmerschlüssel vom Hotel Royal. Woran er dummerweise nicht kam, das war der Laptop mit Schäfers Unterlagen. Der befand sich wegen einer Software-Installation bei Gernot Schmidt.«

»Damit war die Jagd nach dem Aluminiumkoffer eröffnet?«

»Zunächst hat Hässler Schäfers Büro durchsucht. Dann hat er im Namen von Schäfer Gernot Schmidt per Mobile Phone beauftragt, den Laptop ins Hotel zu bringen. Gernot sammelte daraufhin die beiden Laptops ein, einen alten, den Schäfer im Grunde nicht mehr gebrauchte, und einen neuen, der die Analyse der ADONIS-Messungen enthielt, steckte sie in den Aluminiumkoffer und brachte sie ins Hotel Royal.«

»Wer war der Einbrecher, der Hässler eine verpasst hat?«

»Zero, ein Auszubildender am DESY. Den wiederum hat Mike Cardy zu dem Diebstahl angestiftet.«

»Mike war ein Kollege von Hässler?«

»Mehr als das, er war sein Doktorand. Deshalb hatte Mike wohl eine Ahnung von der Datenmanipulation, die Hässler für seine jüngsten Veröffentlichungen vorgenommen hatte. Offenbar wusste Mike, dass Erik Hässler die gerade erst offiziell publizierten Resultate des ARIADNE-Satelliten zur Dunklen Materie schon seit längerem kannte und dass er seine eigenen Messungen am ADONIS-Experiment perfekt darauf abstimmen konnte.«

»Aber deswegen hintergeht man doch nicht seinen Betreuer.«

»Mike Cardy hatte, wie man munkelt, chronische Geldsorgen. Außerdem waren sich Erik und Mike spinnefeind. Das wusste die Referentin von Hermann Mann clever für sich zu nutzen.«

»Dorothea W., die Geliebte des stadtbekannten Immobilienspekulanten Sönke H.«, zitiert Wilfried aus den heutigen Zeitungsmeldungen.

»Korrekt«, bestätige ich und muss einmal tief Luft holen, weil ich plötzlich das Bild ihrer erdbedeckten Haare in Schäfers Keller vor Augen habe. »Sönke hat vor ein paar Jahren zu Spekulationszwecken einige Hektar Bauland gekauft, das an das DESY-Gelände angrenzt – in Erwartung des neuen, drei Kilometer langen Beschleunigerprojekts FLIX. Inzwischen war er allerdings in den Strudel der Finanzkrise geraten und hatte aufgrund von Fehlinvestitionen und dubiosem Aktienhandel seinen wichtigsten Kreditgeber verloren, die Norddeutsche Bank. Seine Firma stand kurz vor der Insolvenz. Jeder Tag kostete ihn Tausende von Euro. Und eine weitere Verzögerung des Beschleunigerprojekts hätte den sicheren Ruin bedeutet.«

»Dorothea Weber setzte also aus Liebe zu ihrem Freund den Kollegen Mike Cardy auf Dietmar Schäfer an, um die schriftliche Stellungnahme des egozentrischen Professors zu besorgen?«, fragt Wilfried.

»Sozusagen. Dass Sönke seine Geschäftstreffen ins Hotel Royal verlegte, war übrigens kein Zufall. Er versuchte bei dieser Gelegenheit Kontakt zu Schäfer aufzunehmen. Bärbel Bolz war nicht weniger umtriebig, ihren Kollegen zur Rede zu stellen. Ihren Verpflichtungen bei den Rotariern kam sie nur allzu gerne nach, fanden die Vorbereitungen des Jahrestreffens doch im besagten Hotel statt.«

»Die Herren und Damen wurden also langsam nervös.«

»Das kann man wohl sagen. Erst recht angesichts der bevorstehenden Evaluation, die von dem obskuren Monsignore Rossi angeführt wurde.«

»Ein italienischer Geistlicher in einem weltlichen Forschungslabor?« Wilfrieds Augen blitzen erwartungsvoll.

»Rossis Rolle und Auftreten habe ich ehrlich gesagt noch nicht ganz verstanden.«

»Ach.« Er sieht mich enttäuscht an. »Vielleicht hat ja dein Ex-Autonomer den Italiener ins Spiel gebracht? Dieser Sönke hat doch bestimmt nichts unversucht gelassen, um das Ergebnis der bevorstehenden Begutachtung in seinem Sinne zu beeinflussen.«

»Dietmar Schäfers Kritik an den jüngsten wissenschaftlichen Ergebnissen war kein Geheimnis, dank Dorothea wusste auch Sönke davon. Aber selbst wenn Schäfer in seiner Stellungnahme den Weiterbetrieb von DORIS befürwortet hätte, konnte es keinesfalls schaden, in ihrem Besitz zu sein. Aber zunächst hat Zero sie sich unter den Nagel gerissen.«

»Was wollte der denn damit?«

»Gar nichts. Der Bengel wollte mehrfach abkassieren. Von dem erfolgreichen Kofferraub hat er Mike zunächst gar nicht unterrichtet. Schließlich übergab er ihm den Koffer, der enthielt aber nur Schäfers alten, verstaubten Laptop. Den neuen hatte er inzwischen an einen Hehler im Hafen verkauft.«

»Nicht sehr nett von diesem Zero.«

»Als Zeros Betrug bei der Kofferübergabe in Teufelsbrück am Dienstagmittag aufflog, muss Mike ihn vor Wut in die Elbe geschubst haben.«

»Laut Polizeibericht wies Zero keine Verletzungen auf, die auf vorsätzliche Tötung hindeuten«, sagt Wilfried achselzuckend. »Er konnte halt nur nicht schwimmen. So einfach ist das.«

Ein Raufbold mit 'ner Ausbildung wird er mal sein, wenn ihm nichts dazwischenkommt, hatte Edu gesagt. Tja, da war ihm etwas dazwischengekommen.

»Mike stand aber nun vor einem Riesenproblem. Der Laptop war auf dem Weg nach Polen.« Ich reiße ein neues Blatt von dem Birkenzweig und werfe es der Ente zu. Die guckt nur verächtlich. »Er suchte den Hehler im Freihafen auf. Der leckte Blut und wollte viel Geld dafür sehen. Deshalb nahm Mike Kontakt zu seinem Auftraggeber auf. *Houston, we've had a problem*, tönte es aus Sönkes Handy, als wir zusammen in der Hotelbar standen, erinnerst du dich?«

»Klar.«

»Sein *Houston* war, wie sich später zeigen sollte, weit weniger eindeutig, als ich anfangs dachte, Mike bezeichnete Gott und die Welt nach dem NASA-Standort, aber es machte mir Sönke als Drahtzieher hinter dem Ganzen früh verdächtig.«

Wilfried grinst breit. »Sönke hat dann an drei Bankautomaten Geld abgehoben und sich anschließend mit diesem Mönch im Wolfspelz getroffen.«

»Mike Cardy und seine Tonsur. Aber er flitzte, nachdem ihn Sönke finanziell ausgestattet hatte, nicht zurück zur *LA PALOMA*, sondern kam erst zu mir ins Hotel.«

»Über die anschließende Affäre mit vermeintlichem Totschlag müssen wir nicht weiter sprechen«, sagt Wilfried. »Aber trotzdem: Wie fühlt sich das an? Rein dienstlich gefragt, nicht moralisch.«

»Zu glauben, jemanden ermordet zu haben? Beschissen. Aber es war eindeutig Notwehr.«

»Nein, ich meine, die Pumps der Zwillinge total zu verschleißen.«

»Ach, Wilfried. Ich war fix und fertig. Aber immerhin hatte ich Sönkes Geld. Und damit rannte ich zum Hehler. Sönke und Mike waren mir jedoch um Minuten zuvorgekommen. Der Hehler ahnte offenbar, dass der Laptop brisantes Material enthielt. Vielleicht trieb er die Geldforderungen auf die Spitze, wer weiß.«

»So oder so hätte Sönke den Hehler nicht bezahlen können, denn das Geld hast du ja in dem Koffer mit dir rumgeschleppt.«

»Was im Detail auf dem Schiff passiert ist, weiß ich nicht. Kasper wurde regelrecht hingerichtet.« Drapiert wie ein Schwein, die Banknoten im aufgerissenen Maul, ein zentimetergroßes Loch in der Stirn. »Fest steht, dass er mit Sönkes Browning erschossen wurde. Danach muss es zwischen Sönke und Mike zum Streit gekommen sein, in dessen Verlauf Mike über Bord der *LA PALOMA* ging. Leider konnte Mike genauso wenig schwimmen wie Zero. Und ihn ereilte dasselbe Schicksal.«

»Irgendwie gerecht«, sagt Wilfried nur. »Hast du eine Idee, warum Sönke *dich* am Leben gelassen hat?« Er tippt mit dem Kugelschreiber gegen den Rest der Handschelle an meinem Gelenk.

»Vielleicht aus alter Verbundenheit? Vielleicht in der Hoffnung, der Polizei damit eine Tatverdächtige zu liefern? Oder vielleicht ist er schlicht nicht mehr dazu gekommen, mich umzubringen, weil er von Bord runtermusste, bevor die *LA PALOMA* ablegte. Ich weiß es nicht.«

Wilfried pfeift durch die Zähne. »Was hat Sönke deiner Meinung nach als Nächstes gemacht?«

»Er hat den Aluminiumkoffer mit dem Laptop an Dorothea Weber übergeben.«

»Ohne selbst auch nur einen Blick in die Unterlagen zu werfen?««

»Der Laptop war durch ein Passwort geschützt. Und selbst wenn es Sönke gelungen wäre, den Code zu knacken, hätte er sich in einem Gestrüpp von Verzeichnissen, Dateien und Akronymen verloren, ganz zu schweigen davon, dass Sönke die Stellungnahme zu einer komplexen physikalischen Analyse ganz bestimmt nicht vernünftig hätte interpretieren können.«

»Aber auch die Möglichkeiten seiner Freundin scheinen beschränkt gewesen zu sein«, schlussfolgert Wilfried. »Offensichtlich konnten weder Sönke noch Dorothea das teuer erkämpfte Beutegut für ihre Zwecke nutzen.«

»Deshalb suchte Dorothea den Kontakt mit Schäfer. Sie schrieb ihm eine E-Mail, wovon sie mich sogar in Kenntnis setzte, vielleicht in der Annahme, dass ich in Verbindung mit ihm stünde. Schäfer alias Erik Hässler hat prompt reagiert.«

»Es muss Hässler eine diebische Freude bereitet haben, die Identität seines alten Widersachers anzunehmen.«

»Er spielte diese Rolle perfekt. Sogar die Wunde, die ihm Zero im Hotel zugefügt hatte, konnte er elegant für sich nutzen. Er täuschte einen Unfall am ADONIS-Detektor vor, so hatte er eine Erklärung für die Kopfverletzung und stilisierte sich gleichzeitig zum Opfer einer perfiden Intrige.«

»Dieses Schlitzohr.«

»Aber ein in die Enge getriebenes. Die Nachricht, dass Dorothea Schäfers Laptop besaß, muss bei ihm eingeschlagen haben wie eine Bombe. Ausgerechnet Dorothea Weber, die ihn bekanntermaßen nicht leiden konnte. Hätte sie über stichhaltige Informationen verfügt, sie hätte keine Sekunde gezögert, ihn zu diskreditieren. Sie war sich jedenfalls ganz sicher, dass Schäfer ein vernichtendes Urteil über Hässlers Arbeit gefällt hatte und dass er dieses Urteil im Rahmen der Evaluation vor Publikum verkünden würde.«

»Sorglos begab sie sich in die Höhle des Löwen«, sagt Wilfried und macht ein großes Ausrufezeichen in sein Notizbuch.

»Für Hässler *die* Gelegenheit, sie loszuwerden, die beste, die man sich vorstellen kann. Er lockte mich zur Bunthäuser Spitze nach Wilhelmsburg, um Dorothea ungestört in Schäfers Haus empfangen zu können.«

»Hässler hat sich ja keine große Mühe gegeben, ihre Leiche zu verstecken«, sagt Wilfried und setzt ein weiteres Ausrufezeichen.

»Warum auch?«, frage ich. »Als Mörder sollte sich Dietmar Schäfer förmlich aufdrängen.«

»Das perfekte Verbrechen«, raunt Wilfried, »wenn man nicht vergessen hat, sich Handschuhe anzuziehen.«

»Sofern Dietmar Schäfer verschwunden blieb.«

»Dieses Problem hätte Hässler lösen können.« Wilfried blickt versonnen von seinem Notizbuch auf, als male er sich haarklein aus, wie es aussieht, einen Leichnam stückchenweise im Abflussrohr zu entsorgen.

»Entscheidend für Erik Hässler war nun, dass die Evaluation in Ruhe und programmgemäß über die Bühne ging. Deshalb hat ihn meine E-Mail am Donnerstagabend so aufgeschreckt, in der ich meine grausige Entdeckung in Schäfers Villa andeutete.«

»Wie hat er denn reagiert?«, fragt Wilfried mit dem Bleistift im Anschlag.

»Er hat mich unmittelbar nach Erhalt der Mail in meinem Büro angerufen und mich angefleht, unbedingt die Evaluation abzuwarten. Seine Panik brauchte er nicht vorzutäuschen. Die war echt. Etwas später bat er mich um die Verlesung seiner Stellungnahme im kleinen Kreis. Und um Entschuldigung.«

»Da bot sich Hässler eine willkommene Gelegenheit, das letzte Kapitel der Schäfer-Affäre zu schreiben«, sagt Wilfried beeindruckt. »Eine kurze wissenschaftliche Stellungnahme, in der die grundsätzliche Korrektheit der ADONIS-Messungen zertifiziert wird, sowie das Geständnis, für den Mord an Dorothea Weber verantwortlich zu sein. Was beispielsweise sein Verschwinden auf Nimmerwiedersehen erklärt hätte. Ein perfektes Drehbuch.«

»Fast. In der Eile machte Hässler einen entscheidenden Fehler. Er rief mich von einem öffentlich zugänglichen Telefon im Kellerlabyrinth von DORIS an, weil sein Handy in dem ominösen Raum 25, in dem er gerade saß, als meine E-Mail ankam, keinen Empfang hatte. Es war für mich dann puppeneinfach, herauszubekommen, von wo aus der Anruf erfolgt war.«

»Der ominöse Raum am Ende des Tunnels«, raunt Wilfried und grinst.

»Mir war ziemlich schnell klar, dass Schäfer aus diesem Raum gekommen sein muss. Ein harmloser Abstellraum, der mit viel Brimborium verbarrikadiert und beschildert worden war, um Neugierige abzuschrecken.«

»Und in dem der tote Dietmar Schäfer in Stickstoff zwischengelagert wurde«, sagt Wilfried schaudernd und schüttelt den Kopf. »Wann hast du gewusst, dass Erik die Schäferrolle spielte?«

»Eigentlich erst in dem Moment, als wir den echten Schäfer tot in der Tonne entdeckten. Andererseits … Sein herzliches *Willkommen an Bord* bei unserer ersten Begegnung, das Schäfer so auffällig in seiner E-Mail an mich wiederholte. Oder später sein widerstrebendes Verhalten, als wir über den Campus defilierten …«

»Eine schillernde Persönlichkeit.«

»Zweifellos. Mit einer gefühlsentlarvenden Narbe im Gesicht.«

»Was für eine Geschichte, Sput-Nik.«

»Ja«, sage ich, »was für eine Geschichte«, und bin mit meinen Gedanken schon woanders. »Wilfried, ich muss dir was … da ist noch etwas anderes, was mich beschäftigt.«

Wilfried schlägt das Notizbuch zu, als würde er ahnen, dass ich privat werde. »Was denn, Sput-Nik?«

»Warum ist das Leben nur so kompliziert?«

»Das Leben ist gar nicht so kompliziert, *du* bist es«, antwortet er und lacht. »Eigentlich wäre es ganz schön, mit dir zusammenzuleben«, sagt er unvermittelt. Dann zieht er mich an sich, umfasst meine Taille, stemmt mich hoch und gibt mir einen Kuss aufs Kinn.

»Lass das, Asphalt-Cowboy!«

Er stellt mich zurück auf den Boden. »Kannst du dich immer noch nicht entscheiden, ob du lieber Männer oder Frauen magst?«

»So ist es. Deshalb überlege ich ernsthaft, ob ich nicht mit beiden Schluss machen soll.«

Wir schauen aufs Wasser. Ein weißer Alsterdampfer tuckert heran. Eines der wenigen dampfbetriebenen Schiffe. Es zieht eine weiße Rauchfahne hinter sich her.

»Ich bekomme ein Kind.«

»Ein Kind?«

»Ich werde eine Spätgebärende. Großartig, nicht wahr?«

»Von wem?«

»Es ist am 10. Juni passiert.«

Langes Schweigen. Wilfried zupft nun seinerseits an dem Birkenzweig. Ganz offensichtlich sind wir auf vermintes Terrain geraten.

»Von weither«, sagt Wilfried leise:

»Von weither, vom Abend und vom Morgen,
Noch hinterm winddurchtosten Himmel her,
Blies mich der Stoff, aus dem das Leben ist,
Hierher; da bin ich nun.«

»Das ist doch nicht von dir?«, sage ich verblüfft.

»Auch ein blindes Huhn findet mal ein Korn«, erwidert Wilfried gelassen, »doch dies hier ist von E. M. Forster.«

»Das hast du aber wunderschön aufgesagt, Wilfried, wirklich.«

»Danke. Wenigstens das.« Er wendet mir sein Gesicht zu. Er hat schöne Augen. Hellbraun und ganz weich. »Nikola, lass es nicht wegmachen.«

»Ich Jane, du Tarzan?«, frage ich amüsiert.

»Ja«, erwidert er und meint es ganz ernst. Er hat wirklich schöne Augen. »Genau. Wir müssen ja nicht gleich zusammenziehen oder heiraten.«

Ich küsse ihn zärtlich auf den Mund. Dann räuspere ich mich und wechsle das Thema. »Ein Rätsel, das ich nicht geknackt habe, ist dieser Rossi. Ein merkwürdiger Kerl. Er saß mir im Zug von

Berlin nach Hamburg gegenüber. Den geheimnisvollen Aluminiumkoffer unterm Arm, aber noch nicht als Priester verkleidet. Später ist er mir im Hotel begegnet. Und dann am DESY. Und immer hatte er den Koffer dabei.«

»Physiker und Geistlicher in einer Person?«, fragt Wilfried.

Ich zucke mit den Achseln. »Er war in dieser Woche der Vorsitzende der Gutachterkommission. Gleichzeitig taucht er am DESY und im Hotel Royal als Priester und Biograf von Johannes Kepler auf. Aus dem Typen bin ich einfach nicht schlau geworden.«

Der Dampfer rumst unsanft gegen den Anleger, dass der Boden unter uns wackelt.

»Den Aluminiumkoffer wird er wohl wie sein Kollege Dietmar Schäfer als Teilnehmer der Rochester-Konferenz letztes Jahr in Chicago erhalten haben.«

Die Seitentür des Alsterdampfers öffnet sich, und ein Dutzend Touristen strömt von dem kleinen weißen Schiff. Da soll mich doch …

»Sput-Nik«, sagt Wilfried. »Du bist plötzlich so blass! Es ist doch nicht schon so weit?«

»Lass den Unsinn. Aber guck doch! Da vorne am Steg! Die beiden Männer mit den Aluminiumkoffern. Ist es denn zu fassen?«

»Welche Männer? Die dicken kleinen Twin-Brothers?«

»Des Rätsels Lösung, Wilfried: Sie sind Zwillinge. Monsignore Rossi und Signore Rossi zurück von der Alsterschifffahrt!«

Ceci n'est pas une pipe – noch ein Nachwort

Eines der berühmtesten Bilder Magrittes zeigt das Profil einer Pfeife und darunter den Schriftzug »Ceci n'est pas une pipe«, zu Deutsch: »Dies ist keine Pfeife«. Die Deutung ist offensichtlich: Ein Abbild ist nicht identisch mit dem Original. Dementsprechend lässt sich auch für den dritten Nikola-Rührmann-Krimi sagen: *Alle Ähnlichkeiten mit lebenden Personen und realen Handlungen sind rein zufällig.*

Mit einer Ausnahme allerdings: Der Name des Forschungslabors ist einer existierenden wissenschaftlichen Einrichtung entliehen, dem Deutschen Elektronen-Synchrotron DESY in Hamburg, einem Forschungszentrum der Helmholtz-Gemeinschaft. Das DESY ist tatsächlich wie im Krimi beschrieben eines der führenden Teilchenbeschleunigerlabore der Welt. Zurzeit werden dort Elektronen oder Positronen in Linearbeschleunigern wie FLASH oder Speicherringanlagen wie PETRA III auf nahezu Lichtgeschwindigkeit beschleunigt, um in magnetischen Strukturen, die man als Wiggler beziehungsweise Undulatoren bezeichnet, extrem kurzwellige Lichtpulse zu erzeugen, mit denen sich unterschiedlichste Untersuchungsgegenstände beleuchten und analysieren lassen.

Das wissenschaftliche Vorbild für den kriminalistischen Plot findet sich indes nicht am DESY, sondern im US-amerikanischen Forschungszentrum Fermilab bei Chicago. Dort lief im Jahr 2008 das inzwischen in die Jahre gekommene TEVATRON, während sich die Inbetriebnahme des leistungsstärkeren LHC am CERN bei Genf, des größten Teilchenbeschleunigers der Welt, unerwartet verzögerte. Vor dem Hintergrund dieser Faktenlage wurden kurz vor der geplanten Abschaltung des TEVATRON am Fermilab sogenannte Geisterteilchen entdeckt[1], was schließlich einen Grund dafür bildete, dass das *Department of Energy* (DoE), das US-amerikanische Pendant zum deutschen Bundesministerium für Bildung und Forschung (BMBF), einen befristeten Weiterbetrieb

1 Siehe »Neue Physik oder Irrtum«, ein Artikel von Marlene Weiss in der *FAZ* am 12.11.2008, der den wissenschaftlich-kriminalistischen Plot des vorliegenden Krimis wesentlich inspirierte.

des TEVATRON genehmigte. Aber ähnlich wie im vorliegenden Kriminalroman schlugen die Geisterteilchen letzten Endes nicht durch (auch wenn es wohl keiner Toten bedurfte, um das herauszubekommen); dafür gab es weitere spektakuläre Messungen am TEVATRON[2] und damit für eine gewisse Zeit auch die Hoffnung, dem LHC mit der Entdeckung des Higgs-Bosons zuvorzukommen. Aber trotz des wissenschaftlichen Mehrwerts, der durch den Weiterbetrieb erzielt werden konnte, wurden letztlich keine physikalischen Erdbeben ausgelöst. Zwischenzeitlich machten auch andere Beschleunigeranlagen in der Welt durch spektakuläre Messungen von sich reden, aber eine experimentelle Grundlage, auf der sich so etwas wie die Weltformel, diese ominöse *Theory of Everything*, aufbauen ließe, lieferten auch sie nicht[3]. Aber wer weiß, was die Zukunft bringt. *Die Wissenschaft fängt eigentlich erst da an interessant zu werden, wo sie aufhört*, wie Justus von Liebig schon im 19. Jahrhundert sagte.

Was aber könnte zum Wissenschaftsbetrug verleiten? Jedem Wissenschaftler muss doch klar sein, dass seine Forschungsergebnisse einer kritischen Prüfung unterzogen und nur dann von der Wissenschaftsgemeinschaft akzeptiert werden, wenn sie für alle nachvollziehbar und reproduzierbar erscheinen. Folglich dürfte jeder Wissenschaftsschwindel irgendwann auffliegen. Weshalb also kommt es in den Naturwissenschaften immer wieder zu spektakulären Betrugsskandalen[4], ausgelöst durch sensationelle Behaup-

2 Siehe »A lighter Higgs makes particle hunt harder«, Eric Hand in *Nature News* am 13.03.2009, oder »Jagd nach dem Higgs-Boson – Das Gottesteilchen zeigt erste Konturen«, Holger Dambeck, Spiegel-Online am 28.07.2010, oder «Fermilab Physicists Don't See Higgs, Argue They Should Keep Looking«, in *Science* am 30.07.2010.

3 Siehe »Neuer Exot im Teilchenzoo«, Robert Gast in der *FAZ* am 29.06.2011 zu einer Entdeckung am Forschungszentrum Jülich, oder »Hinweise auf neue Naturkraft nicht bestätigt«, Christopher Schrader in der *SZ* am 14.06.2011, oder »Verschnupft«, *FAZ*-Artikel am 06.08.2011.

4 Siehe »Fehlverhalten in der Wissenschaft – Eine wissenschaftssoziologische Ursachenanalyse« von Lutz Bornmann in *Forschung* (Politik – Strategie – Management), UniversitätsVerlagWebler, Ausgabe 4/2008.

tungen, die sich später als völlig haltlos erweisen, weil sie auf mehr oder weniger plump gefälschten Forschungsergebnissen basieren? Größenwahn alleine kann diese Art des Fehlverhaltens nicht erklären. Wohlgemerkt, es geht hier nicht um den profanen Diebstahl wissenschaftlichen Eigentums, der im Zeitalter der elektronischen Medien und von *Open Access* ein im Wissenschafts- und Kulturbetrieb häufig anzutreffendes Missbrauchsdelikt darstellt, sondern um die Manipulation des Abbilds von Realität zugunsten einer idealen Vorstellung von Welt. Der fälschende Wissenschaftler muss leidenschaftlich an den Sinn seiner Fälschung glauben. Warum sollte er das Wagnis der Entlarvung eingehen, wenn er nicht felsenfest davon überzeugt ist, im Grunde genommen richtig zu handeln? Der feste Glaube, grundsätzlich auf dem rechten Weg zu sein, kann in der Tat ein Motiv für Wissenschaftsbetrug sein. Bedenkenswert ist dabei auch, dass der existenzielle Druck auf Wissenschaftler immens ist: die Notwendigkeit, möglichst viel zu publizieren, zitiert und in der Wissenschaftsgemeinde wahrgenommen zu werden, um damit weiterhin Forschungsförderung einzuwerben und die eigene Existenz zu sichern, dies alles vor dem Hintergrund einer mehr und mehr innovationsorientierten Erwartungshaltung seitens der Öffentlichkeit, die angesichts der wachsenden Komplexität von Grundlagenforschung schlicht überfordert erscheint.

Leidenschaftlicher Idealismus, flankiert von Größenwahn, Erfolgsdruck und dem Gefühl, der wissenschaftlichen Wahrheitsfindung ein wenig auf die Sprünge helfen zu müssen, aus diesem psychologischen Konglomerat bildet sich im vorliegenden Roman das Motiv für den Wissenschaftsbetrug, am Ende sogar für den Mord.

Bleibt die Frage nach der Faszination der Naturwissenschaften. Warum forschen Wissenschaftlerinnen und Wissenschaftler, die sich redlich verhalten, die weder betrügen noch morden? Was treibt sie an zu ihrer Arbeit? Als Motiv wird oft die kindliche Neugier genannt. Man sieht etwas, will es verstehen und sich nicht mit einfachen Erklärungen zufrieden geben. Oder besteht der tiefere

Grund darin, Trost zu finden angesichts der Sinnlosigkeit der Welt, wie es im vorangestellten Zitat von Steven Weinberg anklingt? Der Kunsthistoriker Robert Kudielka geht in seiner Antwort über diese hehren Erklärungen hinaus:

»In der ersten Stunde hat Francis Bacon, Lordkanzler von England, es doch sehr genau gesehen in dem Appell, den er an seinen König gerichtet hat, endlich die Streitigkeiten und die Kriege unter den Menschen zu beenden und den eigentlich einzig wirklichen und sinnvollen Krieg zu führen: den Krieg gegen die Natur, die den Mensch unterwirft. Und in der Weise ist die Faszination der Naturwissenschaften über dieses Kampf- oder Kriegskonzept des 17. Jahrhunderts hinaus diejenige, eine Art dem Menschen verfügbarer, eine ihm zuträgliche Natur zu erschaffen. In dieser Hinsicht ist das Grundmotiv der Faszination an den Naturwissenschaften: die ideale Welt zu erschaffen.«

Danksagung

Wir danken unseren Ariadne-Mädels für fünf Jahre tolle Zusammenarbeit! Unser herzliches Dankeschön gilt dabei insbesondere unserer Verlegerin Else Laudan, die alle Ariadne-Fäden stets geschickt zusammenhielt und uns kritisch, ideenreich, enthusiastisch und liebevoll im kriminologisch-literarischen Schaffensprozess begleitet hat, ebenso wie Dr. Iris Konopik, deren Lektorat legendär ist (kein Typo ist vor ihr sicher, keine Wortwiederholung oder Redundanz wird übersehen), ferner Dörte Graul, die unablässig für uns und den Verlag arrangiert, agiert und agitiert, danke, liebe Dörte, und schließlich Martin Grundmann, dem Quoten-Mann, der zuverlässig und beständig die Zahlen im Hintergrund summiert (besser könnte das Nikola auch nicht). Ein engagierter Verlag, ein engagiertes Team!

Ferner danken wir Dr. Reinhard Brinkmann und Dr. Frank Lehner für die sachkundige Prüfung des vorliegenden Stoffes und Franziska Roeder für die professionelle erste Probelesung. Dr. Brinkmann, Direktor bei DESY für den Maschinen-Bereich und leidenschaftlicher Jazz-Pianist, nahm es übrigens grummelnd hin, dass der Kriminalfall auf einem zwielichtigen Sonderauftrag eines fiktiven DESY-Direktoriums basiert, »obwohl wir einen solchen Auftrag in Wirklichkeit niemals vergeben würden, aber fein«. Dagegen wehrte er sich vehement gegen die Beschreibung, »dass ein Bassist musizierend auf der Bühne verbleibt, wenn der Pianist bereits von selbiger abgetreten ist, nein, Ilja, so was gibt es nun wirklich nicht«.

Bedanken möchten wir uns sehr herzlich bei Dr. Doris Bohnet, nicht nur für die stoische Ruhe, mit der sie die durch die Schreibarbeit dahinschmelzende Freizeit ihres Ehemannes betrachtete (Gleiches gilt im Übrigen auch für Ulrich Pleitgen, Stiefvater und Ehemann von Bohnet Pleitgen, in dieser Doppelfunktion quasi doppelt bestraft), sondern auch für den wesentlichen Input, den Doris bei der Erarbeitung des Exposés zur *Teilchenbeschleunigung* geliefert hat. Ohne sie wäre der Roman, wäre die Roman-Trilogie in dieser Form nicht entstanden, vielen Dank, liebe Doris!

Zu guter Letzt bedanken wir uns bei Ida (2) und Jan (8). Ohne Euch wären die Bücher zwar schneller geschrieben worden, wir hätten aber weniger Spaß gehabt.